张守乾 著

雪花，你等等我

上海文艺出版社

◀ 1977年时的作者

▼ 70年代末作者在扎鲁特草原

1982年作者在扎鲁特旗委门前留影

1997年作者在黄山景区留影

1987年作者与同事在通辽市留影

▲ 2010年通辽市农科院党委院委一班人（左三为作者）

2010年作者在市农科院荞麦试验田陪同任长忠院士考察

与同事们共同建设的通辽市农科院（2013年）

2014年作者陪同戴景瑞院士参观通辽玉米博物馆

2015 年作者陪同内蒙古农牧业科学院领导参观通辽市玉米博物馆

2015年作者在通辽市农科院办公室

2016年作者在通辽市农科院陪同内蒙古科技厅和农牧业科学院领导调研

2016年作者在井冈山毛泽东读书石留影

2017年作者在通辽市农科院陪同通辽市领导参观水稻试验田

2017年作者在北戴河休养

◀ 2017年作者与戴景瑞院士在北京

▼ 2017年作者在呼和浩特市参加内蒙古农牧业工作会议

2018年作者在通辽市农科院讲党课

2018年作者在内蒙古民族大学讲学

2018年作者和同事在中科院考察

2018年作者和山东大学教授时连辉在盐碱地改良现场

2018年作者在通辽市农科院接待为通辽玉米育种事业奉献一生的老专家钟崇昭、熊铁生

2018年女儿德格玛雅回家乡通辽主持肉牛产业博览会时与作者合影

2019年通辽市农科院领导班子成员在试验田（左三为作者）

2019 年作者在通辽市农科院与国家玉米专家赵久然一行合影

2019 年作者在通辽市农科院现代农业科技园区

2019年作者在通辽市农科院与扎鲁特旗的同事们合影

2019年作者和袁隆平院士在长沙

2019 年作者和袁隆平院士在长沙

2019 年作者在盐碱地春播现场

2006年作者证件照

2006年作者生活照

2019年作者的孙女、外孙

2020年作者的儿孙们贺新春

2020年春节作者在扎鲁特旗与父母亲、儿子孙女合影

2020年作者退休前在新春联欢会上致辞

2020年作者主持召开通辽市农学会会员代表大会

2022年作者与孙女、外孙

▲ 2022年作者在扎鲁特旗与家人合影

▲ 2022年8月9日作者89岁的父亲和84岁母亲最后一张合影

2023 年作者生活照

2023 年作者生活照

2023 年作者生活照

2023 年作者与妻子、女儿

像父亲一样爱(代序)

德格玛雅

我出生在科尔沁草原一个叫扎鲁特的小县城,从小就是县城里有名的小主持人,后来成为中国教育台主持人的我自然是扎鲁特的骄傲。父亲少时酷爱文学,立志成为作家。因为这份热爱,他在当知青时被特殊选拔成了记者。因为写作,20岁出头就到旗(县)委当了秘书。写作为父亲的事业发展奠定了基础,却成了父亲的副业。2020年6月,父亲从通辽市农科院书记、院长的工作岗位上光荣退休,他决定把这几十年曾在工作之余创作发表过的作品整理成集出版,留给历史,献给未来。我知道,从政为官的父亲一辈子也没有忘记他的写作梦。父亲的书要出版了,他让我为书写序。其实,父亲一生为官,找领导或者知名作家代为写序是极其自然的,而他却选择让我为其写序,我在少许得意之余,再一次感受到父亲深沉的爱。

父亲18岁参加工作,30岁出头就成为一个乡镇的父母官,长期工作在基层,他熟悉这里的一切,他喜欢用群众的语言去写作,他的写作之根牢牢扎在人民群众的心田。他对生活饱含热爱,他的文学写作几乎与他所从事的事业结伴而行,他的作品是和家乡人民、"三农"事业紧密联系在一起的。父亲四十多年的工作可以分为三个阶段。第一阶段：从刚入职的年轻记者到独当一面的旗委办公室主任，他用十多年的时间认识了解农村、农业、农民；第二阶段：从乡镇党委书记到副旗(县)长，他用18年的时间与农民、基层干部结下了深厚的友谊，并成为一个"三农"工作的实践者；第三阶段：任通辽市农科院党委书记、院长的14年，他成了农业科研的领导者。可以说，他把一生的热爱都献给了一个"农"字。

翻阅父亲的作品集，这是一部包含小说、报告文学、诗歌、散文、随笔等不同体裁的作品集子，这些作品是父亲在工作中有感而发、有闻必录的成果，作品里的那些人和事正是我们国家处于改革开放那个大变革时代发生在科尔沁草原上的真实故事。

《初春的冰雪》《新调来的旗委书记》体现了做官勤政为民、甘当公仆、造福一方、公正不阿，把老百姓永远放在心上的公仆情怀。《道是无情却有情》《一担粮》《父子俩》描写了一个个有个性、鲜活的农民形象，他们智慧、淳朴、善良、勤劳。《回忆中的快乐》描绘了和他一起常年在风里雨里为百姓排忧解难的乡镇干部形象。父亲回家常跟我们说，那些常年在农村工作的叔叔阿姨们吃在农村、住在农村，天天都在为张家长李家短、一分地一亩林解决纠纷，还常常被误解。他们虽然工资低、待遇低、生活质量低，却是老百姓的贴心人。如今，父亲虽然离开了乡镇工作的岗位，但是他常常回忆曾经和他一起抗过洪、灭过火、防过疫、分过田的"战友"们，还说他的战友们是"铁"、是"钢"，风里雨里雪地里挨冻挨饿从未抱怨过，从未认过输。记得小时候家里有好多用羊皮做的护膝、大衣、手闷子(长的大手套我们老家叫手闷子)，当时的我竟然不知道这是父亲寒冷的冬天每月回家时，在零下三十多度的天气里骑着一个多小时摩托车时用的保暖装备。作为一个基层工作者，父亲常常《自责》，常常因惦记百姓冷暖与不易而忐忑不安。《那个飘雪的夜晚》是他心灵的写照,总怕辜负了党和老百姓对他的期望。《不吃别人"嚼"过的馍》《变不可能为可能》阐述了创新工作思维的可贵。父亲常跟我说,他到农科院受到最大的鼓舞就是科研人员在不断创新,就是不吃别人嚼过的馍,因此"创新,变不可能为可能;拼搏,从优秀走向卓越"成为农科院精神。父亲在通辽市农科院工作期间,和他的同事们建设了国内首家玉米博物馆,还主编了《走进通辽玉米博物馆》一书,父亲还把通辽玉米博物馆的解说词收录在这本书里,解说词诠释了玉米的前世今生,记录了几代玉米科研人创新拼搏的历程,我也为宣传通辽黄玉米出了一份力(解说词由我配音)。

父亲热爱扎鲁特,热爱通辽农科院。在《绿色的扎鲁特》《走进花香飘逸的地方》《风好正扬帆》作品里,他用优美的语言描绘了扎鲁特的擘画蓝图、山水草木,还有通辽农科院五彩纷呈、花香飘溢的现代农业科技园区,这些作品里有他的理想、浪漫与挚爱。

父亲是个孝子,他写了《呵护》。父亲也儿女情长,写了《想起女儿》《陪女儿逛街》给女儿,还写给我母亲《红花与绿叶》《一封家信》,写给他孙女《童心》,这些作品无不让人倍感温暖,无惧艰难、困顿,觉得生活值得。

父亲长期担任基层领导职务,具备了驾驭各种复杂局面的能力,有善于解决矛盾的领导干部之誉。父亲的同事们称其为充满激情的人,那是他热爱生活的自然流露。他没有从事过文化方面的工作,但对于文化的热爱和重视,让他具有了思接千载、视通万里的气魄。公务之余,耕耘不辍,始终将与时代同步、与人民共呼吸的创作原则贯注于行文之中。他具有"以道自任"的精神追求,对所处时代的重要现象和思考用文学之笔给予真实生动的记录,他倾注感情于笔端有取有舍,体现了他思维的理性与概括能力,更体现了担当、责任。

父亲也写诗:"我总想成为一团火,让光芒把世界烧个红火。/我总想成为一团火,让火光把所有冰雪融化!/我总想成为一团火,让所有爱我的人和不爱我的人与火光融合。/我总想成为一团火,让千万颗冰冷的心溶化成一条河。/我总想成为一团火,这个充满爱的世界需要你和我。/我总想成为一团火,这个充满爱的世界用温暖连起你和我。"(《我总想成为一团火》)他总想成为一团火,让我们善待所有的人,做一个善良的人,不怕吃亏,诚实做人,踏实做事。

父亲的文字有温度:"父母在,家就在。无论官多大,钱再多,别忘了根,别忘了为养育你的父母亲尽孝。"(《呵护》)

父亲的文字有方向:"零下30度的扎鲁特,那是家的方向。"

父亲的文字有力量:"2007年11月19日,我到新的工作岗位后,对科研人员提出了三个要求:坚韧、执著、严谨、求实;创新,变不可能为可能;拼搏,从优秀走向卓越。"(《创新,变不可能为可能》)

《雪花,你等等我》是父亲年轻时写的一篇散文,他确定以此为作品集命名。我知道,父亲是以此纪念逝去的时光,关照未来。父亲终究是业余作者,这部文集与艺术的距离之远可想而知,今日这些作品有成集出版的机会,作为女儿代序向读者推荐,内心欣喜也惴惴不安,希望读者能细细品味,以感知天下所有努力奋斗的父亲的平凡与伟大,以及内心柔软和浪漫。是为序。

2023年10月29日于北京。

目录

像父亲一样爱（代序） / 001

岁月留痕

五年坎坷路 / 003
在激流中 / 014
"锈锁"打开了 / 024
草原上的女企业家 / 028
地上无湖人造湖 / 033
路，应该这样走 / 036
打狼英雄 / 043
辛勤汗水育珍珠 / 048
百岁劳模 / 051

人生故事

新调来的旗委书记 / 057
初春的冰雪 / 061
你不是普通老百姓 / 070
红媒 / 075
路，在山崖边 / 086
铜铃声声 / 104

一副铜镯	/ 107
春风轻轻地吹来	/ 117
儿有理说倒爹	/ 121
红花与绿叶	/ 126
父子俩	/ 131

情感写真

雪花,你等等我	/ 139
沙海里的骆驼	/ 141
草儿青青	/ 145
牧马人的春天	/ 148
寻回来的绿色	/ 151
请回"老包"	/ 153
新生活的开拓者	/ 156
绿色的扎鲁特	/ 160
边陲小镇巨日合	/ 168
雨中寻子	/ 174
雪夜遐想	/ 176
黄叶飘飘	/ 178
风含情　水含笑	/ 180
那份牵挂	/ 182
陪女儿逛街	/ 184
母爱	/ 186

目录

走进花香飘溢的地方	/ 188
大气磅礴的鄂尔多斯	/ 191
那个飘雪的夜晚	/ 193
人生的标尺	/ 195
不要吃别人嚼过的馍	/ 200
情洒天路	/ 203
想起恩师	/ 205
匆匆过丽江	/ 207
呵护	/ 212
童心	/ 214
追梦	/ 216
春夜喜雨	/ 219
陶醉	/ 222
圆梦	/ 224
难忘与渴望	/ 226
宽容	/ 228
道是无情却有情	/ 230
千里游新疆	/ 232
想起女儿	/ 237
飘雪的春天	/ 239
农科院就是一首歌	/ 241
瞬间	/ 243
乡音	/ 245
送	/ 247

放歌草原

书记骑马过草原 / 251
我总想成为一团火 / 253
农科院就是一首歌 / 254
让激情把梦想点燃 / 256
花自飘零水自流 / 257
写在饭桌上 / 259
老师　请接受我的敬礼 / 261
春思(诗四首) / 264
春梦 / 267
多少…… / 268
春姑娘与雪小伙 / 270
树之歌 / 272
九月的祝福 / 275
承德行 / 276
失约 / 278
知音 / 280
故乡行 / 282
人·雪·狗 / 283

生活断想

天道酬勤 / 287

快乐的分享与反思	/ 289
回忆中的快乐	/ 291
自责	/ 293
有感于低调做人	/ 294
担当	/ 296
变不可能为可能	/ 298
真正淡泊名利的钱学森	/ 299
我迟到了	/ 300
古柏对我说	/ 302
铁饭碗	/ 304
折服	/ 305
骆驼泪	/ 307

快乐分享

风好正扬帆(解说词)	/ 311
犁下绘丹青——在内蒙古民族大学农学院新生入学教育上的演讲	/ 315
通辽玉米博物馆解说词	/ 325
难忘与渴望	/ 345
圆了绿色的梦	/ 348
"大山"铸就了我的事业	/ 351

后记

岁月留痕

时光流逝,冲刷了人类难以计数的哀怨和愁绪;
岁月沧桑,却依旧沉淀着人们太多的追求与向往。

五年坎坷路

一

送行的人散去了。话在回旋。烟在萦绕。

他沉默着,思绪的翅膀在大地和空中翱翔。

他强支撑着身子站起来,妻子过来搀扶他说:"休息吧,都午夜两点了,明天还要乘车。"

他说:"不,我自己到外边走走。"

妻子理解丈夫,眼噙着泪打量着他,结婚这么多年她还没有像今天这样仔细。他老了,头发花白,长长的胡茬子也白了一半,黝黑黝黑的脸膛印上了深深的皱纹。这胆上偏偏又长出了瘤,是吉?是凶?可他才四十六岁。

草原的春夜静悄悄的,青草的馨香扑鼻而来。多么美好的草原,多么美好的春夜啊!他虽生长在草原,可从来没有体味一下草原春夜的意境。

"经理,你怎么又来了?"更夫打断了他的思路,他抬起头,灯光下"扎鲁特旗食品公司"八个大字的牌子映入了他的眼睛。

还用问吗?他在这里已战斗了 12 个春秋,这个红红火火的"家",那车间的屠宰声,那院内硬化的路面,那摇曳的棵棵小白杨,那鱼塘里欢蹦乱跳的小金鱼,还有……都装在他的心中,印着他的汗迹;那朝夕相处、情同手足的职工们和他同呼吸,共患难,这怎能不让他思恋,怎能不让他牵肠挂肚?况且,他……

"放心吧,史经理,您安心地去诊断病,我们一定加倍努力工作。"

刚才结束的班子会情景又浮现在他的眼前。他忍着病痛整整开了五天会,一件件具体事、一项项具体工作都拍板部署了,特别是近几年他反复规划的"牧工商综合公司"成立了,给了他心里极大的安慰。

"各位同事,我史永航此行是两条路,如果生路留给我,我们还要同舟共济;如果是另一条路,你们要克服我的弱点,都要超过我。"

是啊!谁都有条件超过这个放牛娃,但……

二

在人生的路上,有条件和没有条件并不是绝对的。

一九八八年春,组织上决定派史永航到商业局主持工作,可在食品公司推选经理候选人的职工大会上,有85%的职工又写上了史永航。

此举震撼了史永航的心灵。

这是对他的肯定;

这是对他的信赖;

这是对他的希望。

"我要继续当这个经理,争取在八八年扭亏,与旗政府一定三年的每年27万的补贴合同可以解除,为旗财政减轻负担。"27万不是一个小数目,对一个企业是多么重要;要挣出27万又是多么艰难,而史永航从大局出发,把沉重的担子压在自己的肩上。

当一个人深感被社会所需要,深得人们的尊重时,会巴不得把自己的全部热能开发出来、发挥出来。那么,这个人是多么幸福啊!

人都是从昨天走到今天,又奔向明天。昨天谁也不会忘记,无论是幸福和痛苦,都是人生长河中的一瞬。

出生在地主家庭的史永航,从他懂事那天起,他就感到自己生不逢时,没念上几天书。十五岁那年,也就是大跃进的年代,他到食品公司开始放牛,带着童真、带着幻想,在草原上寻觅。放牛,研究牛,一岁牛是什么秉性,两岁牛能长到多少斤肉,他是那样专心致志。每次牛出栏,他都跟屠宰工验证一下,自己估的斤秤准不准。一年、二年、三年,随意拿过一头牛,他出个数,重量最多差不了5斤。

"好聪明的小伙子。"同行都称赞他有过人的能力。

四个春秋的牛倌被解职了,他还真舍不得那一头头有"韧"劲的老牛,真舍不得那宽阔无垠的绿草地。

他带着青春的炽热、青春的活力,荣任了收购员,可第一天就挨了主任的一顿暴训,炽热一下子降到了零度。那情景他永远不会忘,记得老主任沉着脸,拍着桌子说:"看看你写的字,你算得账都不清楚,年轻人不能只满足于会放牛,要想干大事业!"这是他有生以来心灵上受到的最大撞击,他才了解自己,原来是一张白纸。他才知道,世上还有比放牛更艰难的事业。他没有流泪,没有自卑,在煤油灯下,他把"韧"字写了一遍又一遍,贴在了床头上。从此,放牛娃开始识文咬字了。一本本书让他吃掉了,特别是那本唐诗三百首,让他背烂了;算盘子也让他拨拉碎了好几个。几度春秋,只永航今昔有别了,谈吐文雅,出口成章。小账张口即答,大账挥珠即出,落笔清秀,书写流畅。昨日的小牛倌,今日令人刮目相看了。

正当史永航崭露头角时,"文化大革命"来了,他又受到一系列影响……

分辩、申诉,一切都没有用。

等待吧,等待了十几个年头,他还是一个临时工,到了一九七二年才勉强转为正式工人。

失望、悲观逐渐冷却,他的信仰没有动摇,而是更坚定了;他的意志没有削弱,而是更坚强了;他的生活勇气和开拓能力没有消退,而是成倍增长了。

他又一次战胜了自己!

日本著名排球教练大松博文有句名言:"对人来说,最苦的莫过于战胜自己。"史永航以韧性取胜了。因此,他走向了人生希望的彼岸。

三

困难和希望是相伴的,冲破了困难就走向了希望。否则,希望就会泯灭。

过了而立之年的史永航,终于出山了,一九七七年担任了食品公司业务长,接着又任副经理。四年中,他施展了自己的才华,由于政绩突出,一九八四年组织决定提任史永航为食品公司经理。

五百多名职工心中没底。有的说能行,有的说都一个样,有的担心:"一个放牛的大老粗来管这么大的企业,简直是开玩笑。"

他,心里也没底。

他清楚,食品公司系统由于长期经营国家统购的二类物资,习惯于靠行政命令吃饭。因此,在干部工人中"亏损有理""补贴应该"的思想相当严重,吃着"大锅饭",捧着"铁饭碗",一年时间半年闲,工资照拿,经营业务越来越少,劳动效率越来越低,政策性亏损掩盖着经营性亏损,亏损额越来越大。一九八四年亏损达到了 86 万元,占去了全旗财政收入的十分之一。食品公司从六二年到八四年已亏损了四百多万元,扎旗财政这样困难,支撑着养活这个企业,作为企业领导人真痛心呐!

然而,在管理体制上也存在着严重的弊病。公司下设肉联厂、商品牧场、畜禽场、肉食商店(五个门市部)和十个收购站、公司等四个核算单位。公司与肉联厂互相扯皮,矛盾此起彼伏。各核算单位,互相推诿,收购员钻空子搞人情收购,还随意杀、吃,让皮子顶头数,费用实报实销;牲畜推到肉联厂后,屠宰排不上号,减量掉膘不算,每天都死上四五头。他算了一笔账,平均每头牛掉秤二十八斤、羊五斤;每年损失二十万斤肉,折款三十多万元,数字太惊人了!

在五百二十名职工中,除去六十一名退休人员,还几十名待业青年在等待饭碗。人多又闲,闹来是非多,打架斗殴屡屡发生。

面对这个乱摊子,他是退?还是进?退,正常运转,平庸而行,没有风险;进,是走钢丝,走正了,能过去。否则……

"要进、要改革!我豁出去了,跃入深谷大不了摔个粉身碎骨。退,不是我史永航的性格。"他的话掷地有声。

他的第一板斧砍在了机构上。(一)撤销肉联厂,公司与肉联厂合并为一个机构,公司搬到肉联厂办公,变为经济实体;(二)撤销商品牧场,人员归畜禽场,商品牧场不再作活畜储存库,牧场工人养畜种地,自负盈亏;(三)撤销肉食商店核算单位,由公司业务股直接管理;(四)利用原公司临街大院的地理优势,成立贸易货栈,开展多种经营,增加企业收入;(五)打破八级工资制,行政人员每月工资浮动20%;(六)年初放假三个月,每月发生活费三十元。

一石激起千层浪。这斧子砍在了每个人的筋骨上,肉联厂原班子调整了,他们说公司吃掉了肉联厂,有怨气;公司和肉联厂合并,机构减少,行政人员裁掉三分之一,他们不满;让牧场工人种地养畜,砸了铁饭碗,他们愤慨。

哭声、骂声、哀求声,甚者要动刀子,更有甚者,牧场两名职工出门讨饭了。"社会主义企业的职工讨饭度日,还叫社会主义企业吗?"真有泰山压顶之势。

你若失去财产,你只失去了一点儿;你若失去荣誉,你就失掉了许多;你若失去了勇敢,你就把一切都失掉了。

四

在风口浪尖上,他和他的助手们配合得像五个手指头那样默契,在职代会上党支部书记、工会主席、副经理慷慨陈词:"食品公司不改革就没有出路!"

最后,史永航在话筒前坐下。代表们屏息静气地注视着他,谁不熟悉他史永航呢?说话粗声粗气,有时还带着唾沫星子。他幽默风趣,不分年老年少,见面总开几句玩笑,一高兴还朗诵几句诗。他举止洒脱利落,走起路来风风火火,不修边幅,冬夏总是解开衣服纽扣。今天,他小平头理得整整齐齐,用一双炯炯有神的大眼睛扫视着每一个人。

史永航习惯地用大手巴掌擦了一下刮得发青的下巴,开口了:"坦率地说,我们这个新班子成员,经过一段时间的工作,大家看得出,我们是团结的,是坚强的。为了取得改革的成功,为了振兴扎旗食品企业,我们不会犹豫不前,哪怕把这一把骨头搭上也要拼命干!

"有人问我治理企业的方针是什么?只有一个字:严!我是在食品公司成长起来的,公司党组织和群众待我不薄,我永远也不会忘记这一点。但党要求我铁面无私,今后诸位亲朋好友,谁想到我这儿开后门,请免开尊口,大家不要骂我当官不认人。如果实在不能不骂,就骂几句出出气,不要拿工作撒气就行……

"作为经理,改革会给公司、职工带来什么好处?我可以告诉大家。第一,全体职工团结奋斗,争取一年减亏十万元,四年实现盈亏持平,给扎旗财政做贡献。第二,打破工资制后,职工收入不会减,多者一年比原工资要增加二百元,少者也能增加一百元。第三,照顾好离退休人员,一切福利待遇从优(称扎旗第二老干部局);安排好待业青年,解决后顾之忧。"

振兴事业,首先要振奋人心。当人们奉献出一把把滚烫的汗珠子,都像流进干涸的沙漠一样,见不到一点儿绿荫和果实,谈何振奋?没有收获谁也不会去耕耘。这三条,给全体职工吃了定心丸,他们看到了希望,燃烧起决心振兴的火焰。

说归说,做归做,人们用期待的目光看着史永航怎么个"严"法。严把财务关。实行一支笔,收入支出公开,该花的钱千金不惜,不该花的钱一分不舍。

严明纪律。从领导抓起,一位副经理,出口伤人,对不起,按规定罚款五元。两个刺头屡教不改,按有关规定开除。治一儆百,厂风一新,士气大振,职工们信服了。

思想认识的统一是改革的基础和前提。史永航又开始了第二板斧。搞层层承包,落实亏损指标,明确责任。对收购员实行费用包干,定收购头数,超收奖,少收罚,收购站与屠宰车间实行磅板交货。对屠宰车间按头数、质量实行了包干。一包则灵,二十万斤肉再也不会白白地损失了。

"包"字虽灵,但史永航没有把它作为至上的宝剑。他粗中有理,以理服人;粗中有细,细中有义。

他每项决策都在"议政"会上讨论。议政会党政工齐上,党支部、工会、共青团各抒己见,让人人都说话,让人人都献计献策。他常说:"我是大老粗,全靠各位'军师''高参',无论谁说的,只要在理,我就执行。"因此，职工们给他的评价是，史永航讲理、大度、敢为敢当。

一个司机不称职，被他撤了，司机恨他。当司机个人遇到困难时，史永航热诚相助。司机感动了，由恨变为爱了。

女经理赵翠英到100公里外的苏木收购牛，原定三元的价格收不上了，她毅然决定提高五角。回来后，史永航一拍胸脯，亏了我担着。

商品牧场的四十多名职工，被砸了铁饭碗，公司每年虽少支出十万元，但他时刻惦记着职工们的生活，多次到这里帮助制定自立的规划。为了促进养畜种地，两次以优惠价格给每户分了牛，又解决了两万亩的饲料地。八八年公司又投资十四万元给职工们安上了电灯，打了两眼机井，使每口人有了两亩旱涝保收田。现在的牧场变了，每个职工的收入比挣工资时提高了一倍多，有三分之一的户买上了电视。

工人岱来的妻子是林业工人，在北京做心脏大手术，发来电报跟公司借钱，按规定不是本单位职工不能借，但史永航提起笔说："借，需要多少借多少，危难之时，要拔刀相助。"这样前后解决了五千元。

牧场临时工姚贵富去年阴历二十九突然病逝，临时工没有安葬费，他二话没说派人拿去一千元安葬费，春节又给姚家送去一百元钱。

信赖、关怀和支持，犹如浩荡的春水，倾注进每颗心房。扎旗食品公司一反昨日沉闷的局面。王兴武、隋国相、赵翠英、丁守政、赵玉林五员"大将"坐镇四方，深谋远虑；三十多名环节干部分兵把口，亮计献策；四百多名职工怀珠抱玉，有鲲鹏扶摇之心。个个披肝沥胆，图振兴大业之道。生产力中最活跃的因素——人，最伟大的杠杆——科学技术，像大河开闸一样解放出来，食品公司呼啸而起……

五

人的一生似洪水奔流,不遇岛屿暗礁,难以激起美丽的浪花。

一九八八年食品企业由条条管归地方了。八五年牛、羊、猪三个品种由二类统购变为三类放开了。压力来了,冲击来了,食品企业的日子一天比一天难过。工人们唉声叹气:"碗砸了,米也吹走了。"

史永航没有畏惧,他提出:"要生存,要竞争,要发展。一手抓出口,一手抓综合利用,多种经营。"

抓牛肉深加工出口,这不是一件容易的事,整个厂区车间必须达到防疫标准,方能取得出口注册。

"我们有力量,我们不怕流血流汗。"他带领职工们对 7300 平方米的厂区重新进行了规划建设,几万平方米的杂草全部铲除,栽上了杨树;八百多立方垃圾运出了;五百多立方土,四百多立方的沙料将凸凹的大院垫平了。为了处理废水,建起了一座鱼塘;四周大墙由土墙变成了砖石,厂区路面也全部硬化。经过艰苦奋战,投资二十多万元,一改昨日残垣断壁、杂草丛生之旧貌。当年盟商检处验收合格,出口牛肉 200 吨,在竞争中创出了一条生路。

变废为宝,加工增值,这是史永航多年的念头。他们利用骨头研制成功了蛋白胨,当年投产当年见效,比纯卖生骨头每年增值 14 万元。利用牛的胰脏,制作糜元,年纯收入 3 万元。小副产品全部进行了回收,如牛耳毛、尾毛、羊胡、眼珠、胆汁等,一头牛平均增值 15 元,一只羊平均增值 1.5 元。此项年收入达 15 万元,多么可观的数字啊!

他还相继办了贸易货栈,开办了饭店、招待所等,安排了五十多人成立了劳动服务公司,安排待青二十多人,两次办了砖厂等等,解决了工人们的就业,为扭亏创造了条件。这是他的第三板斧。

六

打开账面,验证一下史永航的诺言是否兑现?

一九八四年亏损86万,

一九八五年亏损37万,

一九八六年亏损27万,

一九八七年亏损15万,

一九八八年盈利10万。

工人工资五年平均增长223元,以工人张郁为例:八八年他实际收入2080元,比按基本工资收入(包括奖金等各种补贴)1505元,增加575元。

社会效益,在平抑物价上,发挥了国营主渠道作用,每年公司都拿出3—4万元来平衡物价。

诺言条条兑现。食品公司这个背了几十年亏损包袱的企业(哲盟唯一扭亏的食品企业),经过史永航等人几载奋斗,终于翻身了。

五年的坎坷历程,他是在陡峭的山崖上一步步走过来的。他并不是常胜将军,他有过一次次的失败,第一次办砖厂,赔进去了10万元,第二次他又办了,成功了。又失败了,闹个持平收场了。但水路不通走旱路,走定了。摔倒了,又爬起来,这就是他的"韧"性。

人生充满了痛苦和欢乐,躲避困难,就躲开了真正的胜利。每个人都要走完他的人生,但是有多少人能真正尝到人生酸甜苦辣的各种滋味?五年的坎坷路,对放牛娃出身的史永航几多甘苦,几多酸甜。他并非完人,他是有争议的人物,但按照生产力的标准去衡量,他无愧于一个企业家。

……

来探望的人散去了。话在回旋。烟在萦绕。

他仍然沉默着。思绪的翅膀在大地和空中翱翔。

他支撑起身子站了起来,妻子过来搀扶他说:"休息吧,要注意刀口。"

他坚持说:"不,我到外边走走。"

"我陪着你!"妻子又理解了丈夫。

他望着草原春夜闪烁的群星,万般感慨涌上心头。一个月后他又回来了,他战胜了疾病,轻装上阵了。昨日,他胸中容纳过隔夜的风风雨雨;今日,他胸中又回荡着关于未来的畅想曲。

是啊,不停的进击,这是企业家的性格特征;雄鹰只有振翅搏击,才能享受宇宙的空旷,蓝天的灿美。

路,更漫长,更坎坷……

在激流中

你想做生活的强者吗?那就请勇敢地走到生活的激流中去吧!去迎接那狂风、暴雨、激浪。

胆怯吗?风不会轻柔,雨不会缠绵,浪不会有情。侥幸吗?苦和甜结伴而生,甜就从这苦中酿出。戴淑莲是生长在山沟沟里的弱女子,她却从生活的激流中走了出来,你相信吗?

一九八四年,春姑娘张开她那宽阔的胸怀拥抱着大地,万物从沉睡中醒来,青草儿偷偷地顶破了土,树芽儿羞答答地探出了头。春姑娘时时催促着人们去田间耕种。可今天,扎鲁特旗巴彦他拉村的人们谁也没去田间。他们伴着春风,送自己村上的劳模去参加全旗物质文明与精神文明建设表彰大会。人们簇拥着,轻轻地给劳模们戴上了大红花,争抢着把感激党的好政策的心里话说给劳模,让他们捎给全旗人民。

汽车要开动了,劳模们纷纷上了车,可田英还站在那里。他的妻子戴淑莲给他拽拽衣角,掸掸灰尘,又检查一下大红花戴得牢不牢。他们这对夫妻都近四十岁了,却不愿分手。两个人面对着,都像初恋的小青年似的,不自在地站着。田英低着头,两只手一个劲地搓着,时而偷偷地瞅妻子一眼,心里有一股说不出的滋味,浑身的每个细毛孔都在冒汗,好像全村的每双眼睛都盯着他。他想一回身跑上去,可妻子站在那仔细地打量着自己。他的眼睛告诉妻子再等等。汗水把雪白的衬衫浸透了,他用手一把一把地抹着汗,他张了张口,想跟戴淑莲说上几句,但连半句话也说不出来。戴淑莲这个活泼的妇女,平时非常健谈,今天也不知怎么了,嘴巴竟然张不开。

戴淑莲端详着田英,想找出那不合体的地方,她像第一次见到他,她心里恍恍惚惚地发问,这是田英吗?这是我的丈夫吗?那一身蓝色的毛料中山服,穿在田英那一米七的身条上,显得那样匀称自然。她头一次发现丈夫的身材是那样笔直。特别是崭新的白衬衫和鲜红的花儿映衬着,把那张黑红的脸越发照得红了。那双眼睛不像过去那样布满着血丝,透着粗野和蛮横了,而是出着神,发着光,含着情。黝黑的面颊配着那高高的鼻梁,显得温和慈善,他有着男子汉所具有的气质和风度。戴淑莲又瞟了田英一眼,他还是低着头,忽然淑莲想起了什么,大声对丈夫说:"田英,你抬起头来,这不是昨天了,快抬起头来。"

田英心领神会地抬起头来,他浑身顿时像松了绑,以胜利者的姿态望了望众人,又把视线集中在妻子身上。戴淑莲高高的个儿,穿得干净利落,显得大方朴实。油黑的短发虽没有烫上几道弯,但更显出自然美。那张白皙的圆脸上,皱纹过早地爬上了她的眼角和额头。漂亮的大眼睛,眼皮过早地下垂,但仍闪着智慧的灵秀之气。田英内疚了,淑莲她才三十八岁,她原是全村有名的美人儿,可今天她昔日的风韵已荡然无存,这是我的过错啊!

这个倔强的汉子,心像在淌血,泪水不知不觉地涌上了眼圈:"淑莲,我上车了!"田英转过身跑上车,没有把眼泪流下来。汽车开动了,戴淑莲使劲地挥着手说:"田英,你……"汽车走远了,她还站在那流着泪。女儿素娟拽着她说:"妈妈别哭了,咱们快回去吧!"

戴淑莲安慰女儿说:"我没有哭,素娟你看清了没有?你爸爸他不是戴手铐吧?戴的是大红花!"素娟大声回道:"妈妈,是大红花!""那就好了,那可太好了!"戴淑莲伴着春风轻轻地迈着步子往家的方向走去。风儿吹乱了她的黑发,也吹开了她昨天记忆的大门……

人都是从昨天走到今天,又奔向明天。昨天谁也不会忘记,无论是幸福还是痛苦,都是人生长河中的一瞬,她会给走到今天的你以启迪、以教训。可人生有几个一瞬,这一瞬又包含着多少希望,几多愁苦呢?让我们从戴淑莲今天这一瞬回到她昨天的那一瞬吧。

昨天也是她一生中难忘的一天,那是一九七二年的腊月,数九隆冬,寒风刺骨。天又下了一场大雪,冻得人们连手都伸不出来。家家都在筹备着年货。戴淑莲含着泪,给大儿子做鞋,泪水将眼睛模糊了,针一下扎进她的手指,血滴在鞋帮上。"妈妈,你手出的血都把我的新鞋染了!"儿子一喊,她猛一惊,才发觉,急忙擦去手上的血。蓦然,她想起早晨,她追问田英倒卖马的事。田英大发脾气,两眼像喷着火,把戴淑莲打得鼻青脸肿。她反抗了,拿起剪子拼了,把田英的手刺破了。田英手上的血滴着,走出了家门,血滴在了雪地上。

"妈妈,妈妈,我爸他,他被公安局抓走了,快看看去。"七岁的素娟哭喊着。"什么?在哪里?"戴淑莲手中的针线"啪"的掉在了炕上,急忙跳下地:"你爸爸在哪里?"她夺门而出,但又回到屋里,心想:"活该,他犯了罪,我还去看他!"戴淑莲心里是矛盾的。于是她让孩子们先走,快去看爸爸。她却又站在了门口。这时传来左邻右舍的叫嚷声:"田英被抓上汽车了,还戴上了手铐子。"

这声音刺着戴淑莲的心,她想以后我可怎么抬头见人。要看丈夫的欲望被彻底打消了,耻辱涌上了心头,她转身跑进屋里,把门关严,失声痛哭:"他真的走了,真的走了。"狠心的丈夫瞒着她偷着把别人的一匹马和一头驴给卖了,钱也花光了,犯了罪被抓走了。自己该怎么办?

田英被判了五年徒刑。戴淑莲领着四个孩子,最小的才一周岁半,最大的七岁,这生活的重担她一人挑得起来吗?不少人劝她,让她干脆离婚,只要一提出来,法院就会判决。戴淑莲思想动摇了,她才二十六岁,再找一个合适的丈夫是容易的,干脆离了吧。她搂着几个孩子,他们一个劲地喊着爸爸,特别是七岁的大女儿,问爸爸什么时候回来。戴淑莲心酸了,忍不住哭了起来。

夜深了,她久久不能入睡,她想到丈夫田英,也不是一点好处没有的人,他很聪明,也很能干,不知后来为什么干起糊涂事来?他犯罪了,但党还要挽救教育他,而我是他的结发妻子,怎么能嫌弃他呢?我离了婚,他会怎样呢?孩子们又将怎样呢?不能离婚,要等他回来。

当时,正是阶级斗争这根弦绷得紧的年代,一人犯罪,株连家族。一天,戴淑莲中午从山上回来,走到街上看见一群孩子正按着一个小孩,大声喊着:"把这蛤蟆给塞进嘴里,塞进去。"那个小孩嗷嗷地哭喊着不让,小孩们叫喊者起哄:"塞,这小子和他爸一样是坏蛋。"戴淑莲听出是她儿子的号叫声。她跑上前去一把推倒那几个小孩,抱起自己的儿子就往家跑,一边跑一边失声痛哭。

冬天没柴火烧了,她求了几个社员帮忙打了柴火,又去求孩子的叔叔,让他帮着找个车拉回来。这个叔叔竟然不管。一九七四年春节前,戴淑莲突然病倒了。医生诊断得了阑尾炎,要马上到旗医院治疗。口袋里没钱,她让大女儿走了三家才借来六十元钱。到了旗医院,病还没有完全痊愈,因没钱就回来了。过年了,孩子们盼望的那顿年三十的饺子都没有吃上。大年初一,她支着病身子,去看望家嫂,可家嫂也没有同情她。

社会的歧视,亲属的冷眼,使戴淑莲绝望了。离婚,为了孩子我也要离婚。她给田英写了信,要办离婚的手续。她拖着病身子,跑到鲁北二姨家,要到法院去离婚。她的二姨不同意她这样做,耐心地开导她。她又动摇了,待了两天,连法院的大门都没进,又回到了家里。

戴淑莲艰难地支撑着这个家。痛苦能够毁灭人,然而受苦的人也能把痛苦消灭。几经波折,几经磨难,戴淑莲这个经不起风浪的弱女子奋而前行了。

她,在失望中擦去了眼泪。

她,在煎熬中勇敢地站起来。

她,把困难踏在脚下。

她,把希望寄托胸中。

她明白了丈夫有罪,是他一人之罪,而不是全家之罪,她心底无私更觉无过。所以,她不再像过去那样见人胆怯害羞了。她站在人们中间腰板挺得绷直,说话理直气壮,她要自尊、自重、自爱、自强。此后,她像换了一个人。她不再流泪了,让大女儿看着家和弟弟妹妹,自己到队上找活干,脏活重活她全顶得住。农忙时,她和男劳力一样劳动,风雨无阻。农闲时,她搭着别人的车上山刨药材,一日不误。这一年,光刨药材就挣了两百多元钱,给孩子们和自己都换了季。这年队上分值还可以,她的分值把全家的粮食都领回来了。她还喂两口猪,上山劳动时拿着一条麻袋,散工后别人都回家了,她还割一袋猪菜。春节杀了一口肥猪,她舍不得全吃,卖了一半,用这钱又给田英做了套新衣服新鞋邮去。春节到了,孩子们穿上了新衣服,吃上了猪肉,都欢欢喜喜,两个儿子还放起了鞭炮。

在那已逝去的年月,越穷越革命,越穷越光荣。为了光荣的人们,只能饿着肚皮,劳动一天倒贴三分。戴淑莲接受不了这个"光荣"。她决意去呼和浩特市做零工挣钱。戴淑莲抛下孩子到了呼市姐姐家里。姐姐出去找了几天活都很失望,戴淑莲问:"什么活也没有吗?"姐姐说:"有是有,装卸水泥哪是女人干的活啊?"戴淑莲高兴地站了起来:"姐姐,我能干。"

姐姐说:"不行,会压坏你的,坚决不能去。"她央求姐姐,让她先试一试,姐姐只好答应了她。到了装卸场,看着一百斤一袋的水泥,戴淑莲胆怯了,一个个膀大腰圆的小伙子都累得满头大汗,何况她呢?装卸场的小伙子们望着她也穿上了工作服,奇怪地问她:"你也扛水泥?"戴淑莲点点头。

"哈哈,"小伙子们大笑,"大姐,不怕搭上命,来试试。"小伙子们的讥讽使戴淑莲又气又急,她鼓足了勇气走上去:"试又怎么样?"她上去搬起一袋:"好重啊!"汗立刻冒了出来,腿酥酥的,脚跟站不稳了,胳膊酸了。她想把水泥往肩上放,可就是放不到肩上,"啪"掉到了地上,把水泥袋摔成了两半,她也被带了个趔趄。

她又去扛第二袋。"大姐,别急!"一个小伙子帮助她放到了肩上,她扛起来,走了……

人的意志和劳动能创造出奇迹。一个弱女子竟能和小伙子比高低,小伙子们感动了。一天下来,她连走路的劲都没有了,浑身像散了架,满身满脸都是水泥,油黑的头发变成了白灰色,嘴里也是水泥味。

姐姐看她这样,心疼了:"明天坚决不能去了。"姐夫劝她在呼市找个对象吧,何苦受这份罪,保证你称心如意。姐姐也这样劝她。她摇头了,她想起她走时村里人就吹出了这样的风;她想起四个孩子张着嘴等着妈妈挣钱买粮;她想起母亲的嘱咐;她想起了田英。

第二天,她又去了装卸场,一直扛了两个多月的水泥。装卸场上的小伙子们服了,姐姐姐夫也服了。她在呼市做了半年临时工,挣了两百多元钱,那个年代两百元是何等的价值。回来后,戴淑莲把两百元钱交给了队长,买返销粮。队长说还欠五十元,戴淑莲没有恳求,更不要怜悯。

一九七八年的春天悄悄地来到人间。从整个原野上,从农户的院落里,从渗透了水分的耕地里,到处可以闻到一种潮湿而又清香的气息。

春耕就要开始了。中午时分,戴淑莲家的门前走来一个中年男子,他背着行李,在大门前站着。他就是刑满归来的田英。他端详着他的房子,这就是离别了五年的家,多么陌生,又多么熟悉,马上要见到日日夜夜思念的亲人了。可这会儿他"近乡情更怯,不敢问来人"。又不敢贸然走进去,他想:"淑莲还在恨我吗?孩子会原谅我这个父亲吗?"他鼓足了勇气,刚迈两步,又停住了。见到了淑莲说什么呢?见到了孩子又说什么呢?这时一只小黄狗"汪汪"叫着向他扑来,扑到他身边,晃着尾巴,用舌头舔着他的腿,他蹲下来摸着小黄狗。他心想:小黄狗都这样,何况……

这时,门口走过一个人,仔细地看着他,忽地跑过来搂住了他的脖子,大声喊道:"爸爸!"田英仔细一看是大女儿素娟,田英一句话也没说出来,眼圈湿润了。女儿素娟接过他的行李,拽着他的手喊着:"爸爸回来了,爸爸回来了。"

田英迈进门槛,看着另外两个孩子,他们都站在那里看看他,他们根本不认识这个爸爸。因为他走时他们还都小,在他们幼小的心灵里,只知道爸爸是个坏蛋。素娟放下行李,扶田英坐下,看几个弟弟妹妹还愣着,懂事的姑娘急了:"快叫爸爸,爸爸现在是好爸爸啦!"

"爸爸!"三个孩子异口同声,像三只小燕子,一起扑向田英。田英张开胳膊,将三个孩子紧紧搂在怀里,泪水顺着他的面颊流到孩子的脸蛋上。三个孩子争抢着擦着他的泪水:"爸爸,你不走了?""爸爸,这回没人再说我们是坏蛋了吧?"田英的心像被揪着一样:"孩子,你们受苦啦,都是爸爸不好!"

忽然,他抬起头问:"你妈妈呢?"孩子们齐声说:"我妈妈碾黄米面去了。"。小姑娘喊着:"爸爸,咱家杀大猪了,我妈还给你留着血肠了呢!""爸爸,我去找妈妈。"大女儿飞奔着向碾房跑去。

戴淑莲端着面急忙往家走着,一边走着一边思绪万千,她没想到田英提前三天回来,她的思想在矛盾着,田英瘦成什么样了?他的脾气还是那么坏吗?我怎么向他说呢?她走进了外屋,放下面,掸掸身上的面尘,用毛巾擦擦脸,用手指理了理凌乱的头发。进了屋,她打量着田英,田英打量着她,两人面面相觑,两双眼睛都湿润了。

"田英,你……"戴淑莲像开了闸门似的,五年的辛酸一口倒出,放声大哭起来。田英咬紧嘴唇,泪止不住地流着,他忏悔地说:"淑莲,淑莲,都怪我,狠狠打我两下吧!"早就盼望父母团聚的孩子们大声催促说:"妈妈,快炒菜去吧,你不说爸爸回来好好让他喝几盅吗?"

"爸爸你看,这是妈妈给你买的好酒。"小儿子拎着一瓶"鲁北香"扑向田英。田英抱起小儿子,心潮翻滚,一股热浪涌遍全身。妻子儿女没有嫌弃他,他还有个温暖的家。

田英变了,变得温和了,变得忠厚老实了。渐渐地,他终于摆脱了窘境,又重新振作起来,成了致富路上的排头兵。

一九八五年的春天,全旗妇女群英汇聚,一位长得秀气的中年妇女的事迹打动了众人。

"啊!她就是戴淑莲。""她真是我们妇女的骄傲。"她就是戴淑莲,坐在主席台上在介绍经验,向全旗的姐妹们,流着眼泪说着昨天,流着喜泪感激今天党的好政策。

实行生产责任制后,戴淑莲夫妻承包了87亩地,仅两年全家就翻了身,吃穿不愁了。这时,戴淑莲发现他们家居住的地方,正是赤峰市阿鲁科沁旗到鲁北的交通要道,人员流动比较大,她想充分利用这个有利条件发展商品生产,发展庭院经济。前年十月,她跟田英商量,田英一口回绝了:"咱脱不开身,再说种好这几十亩地就够好的了,我满足了,我怕再……"戴淑莲气愤地说:"我不满足,党让我们干,我们怕啥？我能干,我也能干好!"

戴淑莲有胆量,敢想敢干,又有韬略,会算经济账。她办起了小卖店,办起了旅店饭店,当了总经理,还兼采购员。她把三个店管理得井井有条,商店货物齐全,昼夜营业,饭店旅店也是顾客盈门。

八四年戴淑莲这个曾经花一分钱都要急得团团转的家,粮钱收入都双过万。三个小店纯收入就6600元,产粮12500斤,人均收入一千多元。家庭生活也有了大改观,现有房子13间,大小牲畜36头(只),又添置了各种新型的生活用品,成了巴彦他拉苏木有名的富裕户,戴淑莲成了远近闻名的"女能人"。

戴淑莲每走一步,都是艰难的,她办起了三个小店,从管理上讲,她没有经验,要从头学起。从货源上讲没有好货,挣不来钱。她住在一个偏僻的山村,就一个供销社,哪会有好货,她就去外地购货,天山、通辽、沈阳和呼市等地她都走遍了。一个农村长大的妇女,哪见过几次大世面,要碰钉子,还不免上当受骗。从办饭店上讲,要会炒几道拿手的好菜,也要从头学起,戴淑莲也跌倒过,但她又勇敢地爬起来向前冲去。

戴淑莲那颗美好的心灵在闪着光,温暖了丈夫,温暖了家庭,也温暖了周围的群众。她宽宏大量,不计前日恩怨,过去亲属冷眼看她,当她富裕之后,亲属有困难,她解囊相助。

今年春天,她正在医院给孩子看病,来了一对夫妇,医生一检查说那妇女是阑尾炎,让马上去旗医院。那位妇女的丈夫哭丧着脸说:"去鲁北,我身上只有十元钱怎么能行,这可完了。"妻子疼得直流汗,丈夫急得团团转。戴淑莲看在眼里,急在心头。她问那男子家是哪个村的,回答是西巴彦他拉村的,戴淑莲掏出50元钱说,急用先拿去吧!

那对夫妇此刻不知所措了,他们认识戴淑莲,可戴淑蓬根本不认识他们,怎么好随便用人家钱呢?"拿着吧!"戴淑莲把钱放到了男子的手上。男子接过钱,连句谢谢的话也说不出了,一个劲地鞠躬。戴淑莲望着这对夫妇坐车走了,心里说不出的高兴。

戴淑莲常常望着顶着星星走、披着月光归的丈夫,心想:人,并不是不能变好的。丈夫不就走过了一个由戴手铐到戴红花的人生历程吗?她又摸摸自己脸上的皱纹,她为自己无私拯救了一个即将堕落的灵魂而感到欣慰,为迅疾地走上致富路感到舒心。

她继续思索着,迎着和煦的春风,望着蓝天、白云、田野和村庄,她充满了坚定的信念,她轻轻地微笑了。

"锈锁"打开了

人们常说:"派性结下的矛盾,就像锈锁一样打不开了。"而扎鲁特旗双龙泉村的两位书记,却以实际行动把这个说法否定了。

锁"锈"住了

双龙泉村是个拥有两千七百多人口的大屯子,过去一度是"老大难"的村屯。这里派性严重,还是有名的"亲家"村。旗、社工作队四进四出,也没有解决这个问题。原因在哪里呢?

关键在村班子。原来大队党支部有两个书记,两套马车。老书记潘旺,今年六十三岁,是个土改老干部,现任副书记。年轻书记左永洲三十岁出头,现任书记。当年老潘是走资派,小左是造反派,就这样结下了派性。打这以后,两个人的矛盾一天天加深。因小左有一定的工作能力,所以一直在大队当领导。老潘平反后任副书记,当时小左主持工作,老潘总是不服,认为小左是造反起家的,而且还造过自己的反。虽说没打过自己,但他是领头批斗的,绝不能和这样人一个心眼。小左想老潘对自己火大,再一想我批过他,我怎样说,他也不会听我的。两个人各说各的理,各走各的路,弄得见面都不说话,工作开展得很不顺利。群众诙谐地说:"这真像把锈锁,算是锈住了。"

锁"锈"掉了

　　一九七六年后,左永洲当了支部书记,群众的反应可就多了起来。小左想我要把双龙泉搞好,就必须跟老书记团结。团结是有一定困难的,但小左心想滴水能穿石,人就不能团结吗?小左清楚老潘是个好党员,可怎样团结呢?老潘也这样想,小左是个好青年,有这样的年轻干部双龙泉就有希望,可自己该怎么办呢?小左当书记后,有的群众说小左非把老潘那派人拿下去不可,老潘也这样想。小左考虑到了这一点,但他做事出于公心,以实际行动感化了老潘。

　　土改时就当会计的汪凤林是老潘的得力助手,小左又重用了他,并且把老潘那派人都重用了。另外,老潘管牧业,牧铺常年没菜吃,左永洲发现这个问题后,领人开着拖拉机到牧铺开了7亩地。牧夫们利用这7亩地种上了菜,不但够吃,而且每年能卖三千多元钱。左永洲办的这几件事让老潘打心眼里高兴。他感动了,同时也默默地支持小左。一次,大队要买胶轮车,没有资金,借了六千多元还不够,左永洲和会计就把大队的大胶车卖了。这台胶车主要是牧业队使用,老潘主管牧业,可小左却忘了跟老潘商量。老潘知道后很生气,这不是拆我的台吗?可他又一想,年轻人办事草率,没想那么周全,我哪能抓住不放,给他出难题呢。但牧业队的两个队长却发火了,这时老潘灵机一动对那两个人说:"这事小左已经跟我商量了。"而后就让人驯马又收拾了一辆破车,让林业队使用,有意见的人没意见了。后来小左听说这件事后感动得不知说什么好。

　　就这样,两个人想到一块去了,慢慢地交谈了。左永洲还在支部大会上作了检讨。一九七七年春的一个傍晚,左永洲来到老潘家,两个人谈了半夜。小左承认了错误,老潘也检讨了自己,这一老一小彻底地交了心。小左深情地望着老潘说:"您放心吧!再也不会有昨天的事了。"老潘坚定地说:"孩子,你大胆地干,我做你的后盾!"小左起身要回家了,老潘恋恋不舍地把小左送出了大门。

今晚的月亮是那样圆,群星是那样亮。两人似初识一般,老潘仰望着天空兴奋地说:"永洲,以后双龙泉群众就像那群星一样喽。"这把锈锁在"四人帮"的干扰下,整整锈住了十年,今天终于打开了。

锁得更牢了

"锈锁"打开了,这一老一少在工作中果真拧成了一股绳。小左有什么打算都向老潘汇报,大事小情都是两个人共同商量,工作中互相捧场。一次,五队队长领着社员砍了几棵树做挎杆,按村民公约规定,每棵树罚款20元,左书记一数是四棵,便罚了80元。可实际上还有两棵左书记没发现,对此林业队很有意见,因为左书记与五队队长是亲戚,这是护短。老潘听说这事后,便去找五队队长,查清事实后便又罚了40元。他拿着钱来到林业队,说明这是左书记对另外两棵树的罚款,同时还表扬了林业队。老潘这样做,让群众对左永洲没意见了。等弄清了真相后,人们都说,这老书记真是小书记的坚强后盾。

左永洲也是如此,老潘不在家,小左便主动去老潘家帮忙照看。去年,老潘爱人病了,他又不在家,于是小左就忙着找医生照料老人。还有一次,牧业队处理小羊都卖给十队了,其他群众对老潘有意见。秋天一公布账,钱还没收,有的群众便说:"这里有鬼。"可左书记认为,老潘不是那号人,他还亲自到十队,查清情况后就做了手续,并拿着手续向群众做了详细说明,群众没意见了。

老潘处处为小左着想,小左事事想着老潘。群众风趣地说:"这走资派和造反派真合作了。"双龙泉也变了,这几年双龙泉村干部群众更加团结,粮食增产了,日分值提高了,村民富裕了。看到这一切,人们就时常念叨起"锈锁打开了"的这段佳话。

草原上的女企业家

今年六月,被自治区乡镇企业局授予"牧民企业家"的查干莲花,是扎旗巴彦宝力稿苏木巴彦宝力稿嘎查的青年牧民。这位生长在大草原的蒙古族姑娘,虽然仅有初中文化,佢思想解放,视野开阔,她走在了发展商品畜牧业的前列。

开拓一条新路

查干莲花办的只不过是个家庭乳品厂,对于真正的企业而言,是不足挂齿的。但是这个家庭小企业诞生在偏僻闭塞的大草原,在牧区是从未有过的新事物。因而,家庭乳品厂的出现,拓开了牧区商品经济发展的新路子。

查干莲花生长在牧区,熟悉牧区的一草一木,更酷爱自己的家乡,她立志要改变家乡的面貌。她初中毕业后,在旗乳品厂做了六年临时工。六年中,她基本掌握了乳品的加工程序、机械使用和维修。回乡后,想办个家庭乳品厂的念头一直在她脑海里徘徊,可是在"左"的年代,她只能想想,后来连想一想也不敢了。党的富民政策使她办厂的念头再次萌生了。

一九八二年春,她找嘎查、苏木领导谈了自己的想法,两级领导都大力支持她。苏木领导把她办厂的要求立刻反映给了旗乡镇企业局。乡镇企业局领导表示积极扶持,并让她参加了旗乳品厂举办的乳品加工技术培训班。这一切使查干莲花办厂的信心更坚定了。她来到乡企局后,技术员侧面一考核,惊呆了,查干莲花的水平不亚于技术员,培训班正缺一名蒙语授课老师,转眼间她变成了老师。她的蒙语授课很出色,令人钦佩。培训班结束后,乡企局领导找查干莲花商谈办乳品厂,并准备在设备、产品销路、资金上都给予支持,她喜出望外。

办厂有了坚强的后盾,多年的夙愿就要实现了。然而,搞任何一项事业都不是一帆风顺的,想办厂就必须有原料,对她来讲就是奶源,查干莲花深知这里牧民的思想保守,因为牧民们从来没卖过牛奶,传说卖白色的东西不吉利,牛奶挤多了牛就会死等等。思想问题如不解决,乳品厂是办不起来的。就这样,查干莲花骑着自行车走屯串户,一边做工作,一边详细了解奶源。有的牧民一听说是收牛奶的,干脆就不让进屋,有的回答说,一两也不卖,不因十元八元钱而损失几头牛,得不偿失的事绝对不干。有一户牧民近六百头牲畜,十几头奶牛,但就是一斤奶子不卖。但是多数牧民经查干莲花做思想工作,细算卖奶子账,思想开通了。查干莲花心里托了底,决定再让事实来说话。

这年五月乳品厂正式开工了。经过三个月的奋战,第一年首战告捷。她们五个人,设了三个收奶点,收奶子六万八千五百斤,产干酪素二千二百四十斤,黄油二千三百四十斤,总收入达一万七千元,人均纯收入一千三百四十五元。牧民们卖奶子收入达一万零二百七十五元,卖奶子最多户收入四百多元。上万元的收入轻而易举地飘到牧民手里,几百元的票子塞进腰包,哪个牧民会不高兴。金钱发挥了效力,不少牧民打消了顾虑,不少人暗自祝愿查干莲花的企业长存,因为是它给牧民带来了福音。

查干莲花办的虽仅是家庭乳品厂,但它像一把火炬,给落后的牧区带来了火种,燃亮了牧民的思想,开阔了牧民们致富的视野。

经营企业有方

查干莲花办厂五年来,共加工鲜牛奶二十一万七千二百斤,从中加工精一级干酪素五千二百斤,优质黄油四千九百斤。五年来,她加工出的干酪素一直保持质量优胜,多次受到各级有关业务部门的好评。她生产的黄油,八五年在自治区乡镇企业产品评比中评为优质产品,授予银杯奖。她个人仅乳品厂一项总收入达四万九千六百元,平均每年纯收入三千四百元。

查干莲花办厂的第一天,把的第一关就是质量关,她深知产品质量不合格,生产是徒劳的。加工黄油、干酪素,除技术外,关键一点是原材料的质量。因此,每一桶奶子在浓度、时间等方面她都进行了严格审查。有个别卖奶的人在奶子里掺水或米汤,还有变酸的,查干莲花宁可将奶子扔掉,也不投放加工;另一个关键节点是干酪素的晾晒,她没有烘干机,牧区又多雨,所以她就把炕烧得热热的,进行烘干。第二关是信誉关,查干莲花往来账目清楚,收奶付款定期及时,不失信誉。第三关是卫生关,黄油是食品,所以卫生至关重要,她的生产车间虽只是几间土房,但是收拾得干净利落,井然有序,车间严禁外人入内,收奶和加工生产分开,因而防止了脏东西的侵入。

查干莲花是很有经济头脑的人,她对生产后的奶水也进行了再利用,她买了两头母猪繁殖仔猪,在乳品生产期间,用奶水喂猪,这样既节省了饲料,又加速了仔猪的育肥。四年来,她出售仔猪、肥猪收入达两千多元,但查干莲花认为这个增值不大,所以她找各种资料研究奶水的处理。有份资料介绍奶水可用来制奶酒,她就进行了研制,经过化验后,这奶酒达到了啤酒的度数,尚未成功,她准备继续研制。

查干莲花虽然在经营上有方,但是有些困难也是她难以克服的。牧区没电,生产加工过程全靠手摇,要有体力和韧劲。困难并没有把她吓倒,八四年产品滞销,七千多元的产品一直积压到八五年春天才出售。产品售不出,贷款还不上,这年光付利息就达七百多元。在这重重压力下,不少牧民都劝她别干了,可她却说:"办企业肯定有起有落,但这起落要保持一个相对稳定,这企业就有希望和前途。"

乐于解囊助人

几年来,查干莲花多次出席盟、旗的劳模大会,并在八四年被盟行署授予"三八红旗手"。今年春天,她又光荣地加入了中国共产党,牧民们称赞说:"查干莲花不愧为一名合格的共产党员。"

牧民们的话是发自肺腑之言,因为查干莲花富裕后,没有忘记帮助一起生活的牧民们致富,她所办的乳品厂社会效益大,这二十几万斤牛奶,如没有加工工厂就不能成为商品,上万元的收入当然得不到。五年来,牧民们卖奶子收入达三万二千六百元。在查干莲花总收入中,她个人收入仅为一万七千元(还包括磨损费、税款等)。所以大头收入属于牧民,她所在嘎查八四年牧民卖奶收入四千五百二十五元,五十六户平均收入八十元。牧民努拉年收入六百八十元,五年中她卖奶收入两千多元,靠卖奶子发了家。特别是不少困难户也靠卖奶解决了暂时的困难,社会效益远远超过个人的经济效益。牧民们说,查干莲花家成了"小银行",谁家缺钱都去找她。查干莲花为人善良,品德好,乐于助人。现在她手上还有一沓子欠据,共计六百七十多元。牧民德格都白拉出牧摔坏了胳膊,急于上医院,查干莲花二话没说,拿出五十元;牧民白乙拉得了重病想外出诊断,手头没钱,也是从查干莲花的"小银行"借了一百元。还有学生上学、到粮站买粮、盖新房、添置家具等等,都是查干莲花这"小银行"帮助解决钱款。借款也给她加重了一些负担,个别户用借款两年还没还上,而查干莲花却从不计较,她常说:"一人有难大家帮,我富了也是大家帮起来的。"

在收奶子过程中,有的人掺水和米汤,想瞒过查干莲花多卖几个钱,她在检查中发现也不当面批评,而是先收下奶子,而后登门边付款边说明他卖的奶子有假,掺假的人见她不但不扣斤数不扣款,还照顾他的面子,都闹得面红耳赤,拒不收款。查干莲花却说:"人都有做错事的时候,改正了就好,何必揪住不放呢?"打这以后,再也没有人往奶子里掺假了。

查干莲花办乳品厂,人出名了,技术也出名了。除旗内各苏木嘎查请她以外,旗外也请她传授技术。帮助指导办厂,对于查干莲花来说这又是一个负担,因为邀请她时都是生产大忙季节,她为了帮人,让丈夫也学会了加工这一技术。这样,她就可以有更多时间去帮助别人。去年加工大忙季时,丈夫又不在家,外地来人请她去安装机械设备,她让人找回丈夫,放下自己的活儿走了。有人问她:"你这么忙,多生产一斤干酪素就挣四五块钱,为什么还去管别人的闲事?"可她却说:"做人不能光考虑自己发财,大家都富起来不是更好吗?!"

就这样,几年间她指导了旗内外几个乳品加工点,在指导期间,她克服语言不通的困难,努力学习汉语,反复进行技术示范,毫不保留地传授技术,不少单位和个人给她工钱,可她都拒绝了。她的这种无私精神受到了旗内外同行们的好评,都称她是"乐于助人,慷慨解囊的企业家"。

查干莲花并不满足,她准备八七年再建一个点,扩大收奶范围,解决牧民卖奶困难和奶源紧张的问题。她还准备上动力电搞加工,准备继续研制奶酒等等。她想让这把火炬燃烧得更旺,照得更加明亮,推动牧区的商品经济发展和社会进步。

地上无湖人造湖

到过湖滨的人,都想欣赏湖滨那美丽的风光、奇特的景色。我们这次到人造湖滨,当然也是如此,凡是想来这里的人都会不解地问:"人造湖滨是什么样呢?"八月的一天,我们怀着同样的心情,来到了扎鲁特旗乌努格其牧场的水利建设工地。

盛夏,天气炎热,使人透不过气来。十点多钟,场广播站李延明同志陪同我们来到工地。不成形的湖水潺潺地流着,抽水机不停地响着,人们正挑着土篮,穿梭往来,干得热火朝天。老李指着人造湖告诉我们:"这是第二个人造湖,长是 100 米,宽 40 米,已挖了 40 米,完成了总土方量的 60%。现在工地上有一百多人,他们是场里的水利专业队。上几天,这里搞了前所未有的九天大会战,会战来了近九百多人。场领导亲自部署,亲自指挥,亲身参加劳动,男女老少都参加了战斗。九天九夜这里没有一刻停止战斗,工地上灯火辉煌,座座帐篷将人造湖围了起来,简直像过年一样热闹。"

老李激动地说:"你可曾想过,这样的场面,有多少激动人心的好事。就拿工地总指挥王玉清来说吧,他九天九夜没睡一个囫囵觉,跟班连轴转,人们都替老王担心,五十多岁的人了,身体又有病,要是累坏了可怎么办?大家耐心地劝老王回去休息,你嗓子都哑了,眼睛红肿了,你再这样干下去,我们于心不忍!可老王想自己是领导,同志们大干,自己一刻也不能休息,就这样老王又干上了。"身教胜于言教,小伙子和姑娘们真急了,加点加班,一班顶两班,一天顶两天。在会战中,最突出的是老年班,老年班年龄最小的五十岁。这些老年人,人老不服老,跟小伙子们摽上了劲,说什么也要比一比。小伙子们一天挑四方土,他们也如此。六十三岁的老大娘段秀珍是个小脚,可她不服气。人们劝她,这么大年纪,来看看就行了,一天挑三方多土,累坏了怎么办,劝她回家哄孙子去。老大娘摇摇头说:"你们大干,我在家享清福,那可受不了。"说着老大娘又迈着小脚干起来了。

讲到这里,老李更加兴奋地说:"请你再亲眼看看我们的老虎班和铁姑娘班吧。"他边说边领着我们走近了老虎班干活的地方,嗬,真不愧老虎班。小伙们光着膀子,汗水淋淋,像水洗的一样,正在两尺多深的水中挖着沙和泥。老李指着他们说:"哪里有重活,有危险活,不管白天黑夜,哪里就有他们,这还不够,为了排水,不影响生产,他们还大搞技术革新,没有条件创造条件,成功地使泉水乖乖地流了出去。"这时,一阵笑声传来,我们随着笑声走了过去,原来姑娘们正进行挑土比赛。十九岁的陈玉娇又获得了第一名。姑娘们向我们介绍:"全工地她年龄最小,可每天挑土达四方多,挑土量占全工地前三名。小陈的肩膀都压肿了,一声也不吭。别人发现后劝她休息两天,她却说没关系,越练越结实。"

当天下午,老李带我们来到了第一个人造湖。那碧绿的湖水披上了金麟,如同镶在锦缎上的宝镜,映照出过往行人的倒影,映照着湛蓝色的天空。湖水的四周筑着石墙,将湖水环抱。老李介绍说:"这个人造湖基本配套了,过去我们牧场打了很多大口井,结果一到灌溉时水就不多了,浪费了人力,地还是照样旱。群众出主意,挖人造湖,现在湖水 8 米多深,储水量可达 21800 立方。在不下雨的情况下,用一个 8 寸泵、一个 6 寸泵可以抽 75 个小时,灌溉面积达六千多亩,既解决了农田灌溉,也解决了草牧场干旱的问题。"

最后,老李笑呵呵地说:"我们人造湖滨的风光景色怎样?"我们急忙回答:"实在的美,实在的秀丽啊!"

  此时,我们不约而同地望着这百米湖滨,敬佩的心情油然而生。这湖水不正是广大干部群众的滴滴汗水积成的吗?不正是他们革命精神的真实写照吗?是啊!地上无湖可以人造湖。

路,应该这样走

一

扎鲁特旗打棉厂的牌子终于挂上了,挂在修得漂亮的水磨石的门柱上。但它还没有多少人知晓,提起厂长吴尚玉,更没有多少人认识,也就在无人知晓的小小厂子里,新鲜事还真不少。见着醒目的牌子挂上了,吴尚玉的心里说不清有多么高兴。老吴并不老,今年才四十刚冒头,中等身材。由于过度消瘦,身材看上去很单薄,却很精干。他冬夏喜欢留着平头,白净的脸上透着浓浓的书生气。也难怪,他是教师出身。还别说就这么一个气度不凡的教书匠,硬生生把打棉厂建起来了。当然,他走的路是崎岖的。

路泥泞极了,走一步都很困难。前面就是平坦的路,信念是人的力量。吴尚玉的脚刚迈上平坦的路面,却又滑了下去。脚实在是无力了,还走不走呢?哪能不走呢?快点,走出去。

从打棉厂走到家,老吴浑身全淋湿了,不知是汗水还是雨水。妻子拿来衣服让他换上,他好像没听见,坐在了饭桌前。妻子很快将饭菜端了上来,他确实饿了,遗憾的是又没有一点食欲,点着一支烟,站起身又走了,雨还在"哗哗"地下着。

"你拿上雨伞,淋坏了身子。"妻子心疼地喊着。老吴好像没有听见,径直朝他心爱的打棉厂走去。

破烂的厂子,像披上了一层黑纱,沉闷极了。厂里没有几个人上班,老吴心凉了大半截。

"厂长你回来了,郭杰他……"老吴没有示意,两只眼睛直直地盯着站在他面前的车间主任于胜德。老于了解厂长的心思,接着说:"郭杰,这小伙子真可怜。"老于说不下去了。

老吴长叹一声:"安全,安全,为何就不注意呢?"老于说:"是他上岗前面罩没有扎,所以才将脸绞进去,命是能保住。你不在家,责任在我。"

"打棉厂这工人是不能当了,早晚得走郭杰的路。""哼,竟想吃天鹅肉,怎么样这下闯大祸了吧!"厂里风言风语,如雷贯耳,震得老吴多少个夜晚睡不着觉。这时还有两名工人递上了调离申请。

老吴为难了。撂挑子,无官一身轻,可那十几万元的机器和厂房,已经无人管好几年了,再让它受没娘孩的罪太残忍。干吧,要冒太大风险,老吴又想起郭杰。

郭杰刚刚二十出头的小伙子,俊俏的面容却生被机器毁坏了,多令人痛心。可他苏醒后,见厂长站在床前流泪,他紧紧地握在了老吴的手。郭杰没有丝毫怨恨,说的第一句话是:"厂长,我错了,我对不住你!"郭杰的叔叔说:"这孩子和厂长感情太深了。"老吴心酸了,眼泪扑簌簌地往下流。郭杰轻声问老吴:"厂长,我们厂怎样?"老吴听后十分感动激动。他,一个年轻的班长,重伤在身还农然关心着自己的厂子。不,他为这个厂子付出了太大的代价,他将弹棉这项事业的成功寄予了厂长的身上。想到此,老吴眼前顿觉豁然亮了起来。是啊,这个事业,并不只是我一个人在操劳,我一个人也办不成这个企业,还有胡成来、李秋元、王作红,这些青年人不也和我一样,在拼命地干着这个事业吗?

老吴又想起去年腊月,青年们奋不顾身救火的情景。那是三九的第三天,弹棉车间由于电摩擦起了火,车间内弹出的二千五百斤棉花和价值万元的机器受到严重威胁。这个厂才值几台机械呀,可现在眼瞅着火就要把这点家当毁掉。老吴豁出来了,以百米冲刺的速度往车间跑,可他赶到现场,职工胡成来、李秋元已安上了水龙头,正在喷射洒水灭火。这时,突然从烟雾中钻出一个人,身上带着火,抱着一包棉花,跟跟跄跄地刚迈出门,却不小心摔倒了。她就是这班班长,厂团支部委员王作红,这个瘦弱姑娘那天来了神劲,竟搬动了一包棉花(平常根本搬不动),老吴十分惊讶,他刚要去扶小王,小王却站了起来,连头也不抬,又冲进车间。青年们拼命保护财产的精神激励着老吴,他也像回到了青年时代,箭似地跑进了喷着火舌的车间,奋力地搬起了棉花包。

这场战斗仅仅25分钟。火扑灭了,棉花抱出来了,只损失七十多斤,弹棉机完好无损,大家忘记了一切。老吴不知不觉地却撞在了机械上,昏倒了。工人们这才醒悟,厂长这几天是在带病上班,工人们急忙扶起厂长。不一会儿,老吴醒来了,望着大家,立刻板起面孔:"你们还不快去换衣服。"小胡、小李、小王等人这才看看自己,浑身全都冻成了冰。

老吴从青年人拼命抢救财产行动中,寻觅到干好事业的信念,他重复着旗委副书记那申同志的话:"事业哪有一帆风顺的,大胆地去干吧,困难就会被你踩在脚下。"

二

"这哪叫厂子。"16名新分配的青年人费了九牛二虎之力才找到打棉厂的厂址。本来它这时也不叫打棉厂,只因这有几台弹棉机,真正的名称是"扎旗供销社综合维修服务部"。此情此景,16个青年愕然了,一幢旧厂房空无一人,窗户玻璃都已经破碎了,厂房尘土足有半尺厚,几间土房说是办公室,连一张办公桌都没有。哪有正式院墙,院内是四通八达,大小车辆来来往往,猪鸡满院寻食。年轻人火热的心被一瓢水浇得冰凉。

可是事情总是奇怪的,年轻人们从上班的第一天就感到厂子虽说是散摊,厂长却是严格的,迟到半分钟也不行。青年人心冷了,那么老吴心能会热吗?事业是靠人干出来的,根本不是固有的。都是固有的,让我们创什么业呢?创业靠谁,靠的是人,人的积极性、组织纪律性没有,谈何创业?那就不客气,先从人抓起,人是懂教育的。这个教师出身的老吴,感到光靠说服是吃不开的,要靠制度。

"国有国法,厂有厂规,无论是谁一律执行厂里规定的制度(是大家讨论定的),大家看怎么样?"老吴说。

"行!"大家异口同声。洪亮的声音落下后,悄悄声又起:"哼,哪个厂子不是这样讨论,哪个厂长不这样唱高调,但是定归定,做归做,不信走着瞧。"

两个工人迟到了,班长毫不客气扣了10%的奖金;新调来的工人白玉扬听了这些制度也没在乎,随意旷工一天,扣去一个月的奖金二十元;老师傅于胜德漏宿了,这下产生起了波动,眼盯着老吴,有人悄悄给老于说情。老吴的回答是:"让于胜德自己说怎么办?"于胜德清楚,有人要看他这个车间主任的戏。戏成了,这制度也就不管用了。他二话没说,按规定交了罚款。什么叫制度,时间长了习惯也就成了自然。

"正人先正己。"老吴首先做制度的模范遵守者。他把机关当成了家,但对这个家的一分也不动。一次他家鼓风机上了点机油,他掏出三角钱。保管笑了:"你使那两滴油值几分钱。"老吴笑了:"就是值一分钱,我也得掏,这是集体的财产。"

"厂长你为啥不要奖金,难道你没工作吗?"老吴笑了,他想人并不是为金钱活着。可他对工人的劳动,一分钱的报酬也坚决给。他大胆地决定班长有职务津贴,各工种都有各工种的补贴,一句话多劳多得少劳少得。有人放风,说这是乱干蛮干,老吴没有怕,怎么定的就怎么执行。工人们说:"我们打棉厂别看小而穷,但我们一进厂,工作虽累心却觉得甜。我们每天的工作是有趣的,生活是富有的,就好像生活在另一个世界。哪是另一个世界,工厂本来都应该这样!"

三

领导给了这么一个摊子,怎么干好呢?老吴思忖着,开始二十多人搞木制和维修,却总是吃不饱,工人连工资都开不了。作为厂长,老吴想自己搞的产品已经过剩了,再这样下去,路就被堵住了。弹棉这两个字又浮现在他的脑际,他对弹棉是有感情的,1975年也是他领着十几个青年建筑了这幢厂房,领着这些青年人学习了一个月。

他也想好好干一场,没想到企业不办了,刚学完的年轻人全给分配到另外单位去了,他也回原单位了,他也曾有过气愤,但也问过自己,像样的企业都没看过,你气有什么用。

事情偏偏巧合。1980年,扎旗棉花脱销了,这再次燃起他心中之火,想得连作梦都在喊弹棉。妻子说他瞎想,他笑着说:"人活着就应有创造。"他偷偷地跟主管工业的那申同志谈了他的想法。意外的是老那拍桌定案,表示坚决做后盾。他兴奋了,有点忘乎所以了,迈进家门槛,喊着妻子炒上几个菜,喝上几盅。妻子问他有没有把握,他握紧拳头:"事业都是人干出来的,只要有信心。"

老吴穿上工作服同技术员开始摆弄旧机器了,可这弹棉机没摸索过,几个技术员犯愁了,老吴生气了:"谁生下来就会干维修的活?"他开始攻关,将弹棉这一套机械原理全背了下来,他带领几个人去通辽、黑山等地学习安装修理,他和几个技术员很快懂得了机械操作。1980年几经周折,总算弹上了棉花,全厂却亏损了4700元(建厂后一直亏损)。可是机器没转几天又坏了,老吴同技术员们在地上滚了几天,零件的确报废了。机器不能转,老吴心就放不下,他决意亲自去购买零件,可马上快到春节了。工人们劝他:"人家春节往家奔,你却往外走。"他执意地走了。腊月二十九晚上老吴背着零件回来了。他没有回家过年,直接奔到了厂里。跟技术员当夜安装,当日试车成功,弹棉机终于转了起来。

试车成功了,老吴和技术员们忘记了寒冷,忘记了饥饿,忘记了是在过春节……

1981年,这个无名的打棉厂挤进了市场,他们完成了盟里给的20万斤的弹棉任务,产值达到24万元,盈利2800元。这个小厂1982年(发展到三十多人)又增加了任务,产值达到55万元,国家交给的5000元利润上半年就完成了,其他盈利他们将破烂的厂子进行了维修。弹出的棉花除供应扎旗外,还供应右中、霍林河和锡盟一些旗县。有奋斗就有硕果,这是不争的事实。

四

"扎旗打棉厂质量评比在全内蒙古居第四位,居东四盟首位"。一个榜上无名的小厂居然超过了多年的老厂。工人们听了这个消息,不知是兴奋,还是自豪,心里暖烘烘、甜滋滋的。老吴用力控制着,可是喜悦还是抑制不住地写在脸上,写在眉间上。那天夜里他没有睡安稳,睡梦中不知不觉地流泪了,醒来时睁开眼用手一摸,果真是泪水。

在自治区棉絮会议上,同行们听了他的发言,看了他的产品,都暗暗地敬佩。可老吴却一个劲地摇头,虚心地向老厂请教。盟里要组织参观他的厂子,他拒绝了,他深知自己这个厂榜上才有名,差的还很远。

质量是企业的生命。老吴办厂那天起就深知这个道理,他挠头了。刚分配的这批小青年正是在动乱年代读的书,知识太贫乏了,他第一次考试让青年们写大写的十个阿拉伯数字,却没有一个人全写上。他立刻感到抓质量,首先要智力投资。1981年他派出学习十多人次,1982年派出学习二十多人次,当年智力投资经费就花了一千五百多元。有人笑话厂子穷得响叮咣,还要摆个谱动不动就去学习。有人劝老吴:"钱太紧张了,学习就别去了。"他斩钉截铁地说:"钱花在学习上,正是刀刃。"1982年厂里新进一台弹棉机,他们没有请师傅,自己安装上了。这件事在同行内震动很大,说他们了不起。正是因为有了这个开明的厂长,企业才不断发展壮大。他自己连个办公桌还没有,舍不得花钱买,把钱却用在了派人出去学习上。他知道什么更重要。

人活着就应该不断地创造,每个人都有能量,关键是能让他发出"热"。吴尚玉这个厂长就是让每个人都发出自己的热。厂里有个青年赵玉春,刚进厂时,他有些悲观失望,觉得自己没学什么知识,干不了啥大事,有点破罐子破摔。老吴了解到他从小失去了母爱,就耐心帮助他,并放开他的手脚,让他大胆地干。小赵现在担任了班长,工作出色,技术过硬,成了厂里的主力。

"路,我还没有走好,请党检验。"这是吴尚玉同志时刻告诫自己的话。他原来还不是党员,路还应该继续这样走……

打狼英雄

童年时,听说谁打死一只狼,就暗暗地佩服得五体投地,认为他是了不起的英雄,可是现在霍林河草原出现的这个打狼英雄,让你一听都会感到吃惊。七年间,共打死大小狼96头,其中小狼69头。我得知后就坐不住了,非要见一见这位英雄不可。

机会终于来了。那是一个初夏的傍晚,在扎鲁特旗阿日坤都冷苏木北萨拉嘎查夏营地,我见到了打狼英雄桑布。桑布,中等身材,紫红脸膛,重重的眉毛下,两只大眼睛显得特别有神。第一感觉不是想象中的大英雄形象,但看上去非常机智、干练和敏锐。他汉语讲得不流利,但我们好像很投机,一见面就像老朋友,天南海北地聊了起来。这晚和他一起住在蒙古包,头枕着平坦的大草原,眼望着夜空中闪烁的星星,听着老桑讲他那动听又惊险的打狼故事。

1970年,我回乡不久,当上了嘎查的会计,年底我统计牲畜时,羊被狼吃了三百多只,马被吃了二十多匹。我哥哥的牛也被吃了7头,还有不少牧民的牲畜被吃掉了,多的有十几头。我很吃惊,但牧民们说这是常事,哪年全嘎查都得有三百多头牲畜遭狼害。我很气愤地问他们,为什么不打狼呢?牧工们说,那送命的事谁愿意干啊!我着急了,回到家躺在炕上翻来覆去地睡不着,心想这一年光狼害就给大家带来六、七万元的损失,但我这个刚回村的人,根本不会打狼。因为打狼也要有一套本领,而且要有战略战术。也就是说,既要打住狼,又要保住自己。也就在这时,旗委号召牧民打狼,并给予支持和鼓励,比如说借给枪、发给子弹等。我听后非常高兴,就跑到哥哥京德那里求教。哥哥是个老牧工,又是老猎手,他告诉我要想打狼,必须自己先壮胆,从心里不怕狼。同时,还要找季节,抓时机。我听了哥哥的经验后,心中暗暗盘算着,非打它几个大狼扛回来不可,就这样我便开始了打狼生涯。

我按着哥哥说的招数去做,但不灵验,我打了整整一年,连狼毛也没闹到,有些泄气了。哥哥看出了我的思想苗头,批评我说:"哼,你这个党员,意志不坚强,没有杀敌的胆略,要有不杀败'敌人'决不收兵的精神。否则,就是个弱者,或者叫逃兵。"

"什么?"我有些发火了,但又压下去了,我气嚷嚷地问哥哥:"什么叫坚强,什么叫胆量,我没有胆量怎敢去打狼呢?"哥哥生气地说:"时间长了,你自己会知道。"哥哥的这句话使我心里很纳闷。时间已到七一年腊月了,一天我把牛赶到牧铺附近去饮水,想顺便到大哥的牧铺坐坐。我刚坐下,发现天空上飞来了几只老鹰。根据牧工们的经验,一定是狼来了。我着急了,一步跨出门口,拎起套马杆飞跑过去。我来到牛群,只见一个四岁的犍牛肚子、肠子都出来了,牛还没有死,嗷嗷地直叫唤。此刻,我的心像揪出来一样,我的牙咬得咯咯直响,暗暗地下决心:"他娘的,非打死狼不可。"一气之下,追到天黑,二十多个狼一个也没打到,仇恨的火焰就这样在我的心中燃烧起来。

已是1973年了,我才掌握了一些打狼技巧。狼狡猾,又凶恶,不好打。我就掏狼崽,每年的四月、九月正是狼下崽的时候,我就抓住这个有利时机,早晨五点钟上山,在狼下崽的地方观察,发现大狼在附近转,确定这是狼窝。但还不能忙着去,藏在顺风的地方观察,大狼一般都在早晨五点、七点和下午三点、四点时进洞,我就抓住这时候,骑马赶快去,堵住它。这样大狼能打住,狼崽也能掏出来。靠这种办法,我堵过三次:一次是74年,打死了一头大狼,掏了7个狼崽。76年打死一头大狼,掏了6个狼崽。78年打死一头大狼,狼崽9个。79年又打死了2头大狼,掏了7个小狼崽。

大狼很狡猾,怕人把狼崽掏走,把狼崽一个个埋起来,所以有时候必须挖。1978年,在一个窝里发现有狼后,头一天挖7个狼崽,然后我又观察,觉得还有狼的可能,于是我就把衣服脱下来堵住洞口。第二天起早去,在远处看有两头狼在洞附近来回走着,我判断这洞里还有一窝。然后,我又挖了三米深两丈远,又掏了9个崽,只三天的工夫,我掏了26个狼崽,还打死了1头大狼。狼急了也是不怕人的,要是一不注意就要出危险,所以打狼要机智勇敢。

1974年春,一只母狼在洞里,公狼逃走了。我去洞口,远处的狼叫唤,狗追了上去,我的马也跑了。我身边没狗,手中只有一把斧子,一根木棒。这时,洞里的狼要向我反扑了,我先脱下皮衣,扔进洞里。然后守在洞口,狼把皮衣撕碎后,又往外蹿,我没有办法,只好把马鞍子,又扔进了洞,凶狠的狼咬住了马镫。就在这关键一刻,我挥起木棒朝狼的头部打去,狼昏了过去。我接着就是一斧子,狼被打死了。我已筋疲力尽,喘口气,又爬起来,挖洞找狼崽,直挖到天黑,才把7个狼崽挖出来。

1978年春季,早晨五点我发现了一头狼,一直撵到洞口。到了洞口,发现是两个口,这时狼蹿出来扑向我的狗,狗被狼咬败了。狼没有扑向我,进了洞。这时,我抓紧时机,把两个洞口,一个用皮衣堵上,另一个用石头堵上。然后,我就挖洞,突然狼蹿出来把我的铁锹抢去了,我和狼"打"了起来。我还是早晨吃的饭,又饿了大半天,身上已经没有力量了。但我很清楚,我要弱下去,命就没了,坚持就是胜利。凶狠的狼又一次向我扑来,我打了好几棒子,结果没有将狼打死。就在狼一转身的时刻,我一个箭步蹿到另一个洞口,拿起枪朝着反扑过来的狼就是一枪,狼被打死了,我也倒下了。等我清醒了一看那个狼,脑袋嗡的一下,这个狼像三岁毛驴那么大,好险那,差点把我的命赔上。几年打狼的实践使我懂得,它也像打仗一样,战略上要藐视它,战术上要重视它,只有这样才能除害。

这几年,村里人见我打了这么多的狼,风言风语地传开了。有的好心人劝我:"老桑,尽量别去打狼了,那是冒险,一旦有个好歹,一家老小怎么办?"也有人说:"狼被打死了,会给全嘎查带来灾难。"有人嘱咐我:"掏狼崽时,要留一个,不然就不吉祥。"我不听那个邪,大狼照样打,狼崽掏得一个不剩,狼终究是狼,不会不害人的,留下一个后患无穷。

我的妻子听了人家的话,也多次劝我不要打狼了。有几次她都给我跪下了,拽着我的衣服,求我看在她和孩子的面上,洗手别打了。我把"仇恨"讲给她,并跟她说,你不打,他不打,狼要成群,我们还能安全吗?只有大家都动手除害,才能保人民,保牲畜。妻子终于理解了我,但是每次晚归,妻子都站在蒙古包外,哭成泪人似的。一见到这场面,我也忍不住,抱着妻子大哭一场。我的哭不是悲,而是喜。喜的是,我又获得了胜利。

各方面的压力,没有把我压服,而我征服了他们。大家都支持我的行动,而且组织了打狼队,由我任队长,由一个人变成十几个人,队伍壮大了。近几年,全嘎查几乎没有狼害了,牧民们可以安心地放牧了。牧民们还送我一个绰号,叫我"常胜将军"。我笑了,这哪能与战争年代相比,况且这只是人与凶兽的搏斗⋯⋯

天放亮了,我俩整整唠了一夜,谁也没有睡意了。我好奇地坐起来:"老桑,现在正是季节,你领我们到狼窝见识见识,兴许也打上一只,当一次'英雄'怎样?"老桑毫不犹豫地说:"好吧!"

桑布骑着他那匹彪悍的枣红马,似乘着风。我紧挥马鞭,也跟不上。我看着扬鞭的桑布,好像一个将军在战场上挥刀指挥,他那么高大,那么勇敢,那么坚强。他拥有着宽阔的草原,他拥有着对牧民的爱,他拥有着肥壮的牛羊,因为他心里装着这一切,一切⋯⋯

辛勤汗水育珍珠

在扎鲁特旗荷叶花大队的草原上，游动着一群群膘肥体壮的改良牛、一群群云朵般的改良羊，牧民们望着这些改良的牛羊都高兴地称赞模范配种员——元敦扎木苏。

十四年前，元敦扎木苏这个只有四年级文化程度的青年人，承担了生产队的配种员工作。这对他来说连想也没想过，但元敦扎木苏没有被困难吓倒。他虚心地向老配种员学习，仅仅半年的工夫，配种技术全部精通了。十几年后，他已是带了十几个徒弟的师傅了。

可是新的难题又来了，那就是搞冷配。这项技术和原来的土办法大不一样。大队首先让他到公社去学习新技术，他高兴万分，心想这是大队党支部对他的信任。可是偏巧他爱人的脚被牛车压坏了，十分严重。听了这个消息后，元敦扎木苏心中一冷。铺上的牧民劝他回去看看，帮助治疗一段时间再去学习。"是应该回去看看。"这个念头在元敦扎木苏心中一闪，可是马上又被打消了。他想冷配是一项新技术，大队派我去学习，我代表大队，明天就要开始了，可今晚还有配种任务，我怎能回家呢？元敦扎木苏整整一夜没合眼，他前半夜跟徒弟把配完的牲畜和马上要配的牲畜全部检查了一遍。天一放亮，他骑上马直奔公社。

牧民们常说："元敦扎木苏在配种上是精中求精，宁可自己挨累受苦，也绝不让配种失败。"过去，他用土办法配种，怀胎率都达百分之九十多，现在使用了新技术，他也都达到了百分之七八十。元敦扎木苏的周围有三个牧铺,搞配种的又都是新手。为了搞好配种,他每天早晨三、四点钟就起床,把这个牧铺的牲畜配完后,再走两个牧铺。去年夏天,他赶着小驴车到鲁北取精液。回来时小车轮胎坏了,老天偏偏又下起了雨,元敦扎木苏怕雨水冲进精液瓶,毅然将身上的雨衣脱下来,盖在了瓶子上。雨不住地往下落,小毛驴走出不远就不走了,元敦扎木苏一边推着车,一边赶着驴,艰难地走着,一气走了三十多里路才到了牧铺。元敦扎木苏已像水洗的一样,可冷冻精液却毫无损失。第二天,照常进行了冷配,几个牧铺上的牧工们感动万分,都伸出大拇指称赞他"义很赛纳"(汉语:太好)。

在荷叶花还传颂着元敦扎木苏爱畜如子,以铺为家的事。先说他爱畜如子吧!元敦扎木苏不但是配种员,而且又是放牧员、接羔员,还兼"半拉"兽医。元敦扎木苏十几年来确实成了样样通,他平时除了学习配种技术外,还注意学习兽医知识。开始他连给牲畜打针、灌药都不懂,现在全会了。一次,一个改良牛要下犊,可就是生不下来,元敦扎木苏就和牧夫把大牛捺倒,用土办法给牛扎了针灌了药,结果大牛活了,小牛也活了。这几年,有些牧工对元敦扎木苏说:"你当配种员这么多年了,这活计太脏就别干了。"这话刺痛了元敦扎木苏的心,他激动地说:"我没有多大能耐,为了集体干这点脏活算得了什么。"这话一点不假,平时元敦扎木苏总是勤勤恳恳地忙碌着,有时牛犊下生先出来一只腿,为了抢救大牛和小牛,他就把胳膊全伸进去,有时为了配种走四十多里路把发情的牛抓回来;有时他把自己吃的小米做成粥,耐心地喂小牛小羊。牧工们感激地说:"元敦扎木苏把牲畜当成珍珠来爱护,为了牲畜他什么都豁得出来。"

元敦扎木苏有两个家,可在他心目中只有牧铺这个家。就说过春节吧!他十四年都是在牧铺上过的,每当牧工们劝他回家时,他总是说:"还是你们先回去吧!"无论大家怎样劝他,他总是找理由不肯回家。他这种把享受让给他人的精神,感动了牧工们。大家也真拿他没办法,元敦扎木苏有三个孩子,头两个孩子出生,他死活没有回家。第三个孩子出生时,他爱人病得厉害,经大队领导反复劝说,他才回家待了十天。每次回家,他爱人就唠叨:"十几里的路,你一搭马就回来了,第二天一早就可以回去,我们娘几个在家你就不惦念?"元敦扎木苏总是笑呵呵地说:"怎不惦念,可是一想有大队的照顾,我就成天惦念我的牲畜了。"

1977年8月,正是配种大忙季节,元敦扎木苏不小心把脚砸了,他硬说没问题,拄着棍子坚持了七天。这七天他配了一百多只羊、十多头牛。第八天脚肿得厉害了,实在坚持不住了,经医生一看原来伤大筋了。实在没办法,元敦扎木苏才回家治疗。但他在家只住了14天就要回牧铺,他爱人生气地说:"医生有言,伤筋动骨必须养一百天。你这样,说啥不能走!"元敦扎木苏没有吭声,可他的心早已飞到了牧铺。

元敦扎木苏从17岁开始搞配种,十四个春秋,他走遍了荷叶花草原,他的汗水都倾注在改良牲畜、建设草原上了。草原的美丽、牛羊的肥壮,也给元敦扎木苏带来了荣誉,他年年是大队的劳动模范。今年春季,他光荣地参加了哲盟群英会,被誉为"劳动模范",受到了物质奖励。时隔不久,他又被光荣地推荐为出席吉林省群英会的劳动模范,受到了吉林省委的表彰奖励。在荣誉面前,纯朴憨厚的元敦扎木苏激动了,他心中升起了坚定的信念,他说的还是那句老话:"我元敦扎木苏,没有什么大能耐,为了集体我豁出命来干!"

百岁劳模

同志,你听说过百岁不老人冉大姑的事迹吧!你一定会为老人度过 105 年感到惊讶吧?可是,就在扎鲁特旗前进公社农场大队也有一位 104 岁的劳动模范——王凤明。

最近,我们怀着无比喜悦的心情采访了百岁老人王凤明。正是快晌午的时候,我们来到了老人的菜园。老人正在菜园里忙碌着,那魁梧的身材,紫红色的脸膛,真不像百岁开外的老人。他那银白色的胡须,闪烁着晚年的光焰。老人见了我们非常高兴地说:"同志,屋里坐吧。"我们急忙回答:"老爷爷,听说您是出了名的种菜老把式,今天欣赏一下您的菜园子。"老人兴奋地说:"好啊!欢迎,欢迎。"我们举目望去,郁郁葱葱的一片大白菜,水灵灵的长势喜人。老人愉快地领着我们绕菜园走了一周,看上去老人没有什么病,走起路来不用拐棍,步子迈得是那样轻松。

老人告诉我们,这菜地共 14 亩,还有一位六十多岁的老头经营着,每年为集体收入二千六百多元钱。今年比往年还好,预计能收入三千多元。园田东边还有一片果树,也是老人经营着。

王凤明老人虽然百岁多了,但他不服老。这位当了二十多年的老劳模,人们都说他是"闲不着"的人。一开春他就把行李搬到了园子屋,成天在菜园里辛勤地劳动着,一个工也舍不得耽误,有时还带病坚持干,难道老人是为了挣工分吗?老人说:"我能活这么大岁数,全托毛主席、共产党的福,不然我早就见阎王了。今天,党和人民把我当五保户养活着,只要我还有一口气就应为集体拼命地干才对。"

多么刚强的话语,它体现了老人对党、对社会主义的真诚热爱。去年,老人劳动了两百多天,今年又干了近两百天。村里的人都劝他:"老王爷爷,您就别劳动了,好好地安享晚年,给我们当当参谋就行了。"老人想,集体摊子这么大,哪儿不需要人呀,我的力量是微小的,但有一分热也要发一分光。就这样,老人主动担当了百岁园头。他一天除干活做饭外,还记账卖菜,忙得不可开交,把菜园管理得井井有条。

在采访中,老书记告诉我们,全村人都称老人为"百岁参谋"。村党支部开会,研究生产情况都把老人请去,请他出出主意。今年春季,公社召开三级干部会议,党委书记亲自把老人请去,让他讲一讲。一些近五六十岁的干部深受教育,他们感动地说:"我们动不动就卖老,可是老王头一百多岁了,都没说半个'老'字。我们跟他比差远啦!还有什么理由不大干呢?"农场在百岁老人的影响下,村里没有闲待不劳动的老人,今年村上的老头队又扩大了,预计能为集体收入13000多元,他们准备给集体买台拖拉机。

我们在群众中走访时,大家都说王凤明老人"管得宽"。老人虽然说在旧社会度过了大半辈子,可是他的思想境界很高。他经常看报学习,村里不合理的事他碰到就管,干部做的事情不符合群众的利益,他知道了就找村干部提意见。今年春天,有几个六十多岁的老头装作有病,不参加队里劳动,却给自己搞副业。老人发现后,就找他们做工作,说要以大局为重,农闲再搞副业。这几个老头检讨了错误,都高高兴兴地参加了劳动。特别是菜园和果园,不管是亲戚朋友,还是上边来的干部,老人都一视同仁,按政策办事。有的人劝他说:"你还能活几天,管那么多事干啥,得罪人家,死都不留个好名声。"老人坚持说:"我不图好名声,我图的是集体的利益,为的是大伙。"多么朴实的话语啊！充分表达了老人对革命事业的高度责任心。

王凤明，这位无子无女的长寿老人，用火热的心肠，关心着革命后代的成长。他经常给青年们讲："我是前清光绪皇帝'登基'的第二年生人，经历了好几个朝代，亲眼看过旧社会那悲惨的生活，我从河南跑到北方，走遍了整个东北，也没免受人间的苦难，最后闹个家破人亡，是救星毛主席把我从'火坑'中救出来的。现在这样好的条件，你们一定要好好学习，好好工作，为党争光！"

瓜儿离不开藤，花儿离不开秧。王凤明老人的长寿包含着党的无微不至的关怀。他融化在阶级友爱的温暖之中，是社会主义大家庭里幸福的老人。今年春季，盟委第一书记石光华同志到大队检查工作，亲自看望了老人，并嘱咐老人："不要劳动了，愉快地安度晚年吧。"旗委副书记满都拉同志在公社蹲点时，也经常去看望老人，并关心他的健康和生活。公社老书记包林同志和老人相识二十多年，他也经常关心老人，有时在生活上亲自作安排。去年，公社发给他生活补助费一百三十多元，今年上半年又发给了一百二十元。每当公社领导来看望老人的时候，每当公社把补助钱送到老人手里的时候，一股巨大的暖流涌遍老人的全身，他止不住泪流满面。党的关怀时时刻刻地激励鼓舞着老人。这又怎能不让老人激动呢？在旧社会，穷人能活到百岁吗？一个孤独的百岁老头又有谁管呢？只有社会主义这个大家庭才会有百岁老人的幸福啊！

结束采访时，我们握着老人那长满茧花的大手，深情地说："老爷爷，祝愿您长寿！"老人憨厚地一笑，诚恳地说："只要坚持劳动就能长寿。"

辛勤劳动是我们中华民族的传统美德，我们望着老人那高大的身影，觉得老人越活越年轻了。革命没有"暮年"，永远朝气蓬勃。

人生故事

故事来源于生活,却高于生活。在命运的转角处,故事的主人公对生活充满期待,惊喜和情愫。

新调来的旗委书记

新调来的旗委书记方旭,一大早突然失踪了。办公室主任杨起喘着粗气,坐在电话机旁发呆。望着精心安排的书记下乡路线图:"哎!我给公社的书记都打了电话,还一再嘱咐小车司机修好车,可这人到哪去了呢?"

"铃铃"杨起抓起电话:"哎,是孟书记呀!""老杨,没有打听着方书记的下落吗?""没有。""老杨啊,你怎么聪明一世,糊涂一时,派小车到各公社看看嘛。""是!"孟书记的话提醒了杨起,对呀,方书记可能搭班车去公社了。

"不能!我可从没见过这样的书记!"杨起自言自语地说着。俗话说:"热在三伏,冷在三九"这可真不假,再加上一股大寒流,这天冷得人都伸不出手来,奔往三合公社的班车载着满满的一车旅客经过一个小村庄的路口,四、五个人直摆手,司机骂骂咧咧地停下了车。车门开了,一个六十多岁的老人抱着一个八、九岁的小姑娘,身后跟着的一个年轻妇女哭着上了车。司机一听哭声急眼了:"他骂的,这也不是报庙,愿意哭下去哭!"年轻妇女的哭声止住了,那小姑娘却还在哭。这时,一个身穿皮袄的人,从座位上站了起来"老大哥,到我这坐吧?"那老人急忙笑着回答:"谢谢您,不用了,我站着就不错了。""哎,别客气,孩子有病,就坐这吧!"说着伸手接过孩子。"啊!"他像触了电一样,"大哥,这孩子怎么烧得这么厉害呀?"

"啊!"那老头苦笑着坐下,接过孩子。那穿皮袄的人,从后边往前挤了挤。他刚想开口,乘务员喊起来了:"刚上车的那老头,快买票!"干瘦老头摸了摸衣兜说:"闺女,你带钱了吗?"那哭哭咧咧上车的年轻妇女,急忙摸了摸衣兜:"哎呀!爹,我也没带钱。天啊,这可怎么办?"

司机开口了:"什么,没钱还想坐车,干脆下去。"说着车停了,这时候穿皮袄的人掏出钱递给了乘务员:"我给起票,师傅开车吧!""慢着。"那个年轻妇女喊了起来:"谢谢这位大叔,我们是得下车,没有钱,我们到公社医院也看不了病。"说着又抽泣起来。"司机,你快点开吧!我负责。"又是那位穿皮袄的人说了话。

车开动了,那年轻妇女和老头望着穿皮袄的人,感动得说不出话来了。穿皮袄的人站在老头旁边说:"老哥,现在城里人可真厉害呀!"

"哎,苦就苦在我们没能耐的农民,一无权,二无钱。大兄弟,今天多亏你了,说实在的我们那落套队也不争气,穷掉底了,竟吃返销粮啊!不过你的钱我一定能够还上,保证还给你。"

"哎,大哥这话你说哪去了,一家人不说两家话嘛!"

"这叫我说啥好呢?"

"你是哪个队的?"

"水泉的。"

"你们那没搞作业组吗?"

"搞了,夏锄那阵子作业组就解散了,没办法,春天订的合同就打乱了,几个专业包工组也散伙了,到秋天那些'油'书记、'肥'村长把点东西再送点礼,还有啥呢?一个劳动日才分三毛钱,难哪!"

"老哥,刚才,你上车的村就是水泉吗?"

"不,那是我闺女他们村,前边二十里,才是我们村。"车忽然停了,司机说:"有下车的吗?请下车,没有下的,大家在这里等十几分钟,我们到亲戚家办点事。"旅客们一阵骚乱。老头怀里的小姑娘哭得更厉害了,脸红得像张大红纸。老头冻得打起了牙巴骨来,穿皮袄的人将自己的皮袄脱下来披在了老头身上。他下了车,徘徊在公路上,望着眼前的小村庄,心里像燃起了一团火。

十分钟过去了,半个小时过去了,一个小时过去了。旅客们冻得在地上小跑起来。穿皮袄的那个人,却出了一身汗,他已找了三次司机。司机正在喝酒,还骂了他。

突然,远处飞来一辆吉普车,走到班车前停下了,从车上跳下来的正是旗委办公室主任杨起,他向四周扫了一下,没有发现什么,回身就往车里钻,却被一只大手抓住了,杨起回头一看:"啊!方书记是您。"这一声如炸雷一样,使所有的旅客都惊呆了。因为人们听说旗里新调来了一位方书记。"方书记,您可让我们找苦了,这大冷天您怎么自己出来了,万一冻坏了怎么办?"方书记指着旅客说:"那他们就不怕冻吗?"这情景,刚回来的司机都看见了。

"杨起同志,我交给你一项任务,马上把这孩子(指车上的老头抱的孩子)送到旗医院。"方旭说着从衣兜里掏出了五十元钱递给了杨起。杨起急忙问:"方书记,这是您的亲戚?""他是我的同志。""老大哥,快把孩子抱来。"这时那干瘦老人冻得已站不起来.方旭从车上的人手中接过孩子。

"啊!""这孩子怎么这么凉了呢?"方旭急忙用手摸了摸孩子的胸口说:"啊!死了。可怜的小姑娘。"方旭这个刚强的汉子,从来没掉过泪。今天,他忍不住了,泪水滴在小姑娘那清秀、俊俏的脸颊上。

年轻妇女从村里找衣服才回来,听说孩子死了,抱着孩子就昏倒了。"杨起,你马上把他们抬上小车,送到家,那钱给小姑娘做葬礼吧!"方旭说着走到司机和乘务员面前:"乘务员同志,你会开车吗?""会。""会开几年了?""三年了。""现在你能开好这车吗?""能。""喝酒了吗?""没有。""那好,现在你就开这个车,我给你当一会乘务员,司机你自己怎么办,你明白吧,先跟小车走吧!"这时司机发觉这老头那两只眼睛是那样严厉,这个有名的"无赖",这会捏铁了。

方旭又趴着吉普车门看看可怜的小姑娘。那干瘦老头脱下大衣:"方书记,您快穿上吧,要多保重,我们百姓都期待你呢!"

"不,老哥,你穿着吧!"方旭说。那老头含着热泪握着方书记的手,久久地不放。

初春的冰雪

一

初春的冰雪，像床被子严严实实地覆盖着乌力吉木仁荒原上的大道。

旗委书记苏和巴图透过吉普车的玻璃凝视着皑皑的冰雪，眉头一会儿紧锁，一会儿又带着微笑，嘴里叼着的那只油黑锃亮的烟斗，时不时地喷出一缕缕的烟圈。

"哎，这雪……"司机哈斯巴根紧张地拨动着方向盘。可雪太大了，吉普车一个劲地在雪地上扭秧歌。

"哎，这雪正下在节骨眼上，牲畜真够呛！"

"哼，不知埋住、冻死多少牲畜呢，这帮懒蛋就知道喝酒。"

"哎哎，不能总用老眼光看人，有了牧业生产责任制这一招，牧夫们能不用心吗！"

"哼，各扫门前雪，当不住能行？"

"我看这场大雪不可能再出现前年牲畜大批死亡的惨景喽！"苏和巴图胸有成竹地点了点头。

"这雪，真他妈地气人。"哈斯巴根手、脚、眼紧密配合，那双老虎钳子似的手紧紧地握着方向盘，生怕别人抢去，双脚做着轻、缓、急的动作；两只大眼睛都要瞪了出来，额角上的汗珠顺着那络腮胡子滴落在方向盘上。

"哎,这档……"哈斯巴根一来气,档"嘎吱"一声,"这,他妈的,人倒霉放屁都震掉胯骨。"

"怎么,又来强劲了。"苏和巴图把烟锅往鞋跟"啪"地一磕,"噗噗"地吹了两口。

哈斯巴根马上像明白了什么意思:"苏书记,怎么又犯车瘾了,您技术高,您来开一阵吧!"

"不行,我这笨手笨脚的,路这么滑,'哧溜'栽下去,你把罪过不全得加在我身上,不干!"苏和巴图笑呵呵地又捻上了一锅子烟。

"噢,您当书记的也是一朝被蛇咬,十年怕井绳啊!"

"我现在的技术的确不中了。今天还有急事,一旦让我开'哧溜'了,那不就糟糕了吗?师傅,别闹情绪,开吧。"两个人同声笑了。

"哎,苏书记,我发现这地方的牧民心肠是冷的。"

"你呀,那人心不是肉长的吗!"

"哎呀,哎呀。"哈斯巴根焦急地喊了一声。

"快顺着方向拨方向盘,别往上拨,会翻车。"苏和巴图急得直搓搓手,伸长脖子喊着。

"完了。"哈斯巴根开开车门,"啪"地又关上了,松开方向盘,像滩泥似的仰卧在靠背上。

"得,这下误事了,快下去看看吧!"苏和巴图焦急地下了车。

哈斯巴根无可奈何慢慢地下了车:"这真倒霉,又陷到河里了,这回是死孩子没救了。"

苏和巴图围着吉普车转了一圈,小烟斗一磕揣进兜:"哈斯巴根,推一下试试。"

"这么滑,可能够呛……"

"哎,没推你就知道!"

"好好,你老头是不见羊羔死不放心,来。"苏和巴图钻进车,一踩油门:"使足劲,来。"

费了九牛二虎之力,小车不但没推上来,却越陷越深了。哈斯巴根累得呼哧带喘:"苏书记,再来一次,再来一次。"

"好家伙,报复上了,行了,行了,快到屯里找人吧!'苏和巴图下了车,掏出烟斗。

"哎,还想让我闹一脸牛粪沫子回来?"

"呵呵,这匹'烈马'还挺记打的呢? 说准啦,找来人怎么办?"

哈斯巴根一拍胸脯:"我给你买两瓶'鲁北香'喝。"

"行,我输了今天到公社就给你买两瓶。"

"好!"哈斯巴根走了。

"嗒嗒。"随着轻风从后边传来一阵阵马蹄声,苏和巴图转过身:"呵,是个接亲队。"他又朝着哈斯巴根喊道:"哎,哈斯巴根回来吧,后边来人了。"

哈斯巴根正不愿走这五、六里的冤枉路呢,就"蹭蹭"地折了回来。

接亲队走近了,最前边走着两匹枣红马,枣红马脖子上系着大红绸子,新郎新娘胸前别着鲜艳的大红花,随着轻风抖动。在皑皑白雪的映衬下,新郎新娘真像两朵鲜花,身后的送亲队衣着五颜六色,真像花瓣和层层绿叶。

苏和巴图和哈斯巴根看入神了:"呵,我还没看过有这样的接亲队呢!"哈斯巴根像看见什么新鲜事似的。

"这种形式是这里蒙古族的一种风俗,前些年穷得叮当响,哪有钱这样办。现在牧民手头有银子了,就好好地办办呗。"

"啊?"哈斯巴根揉了揉眼睛,"那新郎是敖特根。"哈斯巴根惊讶地喊出了声。

"嗯,像他!"苏和巴图"吧嗒"着烟回答着。

人生故事　063

"车……"哈斯巴根像神经过敏似的,立刻想到车在那陷着:"这,这真是冤家路窄啊!"

二

1976年,初春带着雪片和寒风无情地扑面而来。刚刚复职不久的旗委书记苏和巴图,望着大雪急得几夜没合眼。开完常委会就箭一般地冲向"尾巴屯"(巴彦他拉)。他越急,车开得越慢,还竟打横,脑子里不时地回响着常委们的话:"要战天斗地学大寨,大批促大干,越是关键越要堵住资本主义的路,一定堵住。不堵,牧民就会借此'捞'油,那我们就会犯大错误,必须这样干!"苏和巴图烦了,大口大口地吸着烟,使劲地"吧嗒"着,越"吧嗒"心里越像喝了长了毛的酸奶子似的不是滋味。

"哎,哈斯巴根,这车比勒勒车还难受。"

"要是勒勒车,我倒轻快了。"

"好家伙,像匹烈马。"

"不然。也不配喝牛奶长大的。"

"呵……"老苏仔细地端详着这位司机的相貌,长方脸,眼眉像把刀似的,满脸络腮胡子足有半个月没刮了。一种自信、倔强的感觉向老苏扑来。老苏暗暗地品了品自己,别说真和自己性格相仿。他像喝了碗马奶酒,满肚子气消了一半。

"来,哈斯巴根,我开一阵。"

"您会开?"哈斯巴根惊讶地问。

"哈哈,我是老干茬子了,在抗美援朝那会儿,我就是开车的。"

吉普车"卡"地停住了,苏和巴图乐呵呵地把上了方向盘,"呜……"车又跑上了。

"哎,是老了,这手脚怎么这么笨。"苏和巴图使劲地握住方向盘。

"这雪也太大了。"

"啥?这雪算啥,我们那阵子怕敌人发现夜间不开灯,在雪地上跑也没这么费劲,主要是年头长没摸了。"

"哎,这雪大是不好开。"苏和巴图手脚忙乎着,眼睛都在使劲。

"一会儿就顺手了。"哈斯巴根安慰着。

"苏书记,前边快到巴彦他拉屯了,咱们今晚就住在这儿吧。"

"也中,这是我的老根据地了。哎呀,哈斯巴根你仔细瞅瞅前边是不是有群牛,我这眼力差了!"

"嗯,可能是这屯的。"

车很快地靠近了牛群,只见一个骑手赶着十多头瘦牛,还都连在一起。瘦牛稀里晃荡的,来阵大风都得刮倒。骑手骑着一匹抽了裆的枣红马,蔫头蔫脑,有气无力地跟在牛屁股后边。苏和巴图仔细地观察着这一切。

"哎,苏书记,您怎不按喇叭?"

"噢噢,可不是……"

"嘀……嘀……"

那匹枣红马立起耳朵"咴儿咴儿"一声长嘶,前蹄腾空而起,老牛"哞哞"地相互顶撞着。那骑手猛一哈腰,左手一勒嚼子,右手挥起鞭子,朝着枣红马的肚皮就是两下子,枣红马"咴儿咴儿"嘶叫两声,稳当当地站住了。

苏和巴图和哈斯巴根都入神了。

"哎呀,苏书记快刹车。"

"哧嘎。"苏和巴图迅速来个急刹车,"多悬,差点撞上。"

那骑手又轻轻地一点马镫,"嗒嗒嗒"枣红马又有节拍地走上了,瘦牛也不撞架了,"哼哼"地走上了。

"哎,他怎么不躲开呀?"哈斯巴根气呼呼地喊起来。

"嘀……嘀……"苏和巴图使劲地按着喇叭,枣红马却若无其事地走着,那骑手也抬起了头,趾高气扬地像没听见什么一样。

"这……我……"哈斯巴根气得在坐垫上颠起来了,那架势要抢过方向盘:"撞死他(它)们!"

苏和巴图脸色铁青,嘴唇颤抖着,牙齿咬得"咯嘣,咯嘣"响。一拨方向盘,猛一踩油门,"呜呜"吉普车不但没绕过去,却牢牢地陷在了河里出不来了。

"哎,不能绕,绕那还有好。"哈斯巴根发泄着。

"哈哈",那个骑手"飕"地把马兜个圈,面对着他们笑得前仰后合。

"啊! 这不是窝藏我那家的儿子敖特根吗?"苏和巴图奇怪地下了车:"敖特根,你聋了吧? 为何挡道,快过来推车。"

敖特根却笑眯眯地说:"你是书记,能给我娶个老婆吗? 不能你就自己推吧!"说着掉转马头,扬起鞭子,朝着枣红马的屁股又是一下子,枣红马疼得一尥蹶子,朝牛群跑去。

苏和巴图掏出烟斗,捻上了一锅烟,"哧哧"连划了三根火柴也没点着。"你当书记能给我娶个老婆吗?""啧啧,这是什么话呀?"苏和巴图当了这么多年书记,第一次这样受到侮辱,他脸憋得通红,"飕"地把刚放进嘴的烟斗抽了出来,朝着皮靴子底"啪"地一磕,不偏不正,磕在了靴子钉上,烟斗脑袋被磕得落了地。他只觉得眼花缭乱,跟跟跄跄地扶住了车。

"我非追到老窝跟他拼了不可。"哈斯巴根"噌"地窜出车来。

"哈斯巴根忍耐点,想办法推出去吧。"

哈斯巴根气得把扳手摔在了雪地上:"真欺负人!"

苏和巴图定了定神,掏出小皮烟口袋。刚想捻上一锅子,"唉,这烟斗脑袋呢?"他怔了怔,走到刚磕烟锅的地方。寻了半天,才从雪窝中找了出来,惋惜地说:"啧啧,完了。"忽地,他像发现了什么:"哎,哈斯巴根帮我想点办法,把这武器修理上吧!"

"修那破玩意干啥?"

"这是我的宝贝,跟我多少年了,扔了它还真心疼呢。你看这样一接,放上一个铜箍,再也磕不掉了。同时还闪闪发光,不更美了吗?"苏和巴图笑了,"小伙子,心胸开阔些,这事都怪我,快来推车。"河水虽然不深,他们两个人哪能推得动啊! 半个钟头过去了,两个人累得流出的汗都结成了冰。

"苏书记,咱俩是没招了,到屯里找人吧,要不天一黑更没招了。"

哈斯巴根气呼呼地走了,过了一阵子满头大汗地跑了回来。

"你怎么单枪匹马回来了?"

"嗨,别提了,今天我如果不是拉的你这个旗委书记,我人脑子不打出他狗脑子来。"

"他们……"

他说他一进屯,敖特根那野兽领着一帮小伙子,就围上他说:"啊,旗委书记也有这个下场。哼,推车你们看着我们这群瘦骆驼了,就死了这条心吧。我们豁出去让你们喂狼,也不让你们来割'尾巴'。"哈斯八根越说越来气:"我他妈非得用他们来推?苏书记您开我推,我就不信没他们这群瘦骆驼过不了沙漠。"

苏和巴图没有动声,脸上的肌肉微微地顺动着,拳头攥得"咯嘣,咯嘣"地响,那布满血丝的眼睛狠狠地盯着冰雪,仿佛要喷出火舌把冰雪融化。他沉思着说道:"人民的心不正像这冰雪吗,为什么? 割尾巴、官僚、坐在沙发上整天下指示,牧民碗里盐都没有了,还在叫喊。"他掏出油黑锃亮的烟斗,还想捻上一锅子,他才想起了烟锅掉了。他手掂量着这两节烟斗说:"我们党与群众的关系和这烟斗、冰雪又有什么两样呢?"他吸了口冷气,将烟斗紧紧地贴在脸上,默默地说:"磕得太狠了,我能舍得扔吗?"他轻轻地把烬锅装在了衣兜里……

他"蹬蹬"地走到车轱辘前,自言自语地说:"冰雪融化了,我要你彻底融化!"他弯下腰使劲地扒着雪,"呵,真凉……"

"对,活人能让尿憋死。"哈斯巴根也发火了,用手狠劲地扒着雪。

"哈哈,哈斯巴根……"苏和巴图一把拽起他,"快起来吧,我俩干的是蠢事。"说着他把哈斯的双手捂在了他胸前的大衣里,他自己的手伸进了哈斯巴根的大衣里:"怎么样?"

哈斯巴根咧着嘴"这手麻得真疼!"

三

春寒乍暖。冰雪在阳光的直射下,慢慢融化了,雪水轻轻地淌进刚破土的幼芽里。

苏和巴图叼着烟斗,笑盈盈站在大道中间,像迎接贵宾似的。

"苏书记……"接亲队离苏和巴图还有一百米左右,只见敖特根一挥鞭冲到苏和巴图跟前。"苏书记……"敖特根甩镫下马,右腿前弓,左手提着蒙古袍,右手轻轻地放在膝盖上,恭恭敬敬地行了个礼。

"哎……"苏和巴图上前一把拽起他说,"哪能这样,我得先恭喜你啊!"

"不,苏书记您真的给我娶了个老婆,我太对不住您了,您打我吧!"敖特根眼湿润了。"不,敖特根,是党的好政策……"苏和巴图嘴角也抽动了,他急忙眨了眨眼睛,拍着敖特根宽厚的肩膀说:"哈哈,好一匹'生个子马'。"说着又举起他那发着铜光的烟斗,冲着敖特根晃了晃:"今个要不是你的喜日子,我非照着你脑门磕两下,解解恨,哈哈……"

敖特根耍个鬼脸:"车……"他一回身,接亲队已走到身边,他一挥手:"山丹快下马,咱们共同给苏书记敬个礼,就算拜堂了,然后推车。"新娘子犹豫了一下,一个上了岁数的人急忙伸过脖子:"哎呀,不到新房下马,不吉利……"

"扯,没有苏书记领咱搞责任制,现在也别想闻到牛肉味,快!"

苏和巴图上前招呼:"敖特根,你不要……"

新郎新娘双双礼拜:"谢谢,我们的大红媒。"敖特根说完一挥手:"走,推车去!"

苏和巴图把烟斗又往鞋底一磕,像孩儿般地走向吉普车。

"哎,司机呢?"

"嗯……"奥特根"飕"地开开车门。

"哈斯巴根,你还恨我吗?"

哈斯巴根脸涨得通红,也"嘿嘿"地笑了:"恨,等到屯子咱俩好好摆一跤,看看上下!"

"好!"敖特根一蹦老高,"来,推车啊!"

苏和巴图那浓黑的眉笑弯了,脸上的皱纹也在舒展,像喝了马奶酒一样:"来,敖特根喊号子。"

"一二三。""一二三。"

人们的呼喊声,冲击着苏和巴图的脑际,他使出了浑身的力气,双眸还紧紧盯着前边那一片片融化的冰雪,他默默地咬着嘴唇:"初春啊,冰雪才只融化一点点。冰雪一定会全部融化。但不要忘记还有片片未融化的冰雪,要让它尽快地融化。"

"呜……"吉普车推出去了。

"嘀……"车驶出了河,溅起了一串串水花。

"哈哈,"银铃般的笑声同吉普车的喇叭声汇集在一起,回荡在初春的草原上。

人生故事　069

你不是普通老百姓

骆驼一样横卧在扎鲁特草原北部的呼和哈达山,高耸着两座青色的驼峰。在今夜如水的月光里,它早已进入了遥远的梦乡。从山谷里静静流出的霍林河,沿艾木格根村南的灌木林边悄悄流过,留下几串破碎的梦呓,就消逝在漆黑的翎吉玛草滩中。

草原的深秋之夜,并不平静,从艾木格根村的会议室里,传出来的烈马般的吼叫,就生动地证实了这一点。

"不驮鞍子,还想吃料的马,在翎吉玛草滩找不着!"

"不产奶子的乳牛,谁给它搭圈呢?"

"这三百元钱,就是让沙鼠叼去絮窝,也不给只顾自己毡房的哈斯乌拉!"

像喇嘛庙里牛角号一样震耳的喊声,把熟睡在屋檐下的野鸟惊醒。它们发出一串串恐怖的叫声,拼命地扇动着翅膀,惊慌地逃入了扎鲁特草原的星空里。

此时,脸红脖子粗的哈斯乌拉,犹如一只被撵急了的牤牛,瞪着两只发红的眼睛,"腾"的从椅子上跳起来:"你们的嘴是苍蝇下蛆的地方吗?春天订的合同,给我三百元的补贴,秋天就当放屁了?我不是驮鞍子的马?我不是产奶的乳牛?好啦!那三百元给沙鼠絮窝去吧,我还不要了呢。这队长,谁乐意当谁就当……"说完,"噌"的将桌上放的月牙镰刀别到后腰上,"呼"的把搭在椅背上的外衣抡到肩上,像吃醉马草的牛,"噔噔"走出会议室,对任何人都没瞅一眼,包括坐在台上的党支部书记,他未来的老丈人——仁钦宁布阿爸。

骆驼发脾气,撞散了一座羊的栅栏。人们都气鼓鼓地散去了。

"哼,烂心牛皮不怕晦雨浇,牛角尖子不怕蚊虫咬。"哈斯乌拉气鼓鼓地朝村外走去。夜风急匆匆地从他的腋下窜过去。哈斯乌拉的一切都是冲着仁钦宁布阿爸去的。倘如不是他第一个站起来,提出春季群众大会上订的合同,给队长补贴三百元钱的事,并且坚决反对兑现,那咔咔响的票子早就掖进哈斯乌拉家的地毡下了。

"都是这老……"哈斯乌拉差点骂出声来。他是眿哪哪不顺眼。见黑乎乎的路中间摆个白花花的东西,赌气就是一脚,他"哎呀"一声,抱起右脚原地来个十八转,一屁股坐到地下,龇牙咧嘴地一看,原来是个死羊骷髅,不知是哪条野狗拖到这里的。

"他妈的,人倒霉喝奶子都塞牙。"哈斯乌拉沮丧地爬起来,绕过死羊骷髅往前走。走了几步又折了回来,伸手抻羊耳朵一看铝制的号码,心中悻悻地骂道:又是她,这个一身晦气的斯琴高娃,丈夫给妨死了,分群饲养的羊也给妨死了。这回别说母仔分成了,乖乖把自留畜贴上吧。想到这,他不由地又想起了仁钦宁布阿爸的话:"你身为队长,只顾围着自己的毡房转,还有脸拿补贴……"

"哼!"他不服气地继续往前走,"山鹰的翅膀再大,也不能护住整座悬崖。现在是猪往前拱,鸡往后挠的时候。"

哈斯乌拉理直气壮的感到,仁钦宁布阿爸是有意和他过不去。原因是他有点不同意女儿和他的婚事。所以,在这个关键时候放出了他报复的烈马。

糜子熟了。月光下,一穗穗糜子闪着金色的光泽,晚风拂来,糜子地里弥漫开一股股的芬芳。

哈斯乌拉撸下一把糜子,用嘴一吹,一把又圆又亮的金珠从指缝间滑下去。"谁流的汗水最多,谁尝到的果实最甜。"他得意洋洋地往四处看看：敖德斯尔家的糜子,矮得应用铁锹铲了;王毛敖海的还算凑合,不过我是骑马的他是骑驴的,斯琴高娃家的,牛群都不乐意,老闯进去偷嘴……

哈斯乌拉满足了,坐在自己家的地头,心情舒畅地点上一支烟,自言自语地说:"他们不是说我总靠别人养活吗?哼,现在怎么样,别以为干部都是往群众奶桶伸手的贼。我可以收两千斤糜子,去了集体提留的,还够吃一年半的炒米。你们呢?闹到把母羊当骡马骑,也只能吃一年!到底我是笨蛋,你们是懒牛,这……"说到这,他从兜里抻出一支烟,又摸出打火机,"咔"地一声打着。这时从背后伸过一只粗糙的大手,一把夺了过去,扔出了老远。

哈斯乌拉"呼"地站起来,攥紧双拳就要朝来人打去。

"干啥?"这一声把像野马般跳起来的哈斯乌拉镇住了,来人正是仁钦宁布阿爸。

"这是防火期,你小子注意点。"仁钦宁布阿爸狠狠地瞪了他一眼,"想要三百元补贴,你就没有自己掂量掂量,脸红不?"

"这是合同上规定的。"哈斯乌拉气得把小夹袄往地头一扔,从腰后拽下月牙镰刀。

"你首先破坏的合同。"

"我?"

"你!"

"我春天分畜群把鞋底都磨漏了,分地我把嗓子都喊哑了,我挨骂挨累还少吗?"哈斯乌拉的青筋从脖子上都蹦了出来。

"吼啥?你不是三岁的马驹子,快点给我坐下!"仁钦宁布严厉地盯着恼怒的哈斯乌拉。

哈斯乌拉在仁钦宁布逼人的目光下,委屈地坐到田埂上。

"你先是忙了一阵儿,那是责任。后来呢?你就一头扎到自己的畜群和田地里。斯琴高娃拖着个孤儿,地都种不下去,你身为队长不失职吗! 敖德斯尔家的羊群跑没了,你组织人到沼泽地里帮助找了吗! 王毛敖海家和舍楞家为了田垄事打起来,你出面调解了吗?"

"现在分户饲养,包干到户,各管各的。"哈斯乌拉又跳了起来,"我管得也太宽了,我的畜群,我的自留地谁管?"

"别忘了,你不但是个队长,你还是个党员!"

"党员咋的? 党员也是人,也需要钱,也要吃饭!"

"说得不错。"仁钦宁布猛地抡圆了手臂,"啪"的给了哈斯乌拉一耳光,打得哈斯乌拉眼冒金花,揉着腮凶狠地瞅着气得浑身发抖的仁饮宁布阿爸说:"你,你打人!"

"打你是轻的。三会一课,你这个党员参加了几次。整天跟着你的畜群,侍弄你的土地,别忘了你是中国共产党党员,别忘了你的职责。越是在这种时候,越要对得起这个光荣称号!"说完,仁钦宁布连正眼都没瞅他,扔下一句话,扭头走了:"明天在党员会上作检讨。"

这一记耳光把哈斯乌拉从梦中打醒。"对呀,我是个党员。"他摸着火辣辣的腮,语无伦次地说,看得出来,他只是清醒了一点点。

"是呀,我怎么把自己混为一个普通老百姓?"他责怪起自己来了。

月光下,他慢慢弯下腰,抄起镰刀,手是那么无力。抓住一把糜子,连着割了几下才割下来。他把镰刀扔到田垄里,抱着头蹲在地头上。风儿把他的叹息声送出很远很远。

"光荣,不,耻辱……"

整个翎吉玛草滩像是随着秋风在回响,远远的呼和哈达山谷也阵阵地回响。哈斯乌拉一把抓起镰刀。"呼"地站起来,抹去眼角上的泪,"蹬蹬"地走出自己的糜子地,朝着斯琴高娃的糜子地走去。

秋风将糜子的摇曳声,传到遥远的天边。地里晃动着几个人影,他一惊,忙躲在一棵榆树后边往地里偷偷瞧着。

月光下,七个人挥动着镰刀,正在收割。那几个全是村里的共产党员,领头的真是仁钦宁布阿爸,在后边捆糜子的是斯琴高娃。

他悄悄地走到地头,弯下腰,抡起镰刀,用最快的速度,尽量不发出割地的声音来。

此时,月亮正坠入呼和哈达的两座山峰中间。草原深秋之夜的平静,被一阵阵的镰刀声打破了。

红　媒

　　你说怪不,都八十年代了,人的封建思想还这么严重,人家有感情,自由恋爱了。可良心让狗咬去的人,生给这自由美满的婚姻打破头楔。哎,海成叔已请了大红媒,一星期光景过去了,这红媒还没到呢?老人的嘴角都急起了大泡。

　　这不,太阳刚冒红,海成赶着"驴吉普"便开始爬起了全旗有名的蛤蟆坝了。说起来也倒霉,海成叔这条黑毛驴昨晚偏偏拉稀了,刚一上坝拉车就有些费劲,老人就帮助推。这蛤蟆坝真"癫",又长又陡不说,全是大小块的石头子儿,小黑毛驴走了一阵就松套了。海成叔没办法,就让车稍横着点,把两个轱辘用石头打上眼,歇一阵,走一阵,足足走了半个小时。这会快到蛤蟆坝"脑顶"了,老人采取"突击攻势"的方法,他使劲地喊着推着,小黑驴蛮听话,把套拉得绷绷紧。

　　突然,小黑驴用劲过猛,蹄子蹬在一块小石头上。小石头一翻个儿,驴的前蹄失去重心跪下了。小黑驴不示弱,一猛劲想起来,往后一坐屁股,小车上还有点重载,随着就往下坡滑了。

　　海成叔招架不住了,一松手想躲开,脚下却被石头绊倒了。老人七十多岁了,想起来也动不了,他甘心地闭上了眼睛。就在这一霎间,小驴车却停住了。海成叔听见一阵石子儿的响声,觉得自己还活着。他马上睁开眼,只见两只大手插进他的两个腋窝下,他害怕了:"这是在阎王殿吧(由于神智过敏)?"

　　"大叔,您受惊了吧,快起来看看哪摔坏了没有?"

"好!"海成叔晃晃悠悠地被扶着站了起来,怔了怔神:"哈哈,命大没怎地,你……"

那人也吃惊地:"你……"

"哎呀!"两个人异口同声地喊了这么一句,谁也说不出话来了,两只大手紧紧地握在了一起。

"你救了我这条老命。"

"哪里,海成叔,咱们先把驴车推上坝再唠吧。"

"好!"老人踉踉跄跄地走上前去牵驴,那人在后边起劲地推着小车轱辘。

"呼哧,呼哧。"

"海成叔,您先坐着喘口气吧,我把自行车推上来。""啊,我也……"老人也要去,被两只胳膊挡住了。

车子推上来了。海成叔神智还不清醒似的,两只大眼死死地盯着那个人。"啊,瘦了,大高个子显得更高了,眼角上的鸡爪子纹深多了。还那身打扮,还和咱农民差不多……"海成叔瞅着那个人磨叨着。

"对,我还是那样结实,四十多岁正中年嘛。海成叔,您身体没摔坏吧?"

"没有,就我这没用的人,摔死没啥,还给国家减轻点负担。你受惊了吧?碰坏没有,你要碰坏可了不得。"老人说着像医生似的把那个人浑身上下检查了一遍。"好,没碰着可不错。"海成叔说着拽着那人的手就坐下了:"我说苏书记,班车上我们相识后,再也没见到怪想您的。我成天叨咕你,我那封信你接到没?"

"我这不来了吗?"

"你工作这么忙,我又给你找麻烦啦!"

"哎,您怎么一家人说两家话呢?"

"苏书记,那我就求你给我们当个大红媒吧?"

"好说,这一阵子,我也挺想您老的,可一直没抽出空来。去冬以来在牧区蹲点搞责任制了,春上那场大雪可把牧民兄弟坑够呛。我又下去走了走,调查一下,回来后入了几个月的党校,昨天上午才回来,就看到了您的信。眼看到夏锄高潮了,我得到农区看看怎么样了。昨天下午搭个车到了你们公社。天一放亮,我弄台车子,带点吃的,就来看您来了。"

"你,你到我家吃去吧!"

"好。海成叔,你这一大早从哪儿回来?"

"我上儿子的岳父家借了两百多斤粮食……"

"怎么,没吃的了?"

"那可不,我们家粮食倒不太缺,让我儿子换优良品种用了些,我姑娘家也没吃的了。"

"那北村就有吃的了?"

"人家有的是……"

"为什么?"

"人家去年搞的是包干到户,哪像我们大队干部生把着,不让群众干,真他妈缺德!哎呀,天不早了,咱俩一会到我家唠。对不起,我先到姑娘家把这一百斤粮食送去,路不远,我一会儿就回去。"

"好,我等您。"

老苏骑着自行车,沿着大下坡,一路边关就来到了四里屯。四里屯名不虚传,屯形像长龙,南北拉着,差不多有四里长。老苏把车子放慢了,观看着这屯子的风貌。那一栋栋房子,破破烂烂的,个人家的小院也不太整齐,穿梭在村中的社员穿得也很破旧。炊烟四起,家家户户正在做饭。这情景使得老苏倒吸了口冷气,果真像海成说的那样啊!

老苏想:"这一早上那去,干脆打听一下海成叔家在哪,先去待一会儿。"

"快看热闹呀!打起来了……"屯子南边,不少人边跑边喊着。

老苏一吃惊,紧蹬了几下自行车。在屯南边,一个漂亮的大院里,围着好多人,往里张望着。老苏把自行车放在墙根,也凑过去了。他想看个究竟,往人群里挤了挤。只见当中站着一个像地拍缸似的男人,两只手往腰一叉,伸着脖子喊着。另一边站着一个大个子中年人,眼睛发红,捋胳膊,绾袖子,要打架的架势。

那胖头胖脑的人喊声越来越大:"春山,你他妈的是太岁头上动土——寻死,破坏社会治安,破坏生产。现在正抓法制教育,你就是典型,你不老实就让公安局拘留你……"

春山也不示弱:"你敢吗?你当书记就随便抓人,这不是那个年代了,你孙大抓黑瞎子打立正——一手遮天,说抓就抓,这回我们要和你算算账。这些年,你把大伙的东西捞足了,粮食牛羊秋菜你任意送人,你的人情是用我们社员血汗换来的。我们干一年挣几个大子儿?我们难道还这样穷下去?大家不是你的奴隶,是土地的主人,不能再让你们这些白爪子随意花钱了,你不让搞,我们也干,这回是中秋节的月亮——正大光明了。你抓人,凭什么,证据在哪儿?"

"我告诉你春山,你是党员,带头拉帮结伙,煽动群众,对抗大队党支部,对抗党的政策,搞分田单干,破坏社会主义道路,这就是证据。"

"你这是胡说,诬陷!"

"胡说!"几个小伙子边喊着,边冲上前:"你再胡说,我们就煽你的嘴巴子。"

叫孙大抓的见势不好,在其他的几个人拥簇下退了出去:"哎哎,你书记犯不上跟他扯这个,有理走遍天下,告他去。"

这时,有几个老年人拥着春山等几个小伙子:"哎哎,有理讲理嘛,何必动手呢?这解决不了,找旗委苏包公去!""对,找苏书记去!"人们纷纷地议论着,渐渐地散去。

这一切使苏和脑子翻了个儿:"左"的思想多么严重啊!我们各级干部没有真正理解好政策,同时也没有真正了解十年浩劫后的农民群众,就这样压着群众的积极性还了得。群众的意愿不可违,这样和群众"顶牛"的事得尽快解决,不然会挫伤多少群众的心啊!看起来,我们干部的手脚还在捆着,头脑里有个怕"右"在作怪,一定要真正解放思想,以农民利益为重,难道说保乌纱帽比解决农民饿肚子还要重要吗?老苏想着,似乎还在看。他一怔神:吵吵嚷嚷的一群人不见了。这时几个人从屋里走出来:"他春山没有什么了不起的,这也不是你定的政策,就是告到中央也白扯,你还照样当书记。"

"就是嘛!"孙大抓洋洋得意地说,"我说给公社派出所打个电话。""不用,他们昨天去西屯了。"

"那好,就这样办。"孙大抓和那几个人嘀咕着。

"这样的人还能当书记,非治治他们不可。"老苏自言自语地说着,"去海成家……""不,应该去春山家。"

老苏在村的南端打听到了春山家。春山家三间土房,看上去年头也不少了。但维修的还可以,就是门窗的木料已经很破旧了,两扇上下开的窗户。上扇吊起来了,用破报纸糊着,下扇已拿下去了。两个小孩趴在窗台上玩。老苏刚到窗下,屋里走出了一个中年妇女:"你找谁呀?"老苏说:"我找春山。"

"你快上屋吧,他……"那妇女见来人有些胆怯。老苏走进屋,那妇女急忙收拾炕上的被子,嘴里叨咕着:"这人家太懒,就这两床被子还不收拾,你快坐吧。"说着那妇女脸红到耳根。老苏刚要坐,见炕上的席子坏的都露出了炕面子。炕头还躺着一个孩子,那孩子有五、六岁,见妈妈来了就喊:"妈妈,我想肉吃。"

"哇。"小孩哭上了。老苏问:"怎么,他得重病了?"

"那可不,肺不好,还有脑子,北京、天津都跑遍了,没有希望了,要不家怎能这样困难。今年春山和他爹想好好干一场,把年猪都卖了,买了头驴,拴了台小胶车,想多挣点,省得让国家补助。这不,春山竟想好事,要单干,早上跟大队书记干起来了……"

"春山上哪去了?"

"他到家什么也没说,拿起锄头就上山了。"

"啊,上山了,你们地在哪边?"

"我们组的地在西南山洼,老哥你有事找他,我去给叫回来吧?"

"不用,我自己去。"老苏没有走,又回过头望着炕上那孩子,从兜里掏出十元钱,拽过孩子的手:"拿着,让你妈给你买肉吃吧。"

春山媳妇急忙抢过钱:"老哥,我怎能要你一个陌生人的钱呢?"

"我是旗委的,快拿着吧!"

"那一定是大官吧,那可好了,快答应我们包干到户吧,那样我们就会马上富起来,日子就不困难了。"

"好,我回去反映一下。"老苏不知说的什么,眼泪差点掉出来,他急忙加快了脚步。

老苏蹬着自行车迎着晨光出了屯,六月的天气很热,老苏心不痛快,觉得闷得慌,他不耐烦地使劲蹬了几下车子。西山洼到了,路两旁是绿油油的谷子、玉米和高粱,小苗长势很好,地铲得像绣花似的干净。老苏下了车子,到谷子地用手量一量,一尺八根苗,不稀不密正好,这小谷子间得多早多好。看起来,农民急眼了。哎,他们已走在了我们的前头。

他往四周望了望,很纳闷,地还没铲完,今天为什么都没有来干活呢?他推着车子上了个小山包望了望:"有人。"在离这儿一千米远的地里,一个大个子,正使劲地捋着锄扛,看样子带着气。

"嗯,这可能就是春山。"老苏自言自语地说着,骑上车子奔过去了。

"来呀,小伙子歇一会,抽颗烟。"那人就是春山,也听有人喊,停下了锄头,端详着地边这个陌生人。有点像干部,还有点像农民。"这天一早就闷热,心又不痛快,不抽。"春山说着奔了过来,和老苏面对面坐下。老苏拿出牧民兄弟给他的绣花荷包:"来一颗,抽支烟解心宽嘛!""我这也有。""来来尝尝我的,烟酒不分家嘛!"春山打量着老苏把他的烟递给了老苏:"你哪儿的?""鲁北的,到这西屯串串亲戚。你们这庄稼长得不错啊!"

"哼,不错有什么用,也不让分包给个人,真他妈没沼。现在我们是双手抓刺猬——扔不了,放不下。就干脆来个酸菜炖豆腐——硬挺了。"

"你这个人气怎这么大,怎的啦?"

"哎,一言难尽。""挺严重的事啊?""让当官的说,把屁大的事吹上了天,我刚才跟我们大队书记孙大抓干了仗,他就是好抓人,满脑子是阶级斗争。这事也怨我,今年一入春,我见北村搞包干到户发了家,就动员社员们搞,我们跟大队提了几次,大队坚决不批,说不是'三靠队'。这孙大抓竟充大瓣蒜,没三靠,靠谁活着呢?大队不让搞,我们就偷着搞,明着是组,暗中是户,就干上了。昨天让领导发现了,要整我,说我是总指挥。"

"原来是这样,你们这样干,今年能闹个几成?"

"说良心话,农民跟土地是有感情的。那些年看着地不打粮,哪个不心痛啊!如果让农民再跟土地结亲,就是一般年景也闹个丰收年,就我们这穷户,一年有粮吃,二年有钱花,三年就发家。哎,咱农民没能耐,说得不算有啥法子。这些年来真是干部有权,会计有钱,撑死保管,饿坏社员。包干到户踢了他们的铁饭碗,能不反对吗？可也得拍拍良心,大家都在受苦,在给党和国家找麻烦啊。"

"言之有理,这些年大锅饭,有的干部多吃多占,把农民是坑苦了。"

"有些人确实不像话,一些公社干部家属吃粮不花钱,再就大队不干活的人越来越多,吃谁呢？都吃社员的呢。再这样下去,谁还干呀!"

老苏用心地记着这些:"你们小组干得怎样?"

"那是大锅饭变成了二锅饭,两个茄子熬汤一个味。"老苏站起来,来回踱着步:"哎,不应当老捆在一起受穷了。"

"老大哥,你说我们这干法怎么样?"

"群众都愿意吗?"

"三十六个组,只有两个组没明组暗户,你说群众能不愿意吗?"

"大多数人愿意就对呗!"

"那你说,我这样没啥事吧?"

"哈哈,小伙子,老百姓讲实在的嘛。"

"老大哥,你说得对,我们队吃了十几年返销,一个工日三角钱,我这干活从不耍滑。可干了一年,挣的还糊不住我一个人的口,再说也不兑现。大队书记说我们对抗党,我想了很久,觉得是为党着想。说句实话,没有党,哪有我们今天。这些年对党我总觉得欠下了账,给孩子看病欠了集体两千多元,国家每年还补助点。我也是个人,为啥给党找了这么多麻烦,你们年龄大一些的人,更明白这些吧。"

"说得好,像个党员说的话,说出了农民的心里话。"老苏忘记了一切,大喊了起来,把春山闹蒙了。

"苏书记""苏书记!"洼上边来了一大帮人。春山怔住了,向四周眺望着。

"苏书记,让你久等了。"海成叔呼哧带喘地走在最前面。

"啊!他就是苏……"春山站到那儿像丈二和尚摸不着头脑了,大家也吃惊了,好像刚才还见到过这个人。

"哎,我给你们介绍一下。"海成叔自豪地拽着老苏的手,"这就是咱新调来的旗委书记,大家都看过那篇《新调来的旗委书记》的报道了吧!就是咱苏书记,为老百姓平了反,刷了那个司机。就是他抱着我那可怜的小外孙女,还落了泪,为安葬我那外孙女,他掏出五十元安葬费。今天一早上在蛤蟆坝又救了我的命……"

"哎哎,海成叔,说那些干啥,扯正经的。""真没想到,做梦也没想到苏书记来呀。"春山上前紧紧地握着老苏的手。海成叔望了望老苏:"是啊,春山我们爷俩早就盼你来啊!"

"什么,你们是父子?"老苏也闹蒙了。

人们笑了:"那还有错。"

海成叔望了望苏书记,真诚地说:"苏书记,社员们暗中和土地对上象了,说实在的可真有感情,真是日夜的'乱'爱,我们的'婚姻'就是不自主,老'大'和老'公'(一大二公)竟干涉。就缺个大红媒了,你就给我们当个红媒吧,让我们和土地'登记结婚'。"人们"轰"的笑了。

这时候从人群中走出一个白胡子老头,颤抖着走到苏书记面前:"苏书记,我们知道你是大清官,我给你说几句实在话,咱们闹社会主义为的是啥,还不是为了让大家过上好日子,可我们农民有地有畜,有一双手,为啥一张嘴吃人家的粮食;一伸手,就花人家的钱,这真丢脸呀!可这些年砝码(指政策)不正,有啥办法。自古以来没听说庄稼人糊弄土地,看起来现在人和地不联心,永远种不好哇。苏书记,我们种不好地,不是和土地没感情,就是隔着一道墙。你当个红媒,让我们和土地重归于好吧!"

"好,你们是张天师戏何仙姑——两相情愿,我这红媒好当。不过我先提出点'小条件',省得你们将来闹'纠纷'。"

"什么条件?"春山急不可待的。

苏和笑着掰开手指头:"第一,包到户后,能保证交够国家公粮,完成集体提留吗?"

"这你放心,保证信守合同,庄稼人心中有本账,忘不了党和毛主席的恩情,不能光顾自己。"

"第二,包到户后对劳力少,有困难的户怎么办?"

"好解决!'四属户'我们大伙帮,另外孩子老婆都能上手,是个蚂蚱也能咬棵草啊!"

"不让土地'受气'就行。集体的义务工怎么办?"

"这个需要人多时,我们来个齐上阵,人少时派劳力多的去,大伙给他工分,反正这义务工也是大伙的,人人有责任。"

"这么说,我这红媒好当了,相互不隔心了。"

"苏书记,你……"春山话刚说出半截,只听到"怎么,春山又在这闹事,快闪开……"说话间,支书孙大抓领着两个警察冲进来。"哼,你们拿着二斤半铁(指手枪)来吓唬,顶屁用,不吃那一套。哼,等着吃酸枣吧。"有几个社员吵吵上了。

"啊,这……"

"苏书记……"

孙大抓到人群中,见苏和书记(他在开会时认识的)站在那儿,有些胆怯了。因为他知道,这苏和书记就像他的名字一样,处理问题像把锋利的斧子。"苏书记,您什么时候来的?"

"一早就来了,老孙,你的戏演得不错。你这大抓,真名不虚传,为什么要随便抓人?"

"苏书记,是这么回事,春山私下搞串连,私分土地搞单干,对抗大队党支部,还行凶打人。所以……"

"一切我都清楚,两位警察同志,你们对这事做个全面调查,到底谁是谁非?"

"好!"众人喊上了。孙大抓尴尬得脸红到耳根,畏缩着站在那,不吱声了。

苏和望了望大家:"咱们言归正传,实行大包干到户,合民心,顺民意。这回你们上缴国家的,提留集体的,剩下的全是你们自己的。不劳而获的,少劳多得的人,以后也是靠自己劳动了。"

"苏书记,你批准我们了?"众人欢腾了。

海成叔跪在土地上亲吻着,悲喜交加地说:"我活一天,就一天也不再让你受委屈了。"说着两行老泪滴在了手捧的土粒上。

人们沉思了。苏和也蹲下,他刚想用手去捧土,一捧土却递在了他的手上。

"苏书记,我也是贫苦出身,这些年我对不住党,背叛了土地,您批评我吧,不用可怜。我也重新和土地结亲。"孙大抓颤抖着手把捧着的土放在了老苏手上一半,随着眼泪簌簌地落在了手口的土粒上。

"这……"苏和觉得舌头像僵住一样,说不出话来了,不知不觉地眼泪也滴在了手中的土粒上。

失散多年的"伴侣",终于破镜重圆了!

路，在山崖边

人在甜言上易栽跟头，马在软地上常打前失。
——摘自蒙古谚语

一

那顺布和屁股刚挨炕沿，妻子斯琴就风风火火地跑进了屋："哎呀，不好了，不好了！"

"怎么了？"那顺布和"嚯"地站起来问。

斯琴焦急回道："这可咋办？其其格要到公社跟他老叔离婚……"

"啊？离婚，那就没一点余地了吗？"

"哼，他敖日布态度好，没关进去就不错了，还想要老婆，人家还要赃款呢。这会儿，他就是砸碎骨头也还不起了，我要是其其格的话也不背那黑锅，丢那人！"

"真的吗？"那顺布和眼睛发直了，心都要碎了，铁钳似的拳头狠狠地砸着膝盖，高声喊着："敖日布……"忽然，他像看到了光明，一跺脚说："有办法了，咱那存款折上不还有一千块钱吗？"

"什么？那一千块是我勒紧裤腰带攒的，你少打我的主意。我从小就拉扯他，他不但没报答我，还小看我。这条狼，给他还不如扔到草原遮遮风。"斯琴阴沉着脸说道。

"你再说一遍!"那顺布和这老实巴交的人,从来也没发过这么大的火。粗糙的二拇指指着斯琴,哆嗦着,嘴唇也颤动了。

"说就说,没门!没门!!"

"啪!"那顺布和这一记耳光劲使得太大了,斯琴"嗷"的一声,双手捂着脸倒在炕上。那顺布和怔住了,手真疼,好像打在自己的脸上,为何使这么大的劲。他和斯琴结婚这些年,从来也没戳过妻子一手指头。斯琴厉害,可是刀子嘴豆腐心,凡事那顺布和都顺从她,说一他干一,说二他干二,她一根羊毛都不扔,查嘎拉吉屯谁不伸大拇指。他又想起了弟弟和其其格,"飕"的一把拽住拴在斯琴腰带上的钥匙,像拽套马杆一样,列着架子拽。斯琴双手攥住钥匙链,"咯嘣"细铁链断了,那顺布和摔一个腚蹲,稳稳当当地坐到了箱子前。斯琴刚抬起来的头同炕毯相撞,又像皮球似的"腾"地弹了起来,发了疯似的扑向箱子:"这是我的钱,你不许动。"

"你怎么见死不救?"

"救谁,也不能救条狼!"

"那是我的弟弟!"那顺布和一把将斯琴推了一个趔趄,斯琴倒退两步一下踩到身后的小方凳上,"咣当"随着凳子摔倒了。那顺布和不顾一切,颤抖着打开箱子,取出存折,扭头就想跑。斯琴"飕"地窜起来,像堵墙挡在了门口。她头发散乱,眼睛发红:"好啊!那顺布和,我才看透你,你也和你弟弟一样狼心狗肺,把钱拿来,快拿来!"

"你,他是我的弟弟,快点闪开!"那顺布和吼了起来,房檐上的鸽子被惊飞了,它们第一次听到主人的吼声。"啪啪"那顺布和朝着斯琴又是两记耳光。

"啊!你敢打我?"斯琴没有流泪,"好啊,那顺布和我让你走,我也跟你离婚……"

那顺布和没有听到什么,像关在笼子里的鸟飞了出去,骑上那匹枣红马一溜烟地出了屯。走了二里地,他松了松马缰绳,"呼哧,呼哧"地喘着,肚子里咕噜噜叫上了,这时他才想起干一上午活,还没吃口饭呢。忽然,一阵马蹄声由远而近,他急忙回头。原来是斯琴追了上来。

"她!"那顺布和挥起鞭子朝着枣红马的屁股狠狠地抽了一下,枣红马疼得一尥蹶子,撒开四蹄,一溜烟地消失了。

二

"快去看热闹哇,那顺布和他们哥俩闹分家了。"查嘎拉吉屯子轰动了,人们议论着,都朝着那顺布和家那三间房子奔去。

"敖日布你没良心,你三岁那年,你哥就拉扯着你。我来你家后也没有亏待你半分,给你洗衣做饭,供你读书,你哥哥我们俩自己不吃不穿,都让给你。可你……"斯琴哽咽了,说不下去了。

老实巴交的那顺布和蹲在墙根,低着头一声也不吭,"吧嗒,吧嗒"地抽着闷烟。

其其格眼圈通红,不时地抽泣着,她上前拽着敖日布的衣角:"敖日布,你可别闹了,那一千块饥荒,应该咱们还,那是哥嫂为咱们欠的账……"

"滚,你愿还,你自己还。"敖日布一把将其其格推到一边。其其格坐到那,"呜呜"地哭上了。

"哼,我敖日布这些年也没吃闲饭,给你们放牛、放羊,也当奴隶了。哼!娶个老婆欠点钱还让我还,没门!"敖日布叉着腰板,大方脸上的肌肉颤动着,大眼珠子瞪得溜圆,满嘴喷着唾沫星子。

"敖日布,今天你要一个子儿不还,我打断你的腿!大家伙给评评,天底下哪有这样无情无义的人吗?我们家的事,一个屯住着都清楚,敖日布这几年他学坏了,动不动就喝酒闹事,看不起他哥和我,成天和我们赌气。就这样,他哥和我这当嫂子的也没说一个不字,怕他们两口子生气。可他提出分家,张口就说,一千元让我们全还,三间房将来得全归他,这叫话吗?他若不这样,一千元就再困难,他哥我们俩有双手也能还给他,你们说是吧?"

"嫂子,我的好嫂子别说了,敖日布这样我也没办法。不看你的面上,我早就跟他离婚了。"其其格拽着斯琴的胳膊呜呜地哭上了。

"敖日布他可真没良心,做得太不对了,人家斯琴入结婚那天,就像亲兄弟一样对待他,哪一点对不住他。斯琴三年没做一件新棉袄,前年坐月子只吃了五个鸡蛋,图个啥啊?还不是攒钱给敖日布准备婚事。敖日布订婚那年,那顺布和借不来钱,挨家磕头,不才借够的吗?唉,人呐!"有几个邻居媳妇也流下了眼泪。

那顺布和慢慢地站起来,抬起那深陷的眼皮,瞟了瞟大伙儿,他才三十五岁,额头上的皱纹刻得很深。一见面,要不问他的年龄,准说他有四十岁。他扔下未抽完的烟,狠狠地踩了踩,碾灭了烟头,眼泪从他那消瘦的脸颊上淌了下来:"斯琴,你忍忍吧,敖日布三岁额吉就去世了,他命苦啊,那钱是人挣的。咱就承担过来吧!"

"不!""不!"斯琴和其其格同时喊了起来,敖日布一把拽过其其格:"你这个傻种,我都为你好!"

"你滚,没良心的东西!"其其格怒气冲冲地对着敖日布。敖日布呆住了,不知所措,也悄悄地"吧嗒"上了烟。

斯琴扑到那顺布和的背后,朝着他的脊梁骨举起双拳使劲地砸着:"你都不值一千元,看看你这破棉袄,像个要饭的,那钱能从天上掉下来吗?你这个死心眼……"斯琴扶着那顺布和的身子瘫倒了,她抽过去了,"斯琴!嫂子,嫂子!"其其格使劲地捶着她的背,几个人把斯琴抬到炕上。

这时,大队革委会主任桑布走过来,站在敖日布面前:"哎,你们这是闹什么,这不是破坏生产吗?"这小子同敖日布是好朋友,敖日布一见他来了,立刻火又来了:"桑主任,我哥死活也不承担那欠款……"

"敖日布,你别没良心,你要让你哥哥还钱,我们大伙把你赶出查嘎拉吉!"

"哎哎,大伙别吵吵了,你们知道这里的奥妙吗?"桑布向四周扫了一眼,见那顺布和没在,一本正经地说:"那顺布和欺骗他弟弟,把他阿爸落实政策的一千元揣进了腰包。只跟他弟弟说给了二百,你们说这兄弟之间的感情是谁破坏的?"

"啊!是这样?"人们惊讶了,"这老实巴交的那顺布和也有花花点子。"

桑布又扯着公鸭嗓喊上了:"根据这种实际情况,为了兄弟之间的团结,我代表大队革委会决定,这一千元欠款,他哥俩一人五百元,房子一人一间半,有没有意见?"

刚从屋里出来的那顺布和听了这话,连连点头说:"行,一人还五百元。"

"好,了事,大伙都去铲糜子吧。"

人们默默地走了。

桑布拍着敖日布的肩膀子,眼睛眯成一条缝:"怎么样?"

"你真有魄力,谢谢!"

"你也聪明嘛!好好干,以后大队有招工什么的,先批准你去。"

三

穷气吓跑了。查嘎拉吉这个牛羊瘦得来阵风都打晃的穷屯子,也吹来了生产责任制的春风。

那顺布和的日子也变了,他分了牛羊,还有一块自留地。斯琴也是个勤快人,两口子起五更、爬半夜地忙活,小日子逐渐好了起来。那顺布和别看只读五年书,对改良这行可精通了,这阵儿成了全屯的大忙人了,他的牛羊改良得早,在全屯是第一流的。这天,那顺布和卖完羊绒高高兴兴地回来了,一进门就喊道:"斯琴,斯琴。"

"啥事,看把你乐的。"

"咱那改良羊毛质地上去了,那么点就卖了十多元。"

"真的?这回好了,明天我到供销社给你买件新棉袄。看你那破棉袄,今冬全靠破皮袄遮寒了。"斯琴给那顺布和端来拌好的炒米,瞟了一眼那顺布和:"瞧你那邋遢样,活像五十岁老头子,吃完饭把你那几根山羊胡子刮刮。"

"嘿嘿"那顺布和抿着嘴笑了,慢慢地捋着又长又稀的山羊胡子:"根本就老了嘛,嫌老你就再找一个呗。"

"看你这憨样,我要走了,你不得哭掉鼻子。"

那顺布和嚼着炒米细细地品味:"嘿,还是自己种的好吃,你不要嫌我老,等富了一打扮,兴许还不要你呢!"

"看你那熊样,还想吃天鹅肉呢?八辈子也打不了咋腰。"

"哎……"那顺布和从兜里掏出钱:"给你这拾元零贰角肆。不能给我买棉袄,不还欠张乌日塔十元吗?快给人家,这回我这肩上的石头算卸净了。"

"不行,我说了算,张乌日塔家不困难,晚一季半季还没事,看看你这棉袄……"

"快给人家吧!欠人家的钱,我总觉得抓耳挠腮的,这几年总好像比别人矮三分。"

"咱也没偷人家的,你这人太……我这辈子瞎了眼,怎找你这个熊包,看看这几年你老成啥样了。"委屈、痛苦、无限的怜悯涌上斯琴的心头,两颗晶莹的泪珠顺着脸颊流了下来。

那顺布和放下了碗筷:"斯琴,我没能耐,这些年连累你了,这些年你没穿过一件新衣服,这几年为了还债,你省吃俭用。往后就好了,钱一定会多起来。"

"那这次听你的,下次……"斯琴擦着眼泪。"你快吃吧,下午咱俩得看看自留地的糜子去。"忽然,斯琴像想起什么,"哎,屯里有人说,阿爸平反时给一千元,咱们跟弟弟只说二百元,八百元咱俩给贪污了,所以他老叔……"

"唉,人越老实越被骑脖颈子拉屎,不听他那套,咱不是那号人,没做亏心事,不怕鬼叫门!"

"你就是受气的脑袋。那可不行,咱非得问个究竟。"

"你多余,人家的目的不就是让咱们同敖日布干吗?咱能那样做吗,他是弟弟,咱要原谅他。"

"原谅,没门!找桑布算账去。"

"大权在人家手中,你找谁去,我说早晚有一天会弄清楚!"

"唉。"斯琴长叹一声。

"哥哥,嫂子。"敖日布笑呵呵地进了屋,"我上广州了,给你们带回来几瓶好酒和糕点,这次我们收购站挣了一大笔好钱。哥哥嫂子请尝尝这北京高级糕点,我现在明白了老嫂比母,没有你们拉扯我,我……"敖日布说着坐了下来。这话说得兄嫂的心里热辣辣的。那顺布和瞟了敖日布一眼,顿觉心里恶心。只见敖日布梳着大鬓角的头发,穿着影格的外衣(小西服)大喇叭裤子,火箭皮鞋,真像个"商人"了。

"你……"那顺布和气得话没说上来。

敖日布看出了哥哥的意思:"哥哥,这年头,这服装时兴,哪像咱这大草原落后,人活着干啥?就是要穿好、吃好、玩好……"

"你住嘴!"那顺布和气得脸色铁青,但他又缓了口气,他从来也不会训人。在他脑子里,认为人就应该自觉,对于弟弟,他只觉得他从小没娘太苦了,不能伤着他的心,因为自己是哥哥,是弟弟唯一的亲人,可敖日布跟他越来越疏远了。他脸上的怒气又消失了,他使劲地吸着烟。

这时,其其格走了进来:"大哥,看在你们一奶同胞面上,你好好地管管他吧!他变成了啥样子了,我一说,他就骂我……"其其格趴在斯琴身上哭了。

那顺布和这拙嘴笨舌的能会说个啥呢?他又瞟了瞟敖日布:"你不能跟桑布混下去,他没好道道,跟他会走歪歪道的。"

"啥?大队主任没好道。"敖日布一蹦老高。

"别发火,敖日布反正你也不是小孩了,掂量着办吧,我和你嫂子的话都是为你好,我们没有坏心眼。"

"得得,没有坏心眼,那一千元你为啥说成二百?"

"那都是马尾巴上的话,你也信。"斯琴不让了。

"那没错,有人亲眼看见了。"

"敖日布,你哥哥嫂子是不是那号人,你自己品品吧,家里的事别吵吵了,让人家看着笑话,反正这事早晚会有头绪的。你不要再跟桑布在一起了,千万别成天……"

"大哥,你承认了,那好这房子我不住了,我准备买新房,按常理这三间都是我的,我就要一间半,这房子现在值六百元,你给我三百元就中了……"

"啊?"斯琴上前扯住敖日布:"你还让我们活不,三百元,三块也没有,你哥刚卖羊绒的十元,才堵完那五百,你睁开眼看看你的哥哥……你要把他逼死呀,当初我知道你有今天,我非掐死你不可!"

"哼,少哭穷,这年头树大分枝,谁也别说谁有没有良心。"

"敖日布,你还有点兄弟情吗?我求求你……"其其格哭着望着敖日布。

"老娘们懂个屁,你有吃有喝就行吧!"

"你别净听他桑布放狼烟,哥嫂根本不是那号人,绝不能干出那事!"

"你们就是说上它几马车也无用,不就是三百块吗,我不为难你们,把你们那头花腰子牛给我就行了。"

"这……"那顺布和瞟了一眼斯琴,斯琴嘴唇颤动着:"好!敖日布你滚开我家,我看你还有什么高招刮我们,没事一头牛你哥我俩饿不死,我们有手能干!"

"嫂子,别生气了,可别气坏身子呀。"其其格扶着斯琴,斯琴抬起泪眼:"我的好其其格,你我这命好苦哇。""呜呜。"两个人相觑着,哭了起来。

四

在小镇上的一个饭馆里,坐着两个半土半洋的人,正在比画大手丫子,"嗞嗞"地喝酒呢!那洋洋得意的样子,真不知天高地厚了。

"敖日布,你哥哥那头牛挺值钱,托咱那位朋友,你说卖了多少?"

"顶多五百块!"

"这个数!"

"啊,一千元!"

"哎,别激动,小点声。另外的那四头牛平均每头都增加了一百元。"

"呵,这真走运气呀,不过我哥哥那头牛的钱,给你一百,我留三百,其余的给我哥哥,我不能……"

"啥!"桑布眼睛里喷着火:"你小子死脑瓜骨,不认轻薄远近,咱俩不是亲兄弟,可走的是一条路子,你哥他人老实可花花点子多!"

"我哥从小就拉扯我,他确实是个老实人,没有……其其格为这事一个劲地跟我闹翻脸。"

"从小是从小的事,现在有老婆了,老婆说了算,我到旗里磕头作揖,求人给你阿爸平了反,给你们补助了一千元,可你哥倒好,为啥……告诉你吧,树大分枝是必然,别说是兄弟,现在儿子和他妈还不一条心呢,各有小九九呀,这年头让发财了,你没看着,靠干像你哥哥,吭吭地成天跟着牛屁股转,一年挣几百元。咱们这一回挣多少,哼哼,现在是谁发财谁英雄,谁受穷谁狗熊,笨蛋们得他妈哪辈子富起来!哎,这扯不他们富不富碍咱啥了,无关,干杯!这年头,不要可怜每一个人,胆小非君子,无毒不丈夫……"

"是那么疙瘩理,那钱就……"

"钱嘛,对咱来说不像流水一样,咱朋友为咱办事了,能让人家白办,人之常情嘛,给他二百元,我要一百就行了,那些我还安原来的办法分。"

敖日布揣着一大兜票子回来了,他心里总是忐忑不安,不知是啥滋味,自从跟哥哥为那一千块撕破了脸,他是恨哥哥,可这牛钱?我可以搜刮别人,对自己哥哥不应该这样……

其其格见这个醉鬼又这样回来了,又气又恨。时间久了也没办法,夫妻哪能成天打仗,不管怎地现在让富了,敖日布聪明能挣钱就行呗,但她心里总像有块病,她问了几次敖日布你在干什么,回答是给收购站当个跑腿的,跑腿的能白跑吗,他把分的四头牛也全折腾了,用这钱买了在查嘎拉吉一流的房子,但她总怀疑……

"敖日布,你吃了?"其其格端着奶茶递给了敖日布,敖日布接过茶瞟了一眼妻子。顿觉,其其格拉扯着两个孩子,家里有十只羊,一头奶牛,还有几亩自留地,都是她一个人干,她一个妇女有多大能耐。我这一天给她挣多少钱,敖日布又满足了。从兜里抽出一沓子:"其其格,这五十块给你,愿买啥买啥吧!"

其其格接过钱:"哎,哥哥那花腰子牛卖多少钱,到三百元了吗?"

"哼,咱们能卖三百块,三倍吧。"

"啊!那你不骗……"

"没有,我是跟你扯着玩呢。"敖日布顿觉跟妻子说走了嘴。

"敖日布,我是你老婆,可你说话办事总跟我撒谎撂屁的,我跟你受不了这窝囊罪。"

"你……"敖日布一考虑可不是,这真有点对不住她:"其其格,大哥的那头牛卖了七百元,这话你不能让哥嫂他们知道,那对你也不好,买房子不还欠人家五百元吗?"

"得得,我不听我不听,你真是狠心贼,欺骗别人,还欺骗你亲哥哥。咱家的牛羊谁给放的,不是大哥吗?咱家的自留地,不是大哥大嫂帮我干的吗,你能忍心,你还是人吗?大哥大嫂哪对不起你?"其其格伤心地哭了。

"原来……"敖日布愕然了,哥哥嫂子从小对待他,像伺候小羊羔似的。记得小时候的一个冬天,哥哥背着他去找羊,他冷了,哥哥没办法把穿在身上的破皮袄裹在他的身上,哥哥却穿着件破绒衣……

其其格劝丈夫:"敖日布,那七百元钱,你给大哥四百,不然你就缺德吧!那房子五百元以后再还,今天你要不答应我,咱俩就离婚,孩子也大了,你也有钱了……"

敖日布怔住了,哪能让其其格走,离婚孩子怎么办,再说我有钱了,何不……他耐心地对其其格说:"好,其其格,咱给大哥三百元,咱俩这就送去。"

五

　　三百块钱像黏合剂,把那顺和敖日布日渐疏远的兄弟关系黏紧了。斯琴高兴地说:"那顺,这回咱们也到营业所存上点,往后多多地存……"

　　那顺布和板着脸说:"三百块就支住大牙了,我那牛喂好了,再有两年哪个不卖它一千元。"

　　"不是那么个理,他老叔老婶上赶送钱,咱倒图的不是钱,是那片心,咱当哥哥嫂子的,哪能抓住小辫子不放呢? 再说他没有欺骗咱,你充英雄坚决不要,我也没装熊包,可他老婶都要跪下了,你不要中吗?"

　　"哼,我那牛本来就该值那么多钱,卖了我还心疼呢,再喂上两年,一千元手拿把掐的。"

　　"吹牛,你有本事也去卖啊! 得得,你没他老叔那弯弯肠子。"

　　"哼,我总怀疑他哪来的那些钱。"

　　"人家给收购站当临时工,聪明能干,像你这窝囊废。哎,我就是命苦啊!"

　　"我笨,可我能干,老牛上山慢慢来吧。"

　　"行了,你就知道跟牛羊屁股转,卖十元羊绒钱像骑毛驴拣豆包乐颠了馅,人家他老叔哪个月不闹百八的,你一年才闹个百八的,等到全屯都富了,你当不住能放个香屁。"

　　"那钱是大风刮来的? 就那么容易……"

　　"你死脑瓜骨,容易的事你也干不成,你给大伙的乜羊配种都给你钱,一角、二角那也是钱,零钱凑整钱嘛! 好像你家有几百头牛似的,还不要钱,去年人家都开荒种打瓜,哪家不闹个五、六百元,就你树叶掉下来都怕砸脑袋,人家都种咱怕啥,不是让你富吗?今年这打瓜非种不可!"

"哎,你……上级不让开荒种打瓜,那是破坏草场,咱可不能干那事!"

"扯淡,破坏,为啥别人种了,有的党员干部也种了,照样没怎的,你是党员还是干部,一个臭社员倒挺积极。"

"斯琴,老人们常说'靠外财富不长',要想富就得靠这双手,你怎么眼睛一个劲地盯在钱上……"

"放屁,没钱你能活吗?好哇,你说我盯在钱上,明天我不给你干了,我省吃省穿为的啥,我到你们家这些年受了多少苦,为了还钱我牛奶都舍不得喝,看见人家穿新衣服,我都偷偷地流过泪,你这没良心的,都一点不知疼我。"

斯琴趴在炕上号啕大哭。那顺布和也傻眼了,妻子说得对,这些年把她折腾得晕头转向的不就是钱吗!他对斯琴说:"为了挣钱,咱们得走正道,可不能欺骗国家,没有上级的好政策,能有今天吗?"

那顺布和嘴笨不会说,前些年是走资派的狗崽子,低人一头,谁都欺负他,搞配种脏,还长期住在夏营地,谁也不去。桑布鼻子一哼把他派去了,他没怨言。可现在不同了,他这技术过硬了,成了查嘎拉吉的大红人,外屯的牧民也请他,谁见到他都老远地打招呼,他只能跟人家一笑了之。他忙啊,放自己的牛羊不算,一到牛羊配种季节他白天黑夜的忙,家家都请他,他不要钱,让他喝酒他不会,他偷偷地回家吃上口饭,有人叫他技术员,他脸一红,一个劲地挥着手不让人家这样称呼。旗里和公社对他也很重视,他兴奋了,每个细毛孔都冒着热汗。

那顺布和用手轻轻地拽着妻子,"嘿嘿"地笑着:"斯琴,我不对,我是笨,这些年是让你受苦了,别生气了,别羡慕他老叔,等咱改良牛长大能卖一千五百元,明年我那头西门达尔牛就能产一吨多奶子,咱们屯马上就要建收奶站了,那改良羊长大了,羊毛多了又贵,听说咱那一个改良羊的毛拿到上海一加工能做二十套毛料服装,值一千元,那时我给你买一套毛料穿。往后钱能困难吗,快起来我肚子还饿呢!"

斯琴泪更禁不住了,那顺布和老实能干,从不发脾气,无论自己怎气他,他都……

她"呼"地坐起来:"去去,别像哪辈子没有见到老婆似的。"她也"嘿嘿"地笑了。

六

在公社办公室,站着一男一女,公社秘书和特派员坐在他们的对面。

"敖日布,根据你的态度好和属于上当受骗,法院决定经济上惩罚你一千元之外,不受法律制裁了,尽快交上一千元钱。"特派员严厉地说着。

"同志,我要同他离婚,坚决离婚,他是黑心人,请你们判决吧!"其其格没有流泪,连一眼也没有瞅敖日布。

敖日布心"咯噔"一下,他原想其其格是来看望他,没想到有这刷子:"其其格,咱俩不能离婚。"敖日布抱头大喊起来:"我做错了,我上当了,上桑布的圈套了,往后我一定好好干。"

公社秘书笑眯眯地望着其其格:"你就原谅他吧,他现在最需要你原谅。他干坏事时,你不也没管吗?他是上当了,你可不能上当了,都有两个孩子了。"

"不!他瞒着我,欺骗我,他太狠心了,连他哥哥都欺骗,哥嫂为他结婚借了一千元钱,他非让他哥哥还,你们说这人……"

"哼,这人是够呛。"公社秘书气愤地说。

"其其格,咱一日夫妻百日恩,我对不住你们,你说要啥条件,我都答应。"

"好,你马上还上一千元赃款,我就跟你回去。"

敖日布脑袋"轰"地一下,我上哪弄那一千元钱,砸碎骨渣子也没有。

"好吧,其其格那咱们就离婚吧,这辈子我……"敖日布站起来伸出手捺上了指印。

公社秘书"唰唰"写完判决书,问其其格:"你呢,还有啥意见,没有戳也来捺个手印。"其其格顿觉眼前发黑。她怔了一会儿,望了望敖日布心软了,他三岁就没得到母爱。我离开他,他将怎样呢?不,他没有良心,那样好的哥嫂他都没有感情,这样人不应该可怜!其其格抹去眼角上的泪,手指慢慢地伸出来……

她立刻想起嫂子哥哥那亲切的面孔,我离不开他们,不能离开他们!她手颤抖了,慢慢地又缩了回来。可我能受一辈子气吗?她又伸出手指,猛地按了一下印台。如果真的离了,孩子不就没有阿爸了?我们娘几个不受人欺负吗?怎样生活?哎,想的太多了,人活着总不能老受气吧。干脆离了,她抬起头:"我按。"

"其其格……"随着喊声传来一阵马蹄声。

"啊?这是大哥的声音,他……"其其格的手又缩了回来。

敖日布"嚯"地站了起来:"哥哥!"

一匹枣红马来到窗前,只见那顺布和甩镫下马,箭一般地跑到办公室:"其其格,你真的要离?好妹子别离了,回去吧!"其其格双手捂着脸"呜呜"地哭上了。

"大哥,我……"敖日布像个俘虏似的走到那顺布和跟前。那顺布和朝着敖日布"啪啪"就是两记耳光,敖日布一动没有动:"哥哥,你打吧,狠狠地打吧!"眼泪唰唰地往下流。

那顺布和怔住了,从小也没打过弟弟一下,我今天这是怎么了?那顺布和脸憋得通红,眼泪也流了出来。他慢慢地从衣兜里掏出存款折:"敖日布,这是你嫂子省吃俭用存的一千元钱,你还上那赃款吧!"

"不,哥哥。"敖日布倒退了两步。

"嗒嗒,嗒嗒。"随着一阵马蹄声,斯琴疯了一样地闯进了办公室:"那顺……"

其其格扑了过来,斯琴没有理她,对公社秘书说:"同志,我也和那顺布和离婚!请你们判决吧!"

"什么!"敖日布,其其格,那顺布和都惊呆了。

"你为啥跟那顺布和离婚?"公社秘书也弄得晕头转向了。

"他那顺布和打我,欺负我。我那样疼他,他却那样地狠,我攒的一千元,他却还要给他那狠心的弟弟……"斯琴抽泣了,其其格抱住斯琴也哭上了。

那顺布和手中的存折颤抖了:"敖日布,拿着吧,你嫂子会理解的。"

"哥哥,嫂子。"敖日布一头扑进那顺布和的怀里号啕大哭:"我太对不起你们了,你们像额吉、阿爸一样疼我,可我太没良心,我冤枉了你们。昨天公安局的同志跟我说,阿爸的落实政策钱八百元,让桑布贪污了,他捺手戳时没有让大哥看见,他又是打死阿爸的策划者,我上当了!"

"啊?"斯琴、其其格异口同声地喊道。斯琴上前拽过敖日布:"他老叔,这是真的吗?"敖日布点点头。

"对,我们已调查清楚,所以敖日布才无罪释放。"特派员回答着。

"嫂子,我没法活了。"敖日布抱头坐在了板凳上。

"不,嫂子也……"斯琴上前从那顺布和手中夺过存款折:"敖日布,给你快还上赃款!"

"嫂子,我不……"敖日布没有接。

"敖日布,接着吧,这是哥哥嫂子的一片心呐。"其其格上前拽起敖日布的手,眼泪刷刷地流着:"接着吧,快还上人家。以后好好干,再还哥哥。"

"你不离了?"敖日布"嚯"地站起,颤抖着手接过存款折,泪眼汪汪地望着其其格。其其格的脸颊上挂着泪,却微笑着轻轻地点了点头。

敖日布太惭愧了,他为自己的过去惭愧,这时他像下了决心似的,把存折交给了特派员。他转过身说道:"哥哥嫂子,以后我敖日布一定走正路……"他哽咽了。

那顺布和抹了一把眼角上的泪笑了:"快回家吧,孩子们还等着呢!"

"慢!"公社秘书走了过来,"你就是查嘎拉吉那个那顺布和吗?你是干什么的?"

"是,我是配种员。"

"那好,正想去找你。"公社秘书急忙从抽屉里拿出一张纸,"这是通知,昨天旗委来的,让你明天到旗委报到,去参加全自治区劳模大会。"

那顺布和怔住了,几个人吃惊地望着那顺布和。斯琴睁大眼睛,但眼睛总是模糊,她同那顺布和结婚这么多年,还没有仔细地看看丈夫。这会儿丈夫显得那么英俊、那么憨厚,她的脸"腾"地红了。

敖日布不错眼珠地瞅着哥哥,哥哥瘦多了,矮小的身躯,瘦得像根拴马桩,眼睛深陷,两腮也陷下去了,颧骨突起……他好久没有仔细地端详过哥哥了。他眼前的哥哥顿时是那样的高大,而他自己是多么的渺小。

在通往查嘎拉吉的大路上疾驶着四匹马。草原的路弯弯曲曲,一会儿爬上一座山,一会儿越过一条河。世上的路哪有平坦的,草原的路也是崎岖的。四匹马奔驰着,马蹄子弹起的尘土被抛到山涧。他们急驰着,目光中透着兴奋和希望。

远远地,远远地,他们看见一条笔直的路,正在向远方延伸……

铜铃声声

骆驼一样横卧在扎鲁特草原北部的乌兰哈达山,高耸着两座青色的驼峰,在夕阳的辉映下,披上了晚霞的彩衣。从山谷里流出来的霍林河,沿着查干宝力稿村南的灌木林亲吻着沃土,汩汩地流淌着……

归牧了,我穿过山口,贪婪地嗅着秋草的芳香,视线投向笼罩着金色的牧村,伙伴们和我一样扬着长鞭赶着多彩的傍晚,雪白的羊群在溪边饮水,绛紫的牛队蹒跚入圈,欢乐的歌儿,融入缠绵的炊烟。

到村边了,我心里犯了嘀咕:"奇怪,我的宝贝铁青马每天都用清脆的铜铃声在村边迎接我,可今天却不见它的影子呢?哎呀,我的牧包前怎么围着一群人?"

"昂钦夫,快,你的铁青马……"

"怎么了?"听到我的喊声,人们给我闪开一条道。

"啊!"只见铁青马满地打着滚,嘶叫着。

"铁青马得了急性结症。""真的?"我一把拽住扎那兽医的衣领,两眼迸着火花:"饭桶,亏你还是马背上驮大的!你怎么连一匹马病了都治不了?"

"昂钦夫,你说谁能治结症?"人们问我。我回答说:"我哪知道啊?"我背过身,"扑腾"坐在地上,抱着头痛哭起来。

铁青马好像听到了我的哭声,也许是它生命最后的一刻了,它静静地躺下了。我扑上去,颤抖的手摸着它的头:"铁青儿,我的宝贝啊!"铁青马微微抬了一下头,用鼻子吻吻我的手,两只呆滞的眼睛望着我,死死地望着我,好像在说:"主人,我不行了,永别了。"随着破乱的铜铃声,铁青马头放下了。"铁青儿,铁青儿……"我趴在它身上,失去了知觉。

"昂钦夫,别难过了,快起来吧!"妻子山丹拽着我,我一耸又坐下了,掏出马梳子慢慢地给铁青马梳最后的一次。高头、宽脊、细腰的铁青儿,昨天走起来还是鬃像火烧云,尾像一条线,我骑在它的背上就跟在静湖里坐着快艇似的,背上放一杯酒都洒不了,可现在……这都怪我前天到乌兰哈达山口去打猎,追逐一只黄羊,半天没追上,我急了第一次用鞭子抽了一下铁青儿,它像飞鸟般在林间奔腾而过,尖锐的荆棘撕破了我的衣裳,榆树的枯枝敲打我的脸,它跳过了树桩,用胸脯分开了灌木丛,忽然一道沟壑出现在眼前。铁青马踌躇了一下,前蹄腾起,一抖身子将我甩下,它落蹄滑下深沟,我得救了。

我狠狠地用马梳子敲着我的额头,昂钦夫,你为什么打它那一鞭子啊?我摸了摸铁青儿的前腿上的筋包,这是在今春大风雪中,为了给全村子找那群改良牛累的。我摸着铁青儿的嘴,嘴唇皱纹都变形了。哎!平时勒嚼子太狠了。我又摸摸那七个铜铃,这是前年全旗那达慕上它获得第一名奖给的,是旗委书记亲自给它戴上的,称它是扎鲁特草原的千里驹。我把铜铃一个个吻过,端端正正地给它戴好。"山丹给我拿两瓶'鲁北香'来。"妻子拍着我的肩说:"给,可别多喝。"我霍地站起,愠怒地把酒瓶子在她面前晃了晃,"咯嘣"启开瓶盖,低着头绕着铁青马祭洒着,拎起另一瓶单腿跪在铁青马头前仰天对饮,一口而尽。

"啪啪啪"我连着磕了三个响头,朝天大喊:"铁青儿。"

"你疯了。"山丹又拽起我。我瞪着她:"你给我拿铁锹去!""怎么?你要埋,别埋呀,还能卖很多钱呢!现在正有一个老客要买。"

"什么?"我顿觉天昏地转,眼睛似乎要喷出火来,每个汗毛孔都在吼:"钱钱,把人肉也卖钱吧?"

草原轻轻地拉上了夜幕,秋风摆动着草浪,顺着草尖忽而传来山丹的哭泣声,忽而传来清脆的铜铃声。我头也不回地扛着铁锹,"蹬蹬"地朝着乌兰哈达山口走去……

一副铜镯

一

"赵老鸢明天结婚了。""真没想到这老鸢找了个金凤凰。""真是命里注定呀!""哎哎,人家老鸢那叫心眼好感动了上帝,找了个比自己小十几岁的黄花姑娘。""明天咱们按时喝喜酒去。"兴龙村的人们傍晚了还在议论着这桩头条新闻。

老鸢的未婚妻从街中走过,听到这些话,心里美滋滋的。她边走边想着来到了老鸢的大门口:"啊,门上着锁,他去哪儿了呢?"姑娘迟疑了一下,朝着村北的山坡走去。

傍晚已过,月亮还没有出来。在这漆黑的夜晚,姑娘走着有些胆怯,她觉得一切都是黑的。瞧着她手上那副铜镯发着亮光:"啊,它真是宝贝呀!""呜呜,"哭声传了过来,紧接着,"娘啊!是儿对不住您,害了您老人家,您盼望已久的儿媳妇已有了,明天我就结婚了。娘,您在九泉之下为儿庆贺吧!""我……"姑娘走到老鸢的跟前,她的眼泪也簌簌地落了下来:"他的命真苦啊,我要使这痛苦变成欢乐,这是我做人的唯一人格。"以前那一幕幕的情景重新涌入她的脑海。

二

老鸢这个人鸢巴点,不会说,不会道,一脚踢不出个屁来。平时见人说句话脸都通红,从来都是像头老牛,默默地干着。队长指东,他去东,指西他奔西。所以人们都叫他老蔫,实际大名叫赵秀峰。可就是没人叫,细说老蔫的长相并不丑,也是十里八村的美男子,要不怎被全屯出名的漂亮姑娘玉凤"霸占"去了呢。

　　玉凤家住在老蔫的东院,所以两个人经常接触,从小就在一起玩,念书时直到初中都在一块。老人们讲,这是天生的一对!其实玉凤是在老蔫家长大的。玉凤也是个可怜的孩子。两岁那年,母亲就去世了。老蔫的母亲正奶着老蔫。老蔫的母亲心眼好,二话没说,就把玉凤抱过来了。后来,玉凤的爹又娶了后老婆,玉凤回去就挨打。没办法,玉凤爹就求老蔫娘照料着小玉凤。老蔫娘看着可怜的小姑娘,身上一道道的血印,心疼的眼泪止不住的流:"从今往后,玉凤你就给俺当姑娘吧,俺就是你的娘,娘挨饿挨冻也把你拉扯大……"

　　为了玉凤,老蔫娘常偏心眼,有什么好吃的东西都偷着让玉凤吃个够。有时老蔫捞不着,气的老蔫直在地上打滚,问他娘为啥这样疼人家的孩子。"她……"老蔫的娘哭了,"孩子,玉凤她也是肉长的,我怎能不心疼,作为一个人怎能见死不救,见难不解啊!""这……"这年老蔫已十多岁了,他第一次明白,人不能没有良心,不能光为了自己。从此,他就处处疼玉凤,把她当作自己的亲妹子来照料。他还记得"文革"那几年,"尾巴"割光了,老蔫娘不知从哪弄来几个鸡蛋,一个没舍得吃,就是病犯了,也没舍得吃,一直等到玉凤回来了,才一起吃掉。玉凤是母亲手掌上的明珠。

　　玉凤的命运也是够苦的了,初中刚毕业,偏偏父亲病倒了。家中没有劳力,玉凤就不能读书了,可是玉凤从小在老蔫家像个"小姐",没干过活,娇里娇气,干几天不是腰疼,就是腿痛。这一切老蔫娘看在眼里,就跟老蔫商量:"儿啊!反正这年头念书,农民还当农民没啥劲,再说你爹死得早,娘岁数大了还有病。另外,玉凤爹有病,生活谁维持,我看你就……"

"娘,我明白了。"从此,老蔫弃学回到了庄稼院。十八岁的老蔫,这一年可真够呛,他除了拼命出工,农闲时间搞点副业,挣点钱给玉凤他父亲看病,玉凤家烧柴也是老蔫的事。玉凤的父亲见老蔫累瘦了,疼得老泪纵横,他把玉凤拉到跟前:"孩子,老蔫这个人怎样?"

"我蔫哥他人好。"

"你喜欢他?"

玉凤脸红了,这时玉凤的后娘走进屋来,没好气地说:"咱玉凤长得这么漂亮,最次也得找个城里的,老蔫家又穷,人又没能耐……"

"你不许胡说,人要有良心。"玉凤的父亲气得颤抖起来,"我说怎能这样呀?"玉凤父亲见进来的是老蔫的娘,立即高兴了:"大嫂,你喜欢咱玉凤吗?""为什么不喜欢啊?""老蔫他呢?"

"这是什么意思?"

"大嫂,我这病看起来活不长了,我死之前最关心的就是让孩儿们成亲。"

"成亲?"老蔫他娘又惊又喜。

"大嫂,我看孩子们处得挺好,我们玉凤也是你从小拉扯大的。"

"娘,我——"玉凤扑在老蔫他娘的怀里。

"玉凤,你能看上老蔫吗?还是找个好的吧。"

"不,我要养你老……"

老蔫他娘擦着泪说:"那太好了!"说着把手腕上那副铜镯拿了下来,"孩子,这副镯子你不嫌弃吧,这是老蔫他爹我们订婚时,他奶奶给我带上的。据说这是祖传的,是俺们家的一块宝啊!"

玉凤伸出两只手,老蔫他娘颤抖着手把镯子给她带上了。

人生故事　　109

三

不久,玉风她爹病逝了。玉风的负担更重了,自从那标志姻缘的铜镯子戴在玉风的手腕上,老蔫感到怪不好意思的。他一见到玉风就脸红,吓得他躲躲闪闪地。老蔫娘更疼玉风了,有两个鸡蛋也舍不得吃,卖两个钱攒着,准备给玉风他们结婚用。一天,老人问老蔫:"老蔫,你们的年纪不小了,是不是该结婚了?娘一辈子就你这一个瓜,盼望早一天抱孙子呢!"

"娘,早点吧?再说玉风家没人手,让玉风多帮助几年吧!"

"孩子,你说的对,那就等几年。"

这天,老蔫他娘在家正给玉风绣花呢,老蔫风风火火地跑进屋:"娘,我爹……"

"啥事呀?看把你乐的!"

"我爹平反了……"

"哎呀,那可不错。"

"娘,还给我一张表,让我去城里工作。"

"是吗?那太好了。"

老人乐得满脸的皱纹都开了,这时玉风也闻讯而到,挽住老蔫他娘:"娘,这回咱们好了。"老蔫他娘流着喜泪,双手抚摸着那对铜镯。

也就是这天晚上,玉风风风火火地来找老蔫和他娘:"我和你们商量件事,行不?"

"风,啥事,快说!"

"我想去城里做工,能不能我填那张表。我后娘说,就让老蔫说我是您的姑娘,另外先让我工作,老蔫一找也会给安排。"

"那能行吗?"老人迟疑了。

"娘,答应我吧!我挣钱养活你们。"老蔫怔住了,一听玉风说得有道理,另外玉风家里实在是太困难了,她去比自己去好。

"那,玉风就你去吧,你去后我再找组织去……"

四

玉风上班去了,诚实的老蔫真去找组织了,组织上说:"现在安排确实有困难,能不能体谅国家的困难?"老蔫二话没说,应该体谅,做什么都一样。老蔫这回担子更重了,肩挑着两家的事,那个岳母动不动就去找他,加之老蔫娘听说儿子找不上工作,犯了老病,忙得老蔫真是脚打后脑勺。

玉风还中,隔三岔五地就回来看看老蔫他娘,不过漂亮的姑娘一打扮,完全没有乡下人那种样子了。时髦的发型、时髦的衣服,玉风真成了美女了。屯上的小伙们看几眼觉得都是享受,老蔫娘看到玉风这种打扮很烦。但姑娘的甜言蜜语,说得老人心里甜滋滋的。老蔫更烦,玉风见着他不是吹胡子就是瞪眼睛,气得老蔫见着玉风就躲。

时隔半年,玉风兴高采烈地回来了,见着村里的人就说,她不当工人了,当上了一个局的打字员,蛮好蛮自在。老蔫他娘当然也很高兴。老人身体这阵子好些了,她心中总惦记着快给儿子结婚。她想找玉风母亲商量,离不远就看见玉风家大小汽车好几辆,一些城里人来来往往。

"她们家这是做啥呢?"

一些来往的邻居们没人回答,老人急了,这时玉风的一个小兄弟出来了。

"二呀,你们家在做什么呀?"

"我姐姐要结婚了。"

"我怎么不知道?"

"俺姐夫是干部,他爸爸是局长……"

"什么?"天昏昏,地暗暗,老蔫他娘慢慢地倒下了。

"快叫人……"

玉凤和他后娘,骂骂咧咧地出来了:"哪个要饭花子,来破我家的红尘。"

"谁呀?"

"老蔫他娘。"

"啊!"玉凤头轰一下,她想扑过去,可被她后娘和几个人拉回去了。

老蔫娘一病就趴炕了,老蔫眼含着泪守候在娘的身旁。

"那副铜镯要回来没有?"他娘问。

"要回来了,要回来了。"其实,铜镯早就送回来了。一天,老蔫下工回来,打开自己的箱子想找本科学试验的书,一开箱子发现铜镯放在那,老蔫差一点晕倒。他想镇静镇静,却怎么也镇静不了。他颤抖着手拿起铜镯,在旁边还放着一封信,他拆开那封信,熟悉的字体立刻闪过来。

秀峰哥:

您好!

你永远是我的哥哥,我从小是在你家长大的,这恩情我一辈子也不能忘记,特别是你娘……

现在我是国家干部了,我盼望很久,希望你也能成为国家干部,可是等到现在你还是农民。

我们的年龄都不小了,该结婚了,可是反复的想,我在城里,你在农村,我们生活困难,再说别人也瞧不起我。我们在共同生活中不可能有共同的语言,我们尽快分手吧!我太对不起哥哥了,但你永远是我的好哥哥。

我现在已爱上一个有才华的小伙子了,他爸爸是局长,以后我想帮你找个工作……

凤妹书

"呸,我他妈的用你……"老蔫把信撕个粉碎。

五

一晃两年过去了,老蔫已二十九岁了,由于家里穷,一直没找到媳妇。老蔫他娘的病一天天加重,老人整天拿着铜镯叨咕:"唉,人心怎么都变坏了,我儿命苦啊。这下子我们赵家断了香火了……""娘,你想宽绰点,等你病好了,咱家有了钱,我就能要上媳妇,到时你就能抱上孙子了,娘你病好了,儿好好干,攒点钱,给他们看看,那时送上门的姑娘就多了。""儿啊,娘不是想不开,就是越想咱这老实人越没奔头。"娘俩越说话越多,眼泪止不住地流下来。

"大娘,老蔫哥,你们怎么啦?"西院的春枝走了进来。她拎着一小筐鸡蛋:"大娘,我妈说,这些鸡蛋给你养病吧。""这……"老蔫娘睁开泪眼,手摸着春枝的头:"多替我谢谢你妈,好姑娘呀!千万别跟玉凤学,人得讲个良心呀!""大娘,你放心。"春枝哭得泣不成声了。

"蔫儿,让姑娘……""大娘!""老蔫哥,你看大娘怎么啦?""娘!"老蔫急忙扶起妈妈。老人使劲地挣扎着睁开眼睛,嘴颤抖着:"蔫儿,娘不行了,娘这辈子对不住你,娘走了,娘就这样放心地走了。蔫,以后你千万不要做没良心的事啊!"

"娘……"

老蔫使劲地喊着,推晃着他娘:"娘,我可怜的娘。"

"老蔫哥,大娘她太……"春枝姑娘趴在老人身上哭成了泪人。

老蔫他娘走了,两只眼睛还睁着。乡亲们都来了,几个老人哭着说:"老姐姐你闭上眼吧,老蔫他能娶上媳妇,闭上眼吧!"

"闭上眼吧,娘!"老蔫说着把那副铜镯子戴在老人手上。老人们立即拉住他:"老蔫,你怎能这样做!"老蔫说:"让它和娘一起去吧!"人们夺下了铜镯子。

安葬完了,人们都走了,老蔫望了望破烂不堪的屋,想着刚去世的娘,玉凤假惺惺的泪水,他胸中的怒火燃烧着,燃烧着……他翻出那把杀猪刀,"蹭蹭"地磨上了。

夜深了,只听见老蔫家传出"蹭蹭"地磨刀声,像是哭,像在吼叫,老蔫用手指试试刀刃,立刻闪出一道寒光。他站起来,把铜镯装在兜里,把刀放在袖里,转身走了。

"站住,干什么去?"老蔫刚出门,被一个人挡住了。

"我一个人在家待着,心里闷得慌,出去遛遛。"

"那你拿刀干什么?"

"你不要管我,我要杀了玉凤,为我娘报仇!"

"老蔫哥,你忘了,你娘死前说的那句话吗,不能做没良心的事,再说玉凤她有孩子,有丈夫,有家庭,你怎能……"

"哎,这……"

六

真是天无绝人之路,兴龙屯实行了联产承包责任制,老蔫分了二十亩地,还有眼旧井。老蔫起早贪黑地把井修上了,旱涝保收。有块撂荒的碱疤拉地,没人要。老蔫也承包了当试验田,种上了葵花。赵老蔫身大力足,脑子又聪明,一年就发了家。另外,他搞的优良品种试验也成功了,听说要得一笔奖金。光棍一个人无牵无挂,小日子富得流油,惹得媒人踩破门槛,可就是没说成。为啥呢？有人给打破头楔。

那是今春上,三合屯来了一位漂亮的姑娘,有人给老蔫介绍,老蔫见面就相中了。有人说那是个小寡妇,老蔫哭了。我三十岁的人了,找这样一个就不错了。一切都说妥了,就等第二天换盅,老蔫高兴了,打酒买烟一切都准备就绪了。他想起了铜镯,明天要把娘这副铜镯戴上,她老人家会闭上眼睛,老蔫喜滋滋地打开柜,找红包,翻了底朝天就是没有,急得满头大汗："这副铜镯哪去了,这能对得起死去的娘吗？不可能,是让媒人拿去了吧？"得问一问,老蔫撒开腿就跑。

"哎呀,"一出门正和老媒婆撞个满怀,老蔫脸"唰"的红了。老媒婆好像不在乎的样子："老蔫,人真……"

"怎么啦？大婶。"

"又吹了,女方说什么也不干了。"

"啊？"

老蔫拍着大腿："他妈的,我竟找苦吃,非找个女人干啥,真没价值。"

"不,是那坏心眼的春枝。"

"什么？是春枝？"

"对,我调查清楚了,这次的罪魁祸首就是春枝。"

"她？"

老蔫把拳头捏得"咯嘣咯嘣"响,世上好人太少了,没有好人。赵老蔫精神不正常了,他像疯了一样。他这次并没出去闹,而是静静地坐在炕上,两眼发直："世上真没有好人,真没有好人,都没个良心,万万没想到她,她这样坏心眼,我老蔫真没活路啦!"刚强的汉子眼泪已经没了。

"娘,我跟你走吧!"老蔫晃晃荡荡地跳下炕。他又想起了那把刀子。

"你又想干什么?"一个女人出现在屋中央。

"干什么,今天我先杀了你。"

"那好,你杀吧!"女人走上前,抓住老蔫的手。

老蔫急了,他手一反抓住了那女人的手腕子:"我先砍断你的胳膊。"

"嘿。"

"啊?"一道铜光像闪电般在老蔫的眼前闪过,"你,春枝这铜镯怎么……"

"哈哈,我的傻蔫。"

"从此,我就是你的人了。"

"不,我比你大十六岁,你不后悔?"

"我不后悔。"

"春枝,这不道德。"

"就是因为你是最有道德的人,我才不让你娶个寡妇,我才……"

春风轻轻地吹来

　　春风把窗外的杨柳刮得"呜呜"作响,那顺阿爸的输液瓶随着春风的节拍"嘀嗒,嘀嗒"地响着。那顺阿爸微微地睁开眼睛,定了定神。"阿爸,怎么样?"守在一旁的布和朝鲁"噌"地站起来。
　　"你轻点!"护士阿拉坦花以命令的口吻和温柔的目光行使着自己的职责,轻轻地把老阿爸挪动的胳膊放好。"阿爸,您的病很快就会好的。"老阿爸盯着她:"你……你又是……"老阿爸没有往下说,又闭上了眼睛。她的脸腾的红到耳根,双手捂着脸,泪水从纤细的指缝间滑了出来。
　　耻辱、内疚,阿拉坦花的心都快要碎了,她趴在值班室的床上,偷偷地抹着泪。"你又是……"老阿爸眼睛喷着火,有气无力的三个字却像把尖刀。阿拉坦花突然止住了眼泪:"我,我哪有脸流泪呀?"她呼地坐了起来。这时,布和朝鲁来到她跟前:"护士,我阿爸输液的针滚了。""滚针了?"阿拉坦花镇定了一下,跟布和朝鲁走进了病房。
　　老阿爸领教过阿拉坦花的针法,一见她又来了,神经性地哆嗦起来:"护士,我不打了!""阿爸,不打针病哪能好呢?您放心吧,不要紧张。"阿拉坦花说着将针拔了下来。"阿爸,您……"她眼泪差点掉下来,控制在眼眶里了,"阿爸,不要紧张。"她微笑着说。姑娘这些举动使老阿爸稍稍稳住点神:"那,那你就扎吧。"她笑盈盈地点点头,用镊子夹起两个酒精棉球搓搓手,轻轻地拉过老人的手腕,她的拇指在一个地方停了一下,又慢慢掐了一个指痕,消毒后右手牢牢地握住针

人生故事　117

柄向下一刺,又向水平方位稳稳一送,多么利索敏捷的动作啊!

"好,回血了。"布和朝鲁惊讶得像孩子般喊了出来。老阿爸悬着的心落了下来,露出了欣慰的笑容。这也宽慰了阿拉坦花姑娘那颗痛苦的心。

去年一个刮着寒风的夜晚,正是阿拉坦花值班,已是九点多钟了,她伸伸懒腰,倒在床上就睡熟了。突然,门"铛铛"地响了,她听见了,伸伸胳膊但没吭声。接着又是一阵急促的敲门声,她急了:"谁呀?敲什么?""大夫,阿爸有病,挺厉害的,你给看看吧!""我不是大夫,是护士,大夫在西屋。"那人"咚咚"地走了,到西屋又敲上了。半刻钟没到,他又折回来,敲起了她的门:"护士同志,大夫不在,您给瞧瞧吧!""少废话,我再告诉你一遍,我不是大夫。"他又"咚咚"地走了。她又进入了甜美的梦乡。

敲门声再次将她惊醒,那个人说:"护士,到时间了,给打针吧。"她无可奈何地走了出来。啊!那小伙子没有走,坐在走廊的长椅上抱着一个人,在强烈的灯光下,只见小伙子冻得直打牙巴骨,脸色发紫。她心软了,找了个床位把病人安顿下,小伙子打开包在病人身上的皮袄。阿拉坦花吃惊了,原来病人是个老阿爸,只见老人脸色苍白,没有一丝血色,艰难地呼吸着。

她迅速地找来大夫。大夫诊断后,下了医嘱"静脉滴注……"她一看这几个字,脑袋"嗡"地一下,她最怕静脉穿刺,往日这差事有靠头,今天就她自己,只好硬着头皮给老人扎了。老阿爸偏偏血管细,一针,两针,三针,针管仍然没有回血,一连五针也没见分晓。老人疼得"唰唰"地直流汗。她的冷汗也钻出细细的毛孔。小伙子急得直跺脚:"你,你咋扎不上,学啥了?"她的脸像团火烧着,她受不住了:"你行,你来扎。"她说完"啪"地扔下针跑出病房,最后还是大夫给扎上了。

一句话，一条痕。阿拉坦花看见那小伙子黑不溜秋，直眉瞪眼，穷得窝里窝囊，挺厚的嘴唇，一张嘴连话都不会说，气就不打一处来。那干巴老头子，瘦得皮包骨头，快死了得了，省得让儿子整天端屎端尿，真烦人。每次阿拉坦花进了这个病房就捂着嘴，没好眼珠瞅人家。第三天上午，她刚把输液瓶挂上，另一个护士就风风火火地闯进了病房："阿拉坦花，你把药对错了，那是我的药……"

"啊？"阿拉坦花顿觉浑身起了层鸡皮疙瘩，她双手哆嗦着摘下输液瓶，回头就走。"站住，你欺负老实人。"小伙子这一声，像个响雷劈在了阿拉坦花头上，她被吓住了，呆呆地站在那不动。只见小伙子气得脸通红，两条重眉结成了疙瘩，两只大眼睛要蹦出来，洁白的牙齿气得"咯嘣咯嘣"地响。阿拉坦花"哇"地一声，哭着跑出了门。

当她擦干眼泪的时候，一个陌生人和那小伙子站在她面前。陌生人介绍说："我和布和朝鲁都是镇郊一队的，我是队长，他是民办教师。护士，布和朝鲁太莽撞了，请原谅……"布和朝鲁站在旁边，脸通红像有罪似的低着头走了。

队长接着开了腔，像央求，又像无形的命令："护士姑娘，那顺阿爸是老残疾军人，为革命流过血，一定要珍重他老人家啊！他前年死去了老伴，孤身一人。布和朝鲁心肠好，把行李搬到了他家，像亲儿子一样待候他。"

"什么？"

"人非草木，心都是肉长的，我为什么那样无情？"阿拉坦花这样暗骂自己。布和朝鲁那憨相在她的眼中也变了：眉眼清秀，高大可敬。他那嘴唇，淳朴红润。从此，她把自己的胳膊当作扎针过关的试验品，每一次疼得汗珠都像雨点似的，她不退却，反问自己："怎么样？应该这样惩罚自己。"

习习春风，吹拂着复苏的万物，吹拂着人们美好的心灵。阿拉坦

人生故事　119

花披着清晨的霞光,踏着春风的旋律,步入光荣的岗位,当洁白的工作服穿在窈窕的身材上,她对着穿衣镜,瞧那两条柳叶眉修长修长,那双大眼睛含着深情,圆脸雪白红润,多么俊俏,好像一朵洁白的花在她心中绽开。

她悄悄地走进了那顺阿爸的病房,布和朝鲁正在用羹匙一口一口地喂老人。"阿爸,今晚您休息得很好吧!"她笑吟吟的声音使老阿爸眉开眼笑。"哟,这面条咋这么粗?"她瞟了一眼布和朝鲁,他尴尬地笑了。她微笑着说:"等等,我去食堂买点面条吧!"

"不用不用。"布和朝鲁说道,可她已经跑了出去。布和朝鲁看着自己做的面条,成了片汤,不由"扑哧"一声笑了。

老阿爸抬起头:"这姑娘,还是那个阿拉坦花吗?"布和朝鲁笑了:"还是她,可思想却是另外一个人了。"话音刚落,阿拉坦花端着热腾腾的面条进了屋。布和朝鲁急忙走上前:"你看,这……""我来吧。"她说着坐在床头喂起老人。

"护士妹子,我阿爸的衣服是你洗的吧?那昨晚的大米粥也是……""不是,不是我。""别瞒了,我都看见了。"阿拉坦花没吭声,望着老阿爸说:"阿爸,您还生我的气吗?您骂我吧,我太对不起您了。朝鲁大哥,明天我休班,我来照顾阿爸,你回去教学生吧,从今天起饭由我负责。"

"不!护士妹子,哪能这样麻烦你呢。"

"什么?麻烦,那你又为了什么呢,我跟你比不差得太远了吗?"

"这……"布和朝鲁哑言了。

阿拉坦花把碗放下,慢慢地扶起老阿爸。那顺阿爸坐得稳稳当当。他开朗地笑了,他满脸的皱纹像在舒展。因为,他看到了祖国的未来。

春风轻轻地吹来,吹在人们的心头……

儿有理说倒爹

掌灯时分,山怀权老汉坐在崭新的小地桌旁,抿着嘴"嗞嗞"地独饮,那架势把酒盅都快要捏扁了。

老汉夹起一块鸡蛋,"嗞"地喝一口,爬满皱纹的脸红扑扑的,额头和鼻尖汗汪汪的,小眼珠眯成了一条缝,嘴唇一个劲地颤动:"嗯,这样干明年就得抱个大金娃娃。"

"嘿嘿……"

"爹……"

"哼,吃饭还堵不住嘴。"老汉狠狠瞪了一眼儿子青山,意思是我为了你们正计划呢!思路都给打乱了。

"爹,队上下午开会了。"

"得得,开会碍我啥事,那会能当饭吃当衣服穿?怎么你参加了?给你多少钱?这不是'文化大革命'那阵子了。"山怀权只觉脑袋"嗡"的一下子,这已成了后遗症。

"不开会,那党的指示怎么宣传呢?"

"爹,支书都批评你了。"

"什么,我山怀权一没偷,二没摸,不欠款,不欠粮,他批评我干啥?"山怀权"呼"地站起来伸着脖子喊。他指着儿子青山:"你这才是没病找灾呢!你不去他批评谁?"

"爹,支书批评的在理,就咱家的种地计划没落实。"

"放屁!""啪!"山怀权把手握的玻璃酒壶躜个粉碎。吓得青山到嗓子眼的饭"咕噜"一伸脖瞪眼掉了两滴泪才咽下去。

"爹,你先别生气呀……"

"少说话,这年头不让咱们自己说了算吗?还想管,没门。"

"爹,是咱们错了,那四十亩地种十亩粮食太少了。"

"扯淡,他们的嘴都长到后脑勺上去了,不让发家吗?这会儿又变卦了,他的嘴是男子汉的,还是三岁小孩的?哎,我的计划全完了,真是好景不长呀。"山怀权气呼呼地"扑通"坐在了小方凳的一角上。小凳子一侧歪,"啪。"山怀权一屁股坐在了地上,闹个四仰八叉,半天没回过气来。青山"嗖"地窜过去:"爹,你摔着哪儿了?"

"哎,我的天呀,去他妈的,就怨你这小混蛋。"

"爹,我扶你上炕吧?"

"不用,我这回摔坏了,非躺到他支书家养伤去,反正这地也种不成了。"

"爹,您怎么净生多余的气呢?支书说的没错啊!"

"呵呵,你他妈的胎毛未褪,胳膊肘就往外拐。"山怀权一骨碌爬起来,顺手摸起笤帚疙瘩,朝着青山的脑门晃了晃:"你给我再说一遍?"青山站在那里没敢动:"爹你别生气,保证种足粮食,然后再种油料和经济作物。这是上级的精神,不是支书……"

"好小子!"山怀权气得手都哆嗦了,"你他妈学会跟你爹犟嘴了,念两天半书,翅膀硬了,回来教训你爹来了,我先教训教训你!"

"爹,儿不敢。"

"我豁出把你赶出去,也不叫你……"

"嘿嘿。"

"哎,姐夫你这干啥,快松手。"来人一把从山怀权手中夺过笤帚疙瘩。

"你……"山怀权一回头见是他的内弟喜财。

"姐夫,有话慢慢说,青山都成小伙子了,还动笤帚疙瘩。"

"小伙子咋的？我是他爹,打是轻的,急了我把他赶出去。"

"你呀,还不满足,青山这孩子屯里人谁不夸？"

"扯,夸教训他爹？"山怀权气呼呼地坐在炕上,掏出别在腰上的烟袋"啪啪"地磕了两下,随后又捻上一锅子烟"吧嗒,吧嗒"地抽上了。

青山蹑手蹑脚地扯下一张日历纸,递给了喜财:"老舅,你也卷一支吧!"

"青山,你怎么气你爹啊？"

"没有啊!"青山瞟瞟他爹,张了张嘴又闭上了。

山怀权抬起头,把嘴里的烟喷出:"尽耍小聪明,一个小孩子充大瓣蒜,队上一开会他倒积极,这次还代替我接受了批评,我山怀权啥时受过这委屈,再说他支书管得也太宽了,这块地不给我了吗,我就是啥也不种,全家人把脖掐上,他管得着吗？不是吃返销那时候了。"

青山站在那,再也忍不住了,泪都气了出来,但是面对的是他的父亲。他耐心地对父亲说:"爹,我是青年人,怎能和你一样落后呢!你说的根本不在理,如果全国的农民都像你这样不种粮食,我们吃啥,城里人吃啥,那钱有什么用？"

"你给我住嘴,反了呢,今天我非打死你不可。"山怀权眼睛都红了,嘴唇颤动着,一蹦老高。喜财拉住山怀权的胳膊:"姐夫,青山的话有道理,青山你说吧。"

"你……"

"爹,儿这不是气你的话,搞责任制时你高兴得一夜没合眼。可分地后,你一天会也不参加了,上级的精神一点也不听。支书不是再三讲,土地是国家的。爹,集体还有呢,社会主义还有呢!"

"混蛋,你给我住嘴。喜财,你放开我!"山怀权眼珠都要瞪出来了,使劲地挣扎着。

"姐夫,你疯了,我看你是吃饱饭撑的。"

"你少管闲事,不愿待也滚。"

"好,我看你有能耐拿刀子把儿子杀了。"喜财松开了手说,"囤底放了两石粮,都不知道姓啥了,忘记你一天喝一碗玉米粥的时候了。"

"这……"这话像把刀子刺在山怀权的心上,山怀权跟跟跄跄地倒退两步坐在了炕上,双手抱着头。

是的,山怀权哪能忘记前年正月十五那天。过去这天都吃元宵,而那天连一粒粮都没有了,买返销粮没钱,只好让青山到喜财那借了十元钱,到晚上才吃上了饭。一天没吃了,还是喝面糊糊粥。那后来的日子就更苦了,山怀权流着老泪,他慢慢地抬起头:"我想多抓点钱,多抓……"

"姐夫,可不能胡来,你知道我来找你干啥吗?"

"也教训我呗!"

"不,跟你借粮。"

"什么,都没粮食吃了。"

"哎,八口人马上就要晒干牙了。"

"你不捞了很多钱嘛!"

"我那事你还不知道?不但没挣着还赔了本,可千万不能瞎来啊!"

可不是,山怀权吸了一口蛤蟆烟,使劲地"吧嗒"上了。去年春天种地时,喜财找他商量要干大捞实的,什么倒卖牛羊、跑运输等等,山怀权把烟袋锅子往鞋底上一磕,挺着肚子,用烟袋杆一指:"这'皮口袋'已亏了十年,也得让他得点'实惠'了。"喜财也不示弱,叉个腰板:"这年头有钱就有一切。"山怀权一跺脚:"全国农民都像你,粮食从天上掉下来?"到秋后,喜财种的那些胡麻,让伏旱旱死不少,而山怀权种的谷子耐旱,虽然减了产,但有了粮食吃,而喜财钱财两光。

山怀权"忽"地站起来,嘴唇颤了颤,看青山和喜财唠得正热乎,张开的嘴又闭上了。

"怎么,你这强驴才醒过腔来。"

"你才是强驴呢,要不怎么吃了大亏呢!"

"哈哈。"两个人笑了起来。喜财指着山怀权的鼻子:"今年我说啥不走那弯弯道啦!"

"我……"山怀权一抬头,正好同青山的眼光相遇。他顿觉脸呼地红到脖子根,可又一想是自己儿子怕啥,可这……

青山把碎酒壶收拾起来:"老舅,我爹,你俩再喝两盅,爹,还生儿的气吗?儿子太不孝了,以后再不了,好吗?"他瞟了瞟山怀权,接着说:"往后咱农民也得把眼光看远点,不能光看自己了。我给你们再炒一盘鸡蛋去。"小伙子兴奋地跑了出去。

"在理,你说呢,犟驴?"喜财边说边斜眼瞟着姐夫山怀权。

山怀权"噗噗"吹了几口烟袋,"啪"的朝鞋底一磕:"真是这么疙瘩理……"

红花与绿叶

"维丽,牡丹花开了!"

"快,端来我看看!"我麻利地将花盆端到妻子床边。

"看吧,你的宝贝总算开了。""哼,这都是我儿子带来的福音,我得看儿子。""你呀,就是不爱花,这牡丹是花中之王,你们常要笔墨的,什么都得爱好点,不然能写吗?"我一拍后脑勺,别说,有道理。看它虽不是那么鲜艳,却那么壮观。

我这从来都不看一眼花的人,今天为庆祝它同我儿子一个诞生日,也饱饱眼福。那牡丹花真像要跟我争口气似的,吐开的花瓣,鲜艳夺目,一滴滴米粒大的水珠在花瓣上笑了,那么透明。蓦的,一个信念冲到我的脑际,我用手轻轻抚摸花朵下面那一片片绿叶:"维丽,这花还美吗?"

"你放开,碰坏了,废话。"她嗔怪地说。

我轻轻地松开手,自言自语地说:"我却爱这陪衬的绿叶。"妻子瞪了我一眼。

这会儿,阳光也偷偷过来赏花了。牡丹的红光映在维丽花萼般的脸颊上,可能是"双喜"的缘故吧,她那柳叶似的眉梢上都含着笑,我又望一眼婴儿那胖乎乎的脸蛋,心中像淌进了乳汁一般,甜滋滋的。还有那红牡丹的衬托,正是吉祥的征兆。

我的宝贝哭了。

"志勇,快给孩子饮口糖水。"

"好,就来。"

"哎,给孩子换一下尿布。"

"好,就来。"

"哎,这尿布得洗一下。"

"好,马上。"

"哎,弄点沙子给孩子装个小口袋。"

"好,马上。"

我的宝贝又哭了。

"快,来游游车子。"

"好,就来。"

宝贝睡了,我长长出了一口气,这样马不停蹄地干,累得我是满头大汗。我看看表,已中午十二点了,像弹簧似的"腾"地站起来,马上做饭。

白天夜里掰手指头,总算熬到了七天。她总是笑呵呵地跟我说话,她知道我厌烦,我还一个劲地发脾气。

我有些不满意地对她说:"早知道这样,说啥也不要这孩子,这时间、工作和学习不都扔了吗?"她向我喃喃自语:"就一个月,忍着点吧,再说也得锻炼锻炼。"

我是该锻炼一下,做饭拿鸭子上架,就会煮粥,这也是大姑娘上轿——头一回。七天到了,她说老人们讲七天时吃饺子,捏骨缝。好吧,遵命,我苦干了半天,总算把饺子包好了,高高兴兴地煮上了。咳,也不长脸,把饺子煮落锅了,维丽一气之下跑到厨房:"你呀,就是个废物。"

"这就不错了。"我愠怒。

"你……"她怜悯地拿起笊篱。

"哎呀,他姐夫你。"我回头一看,是岳母来了,她面沉似水、双目

人生故事　　127

犀利地盯着我,我愣在那没动。

"维丽,这是什么时候呀。"岳母走上前夺过了维丽手中的笊篱,拽着她进了屋。维丽抽泣了:"妈,别怪他,他真的不会做饭。"

"不会做就学嘛,两口子过日子也不能光靠一个人啊!"

"妈,别说了,是我让他学的。"

"你……"岳母的眼泪也从眼角滴了下来。

饺子在锅里都煮碎了,我没去捞它,维丽的话如清泉一般,震动了我的心弦。我回味着,手颤抖了,不知啥时手背湿润了。我冷静了一下,一摸眼角,是眼泪。"男儿有泪不轻弹。"可能我是"冷血动物"。这是夫妻吗?可她却原谅了我,难道说我比她高一等吗?我这点能力算得了什么?论长相,她相貌俊俏;论才气,她聪明睿智;论家庭,她父辈是老革命。我却是马尾串豆腐提不起来,可我……

人们常说:"光景好了,就忘记了苦的时候。"我从小酷爱文学,家贫买不起书,我就跟同学们借着看,全班同学都借遍了,不好意思再借。维丽却递过一本书,还说看完了再跟她借,很长时间都是这样。然而,有一天我突然醒悟:这些书都是她为我新买来的,我幼小的心灵战栗了。命运又将我们抛到牧野上,我们在大草原上接受再教育。一九七五年秋天,集体户来了两个指标,一个是上大学,另一个是当工人,当然是戴帽儿下来的。上大学的指标是给维丽的(她爸爸已复职)。我是无名鼠辈,想也不敢想,独自在油灯下看书。她轻盈地走了进来:"哎,到牧野上走走。"我知道这是离别,要谈上几句话。我动心了,可又一想,人家是大学生了,我攀什么高枝呢?我照旧看书,一声没哼。

"你变了。"

"我不去。"我奚落她似的。

"我有重要的事跟你说,不去也得去。"她一把抢过书。

"你……"书被撕下一头,我发火了,可她却像小绵羊似的:"我给你好好黏上,行吗?"我"扑哧"一声笑了。她也来了精神:"嗬,好大的嫉妒心呢,我上大学,你就不光荣?"

我依然捧起书说:"没想过。"我的冷淡似乎太刺伤她的心了,她"呜"的一声捂着脸跑了出去。我这下可坐不住了,也跟了出去。她好像知道我要去追,便向遥远的山包跑去。

我终于挡住了她,她停下说:"你为什么跟来?""我……"我嗫嚅着。

"好吧,我就跟你说上几句,我要去的是大学中文系,你有这方面特长,你去吧!"我愕然了,简直不相信自己的耳朵。

"就这样吧,如果上边不同意,我去说。"她顿了顿,仰起头望着茫茫的夜空,轻轻地说:"你我十年同窗,两年在一起抢套马杆,相互产生了爱慕之情,但你可以忘记我,却绝不能忘记自己所酷爱的事业,它是我的希冀,也是我的情愫。"

"啪",她将表放在我的手上。

"拿着,我们明天一起去公社。"

"不行,不能这样!"

她却轻盈地走了。

我们终于如愿以偿了。

在开始新生活的第一天,她诚恳地对我说:"我们这一代人心灵上受了创伤,知识也贫乏,可未来的生活急需我们去开拓,如果我们永远愚昧下去,这担子谁去挑?"

她情绪更加高昂,像宣誓,又像朗诵诗一样:"抹去吧,心灵的创伤,弥补吧,失掉的知识,你放心吧,家庭绝不会给你增加负担的,尽心地学习吧,写作吧!"

"真的?"我兴奋地瞪大双眼瞅着她:秀气的面颊,淡淡的柳叶眉,炯炯有神的眸子,宁静的小嘴,我好像第一次看见她这样美丽。

在生活的激流中,我们的条约没有撕毁,反而她成了我的监督,多少个夜晚,我……"哎呀,实在困了,睡觉。"

"不行,你自己不是规定每天到十一点吗?怎么竟打起自己的嘴巴?"

"可也是,那你先睡吧。"

"不,我也要学习,还要陪着你。"她坐在我身旁一笔一画地练字。

"哎,这字怎样?"

"行,有进步。"

"那,你那篇稿子我给你抄吧。"

"这……"我明白了,明白了她天天练字的原因了。

骨缝没捏成,我总是坐立不安,晚上就偷偷地包了饺子。她埋怨我,我笑了,她也笑了。我们饱餐了一顿。

我的心豁然开朗,可她又变化了,流起了眼泪。"怎么了?"我惊慌地问。她纤细的手抓起我的手:"看,都裂出血口子了,快烫一烫,擦点手油。"她略一停顿,又说:"我总觉得失掉了什么。"

"我害怕?"

"你指什么?"

"时间,这一个月我得给你浪费多少?"

"咳,多余。"我松了一口气。

晚上,我躺在床上来回"烙饼",白天的事让我思绪万千,总觉着欠她些什么。不知不觉睡着了,醒来睁眼一看,她抱着孩子睡熟了。

我心一动,轻轻地叫醒她:"孩子再哭我抱,你放心睡吧。""不用,我自己来,你多睡会吧。"我望望她日渐消瘦的脸颊说:"不行,全靠你会累坏你的。"她没有辩解,就又睡着了。

蓦然,一种念头又从我脑海深处油然升起。

父子俩

一大早,老媒婆便闯进了大栓的家。"哎,你这'老油条'真名不虚传,都快到晌午了,还没出屋呢?""谁像你老媒婆,为了多活几年,保媒拉纤,饭都顾不上吃。""哎,老油条,大栓哪去了?""他起早就走了,说到外村调换种子去了。"

老媒婆有些失望了:"你说我这跑多少趟了,你们大栓不想找啦!"大栓父亲说:"老嫂子,这说哪去了,都二十八了能不找吗?这孩子太忙也不想这个,咱当老人的能做主吗?""是啊,大栓这孩子都累瘦了,可是女方老是找我,昨天下午外村又有三家要我给大栓说媒,大栓回来你一定让他上我家去一趟,你当爹的,儿子不急,你可得为儿子急呀!"老媒婆一步一拧地走了。

大栓他爹把老媒婆送出门口,站在那儿"吧嗒"着旱烟,觉得这烟从来没有过这么香,心里甜滋滋的。突然,他停住了,伤心的往事不由自主地浮上心头……

那是前年腊月的一天,百里外一个村的姑娘来相大栓了。两个人都谈好了,可姑娘到村里一打听,听说大栓他爹是"老油条",第二天就跟大栓辞了婚约。大栓问她为啥,姑娘说:"你爹不好,社员们都说他不好,我不能嫁给你了。""老油条"听后,差点气死,他一夜没合眼,儿子搞不上对象,怨我这个"老油条",这……

想到这,"老油条"自言自语地说:"是变了,这么多姑娘要跟儿子处对象,那几年谁给呀!"大栓他爹叫赵玉堂,可大家都叫他"老油条",这个绰号是有来头的,一则是他懒滑;二则是他见油水就捞。赵玉堂年龄不大,今年才四十九,可当队长整整二十年了,去年春上被撤了,是他儿子大栓干的。

原来,去年春天的一个晚上,队里民主选队长,大队来了个姓马的副书记,跟赵玉堂是多少年一起抡马勺了,他怕"老油条"落选亲自来督战。群众一看这架势,都扫兴了。

"老油条"心中有底,这个小自然村除了他别人干不了,谁不知道全队大多数都是他亲属,另外谁干,他一唱反调不得给搅黄了。

选举开始了,马书记开了腔:"现在我们发扬民主选队长,也可以自荐当队长,大家就提名吧!"

"我提张老梗""我提李兆林""我提赵玉堂"……一阵乱喊声过去了。"候选人就这几个了,现在咱们开始表决吧,简单点就采取举手的办法。"马书记扯着公鸭嗓子喊着,会场骚乱了。"哎,别吵吵,不同意可以不举手吗?赵玉堂,大家同意不?同意的请举手。"马书记喊着站了起来,点着举手的数字。赵玉堂也站了起来注视着,看谁没同意他。

"我不同意!"

"啊!"社员们惊讶了。

"老油条"一听脑袋轰了一下。这声音响亮、干脆,大家听了就像干渴的嗓子喝了口清泉水,心里哇凉哇凉的。此刻,百十双眼睛都注视着会场中间,只见站起了一个二十六七岁的小伙子,长得大脸膛、重眉毛、中等个子,身体挺壮实。两只有神的眼睛,带着期待的目光望了望大家,他又重复了一遍:"我不同意我父亲当队长。"他就是赵玉堂的儿子大栓。

"父老兄弟们,我也知道你们不同意我父亲当队长,他再当下去,我们小哈达营子的人就得去逃荒了,现在我们吃粮靠返销,生活靠救济,生产靠贷款,全靠国家了。另外,全村光棍多了,孩子们光腚的多了,我们年轻人出村都抬不起头来,人家也是两只手,我们为啥这样穷?为啥打光棍?原因就在我爹身上。"

"他妈的,你这个不孝之子,给我住嘴。""老油条"坐不住金銮殿了,人们没有理睬他。大栓清了清嗓子:"爹,这是为集体,虽然咱是父子,但在集体利益上您应当允许我说话。""好……"社员们喊了起来。

"大栓这个往日老实巴交的,今天还真有两下子呢?""不过,这孩子有点正义感。""嗯,这孩子有点才。""哼,有啥爹就有啥儿子,也不是好料。"社员们七嘴八舌地议论开了。

大栓又讲上了:"我爹大家都清楚,他当了二十年队长,前十年他是咱们的好队长,后十年他不是咱们的好队长。他活不干就想吃好的,社员们的死活不管,这能搞好咱村吗?""你这个没教养的,我非打死你不可。""老油条"又叫喊上了。可是那一双双眼睛像道道利剑射向了他,"老油条"自觉地哑然了。

"父老兄弟们,为了咱哈达营子富起来,我愿当队长!"

"啊!"会场静得呼吸都像停止似的。

"我当队长,约法三章,一不贪不占,二和社员一样劳动,三不向亲护友……""哗哗哗"一阵雷鸣般的掌声,小哈达营子十多年,社员们哪这样鼓过掌啊!因为他们没有听过队长讲过这样的话。

掌声落了,大栓接着讲说:"去年咱们吃的是亏心粮,日分值是三角六分。今年我打算不但要摘掉返销帽子,每人还要吃四百五,日分值达到一元六角……"

"哗哗哗"又是阵掌声。

"栓呐,用啥办法啊?"一个老年人着急地问。"办法嘛!"大栓环视着四周,仿佛在清点人数,百十双眼睛洋溢着信任、期待的神采,大栓激动了:"在队里统一核算的前提下,实行包工到组,联产计酬,超产奖,减产罚……"接着,大栓把作业组的规模,队与组之间的关系,耕牛和农具的分配和使用等,作了简短扼要的介绍,社员们都听入迷了。

"我们几个老头种点油料行不?"几个上年纪的老人问。

"可以,这叫专业承包,咱们队的一些老人,可以组成老年组,产量定的低点,让老人们也得到经济实惠。"

"减产怎样罚?"一个成年人的声音。"秋后兑现。不过避免按工分摊派,不搞多劳多罚。"

"自留地还统一种吗?""这个大家共同商量。""不能统一种了,没有自主权。"几个青年呛呛上了。

"栓呐,这些能实现吗?"有个老人担心地问。"我们哈达营子,自然条件好,土地还比较肥沃,再多上点粪肥,党中央有正确的政策,只要我们大家齐心合力地干准能实现。那时咱们村的光棍能娶上媳妇了,光腚的孩子能穿上裤子了……"

"哼,没有三块豆腐高尽吹死牛。""老油条"想起当初说儿子的话。"噗哧"笑出声来了,他走进粮仓,望着满满的粮仓又笑了,"我儿子真没白吹,口粮吃了四百五,队上还存几万斤,日分值超了折合二元一角五……"

哈达营子最欢乐的那天,"老油条"也忘不了。那是腊月初一,"队上分红了!"喊声在小村子里回荡着,几个年轻人敲起了鼓,放起了鞭炮,男女老少都乐滋滋地涌到了小队部。大栓站在桌前,显得高大英俊。"老油条"不错眼珠地盯着儿子。"父老兄弟们,今天哈达营子分红了!"大栓洪亮的声音未落。"哗哗哗"的掌声、鼓声、鞭炮声震耳欲聋。"春天咋定的,现在就咋分,大家的劳动果实全兑现!"又一阵掌声淹没了大栓的话。

"张老梗，1150元"，"程兴大，948.30元"……一沓沓的新票子分到了每个社员手中。一些老年人双手捧着"嘎嘎"响的新票子，望着干瘦干瘦的大栓，流泪了，激动了。哈达营子十多年哪有过这样的好时候……

"哈达营子真变了，光腚的孩子没有了，张家、李家都在准备娶媳妇，男女老少都夸大栓呢？哎！我对不起栓他妈呀，她在阴曹地府也骂我呀！""老油条"痛心地责怪着自己。那使他不堪回首的往事又涌上心头：就是选队长那天，大栓回到家，"老油条"二话没说，抡起马鞭就打了他一顿，要不是栓他妹子站在哥哥身前，非把大栓打个半死不可，"老油条"觉得还不出气，把大栓的行李扔了出去，让大栓永远不许回来。大栓没办法就住在小队部，自己借粮食做饭，他妹子偷着送了几次饭，还挨了顿马鞭子。一次，"老油条"听说儿子在社员会上宣布，我爹不参加劳动也罚他。"老油条"得知后，拎着马鞭子去队部堵了好几次，没堵着。就这样"老油条"整整半年没让儿子进家。夏锄时，大栓累倒了，一天没吃上饭，后来一个社员发现后，才给他送了饭。刚强的大栓第二天又上了工，结果病倒在地里了，社员们把他抬到了医生家。"老油条"听说后伤心了，想去找儿子，一出门正碰见儿子进院，大栓见了爹"扑通"跪在地上，"老油条"再也忍不住了："大栓，我可怜的儿子，爹对不起你呀！""爹是我不好，顶撞了您，往后……"爷俩都哭了。"往后爹不打、骂你了。""爹，错了就应该打、骂，可是我想起我妈，就是因为没粮食吃，为了我和妹子活活地饿死了。今天，我为大伙受点苦，让咱哈达营子的社员都过上好日子，不再饿死人，您说对不？""老油条"哽咽了，他一把拽起儿子，搂在怀里："栓呐，你做得对，爹错了。"

一阵歌声打断了"老油条"的回忆，他抹一下眼角上的泪，"啊！天可不早了，我得赶快去上工了。"

情感写真

它「形」散「神」聚，真实记录所见所闻所思所感，落笔生花，质朴无华。

雪花,你等等我

我头枕着昨日的大地,踏入了新春的梦境。当我推开新春的大门时,一片雪花落在我的手心,她很快变成了一滴水。我明白了,这是老天的特使,在向我报告春姑娘降临的信息,我发疯似的跳起来:"春姑娘,欢迎你!"我飘了起来,去跟春姑娘接吻。微风忽然吹开我的双眼。啊,大地是银色的,我落了下来,落在了银色的怀抱里。

我孩子般地捧起洁白的雪,大口大口地吃着,好甜啊!甜醉了我滚烫的心。我迈开了新春的第一步,踏进了一个银色的世界。我暗暗地发问,是谁引来天河的银流,悄悄地把大地滋润。茫茫的原野白皑皑,隐约的丛林白皑皑,漠漠的远山白皑皑,风柔柔,雪绵绵,轻轻地飘啊飘,没有一点声响,一片奇妙的寂静。没有灰沙,连一粒尘埃也没有,爽人心目的洁白。我抬起头仰望天空,好大的一片浮云,浮云上怎么有头壮牛?我惊奇了,仔细地端详,原来是那壮牛驾驭着浮云。我真想踩着雪花这个阶梯,登上去和那头壮牛亲近亲近。惋惜的很,我不是孙悟空。既然如此,我扯过心中的大笔,铺开银色的大纸,写下了"牛角掘开天河堤,瑞雪纷纷兆丰年"两句诗。

飘吧,轻轻地飘落吧,雪花!我大步地走着,突然发现前面有一串笔直的脚印,我顿生怒火,他的脚为何那么刚劲,把我可爱的雪花踏得翻不过身。我猛地回过身来,自得地看着我那吕脚印,歪里歪斜,是那样的无力。我害羞了,雪花使劲地拍打着我的脸,好似在刮着我的肉,痛极了。我两手紧紧地捂着,生怕雪花再拍打我,一步也不敢迈。站了良久,我用双手去接那片片雪花,我担心雪花不会怜悯,不会落在我的手心。雪花好似知我心意,争抢着轻轻地落在我的手上,落在我的心头。雪花瞬间化成了水,我用发干的舌头舔了舔,啊,好苦!此刻,无数雪花飘着,可怎么也不落在我手上了。她们围着我转着笑着,突然齐声发出了"从来好事天生俭,自古瓜儿苦后甜"的忠告。

我猛地转过身,后面一片茫茫,缥缈中有座高高的雪峰。我定了定神,看清了不是一座,还有更高的雪峰。我周身的热血沸腾了,那些飘着的雪花都睁大眼睛望着我,盯着我的第一步,眼前又出现了那串深深的脚印,脚印一直伸向遥远的雪峰。太好了!我兴奋地抬起脚踏进那只足迹的雪窝。脚刚落,雪花忽然朝我脸飘来,迷住了我的双眸,接着一阵阵大笑,仿佛又是刚才的声音:"年轻人,世上最初本无路。""这……"我浑身打了个寒战,收回了那只脚。是啊!路应该自己去开拓。

雪花飘飘,飞落在我的心头,融化进了我的血液。我昂起头,朝着银色驼峰奔去。

雪花飘飘,雪花飘飘,她真地飘去了,朝着那银色的驼峰。我挥手去挽留她,她依恋地挣脱了,我发疯似的追啊追!我倒下了,在雪地上我静静地躺了片刻,就又支撑着爬起来,眼角不知不觉滚出两颗泪珠。

我瞪清眼神,啊!不是泪珠,而是两滴血,与洁白相映。我开怀地笑了,又甩开大步追上去:"雪花,你等等我!"

沙海里的骆驼

哈斯楚鲁,这个我中学时代的好友,竟然试制成功了赶超世界先进水平的 FD—4 双作用泵风力提水机。听到这个消息,我感到非常地惊讶:"'骆驼'会像山鹿似的登上陡峭的哈达?"去采访他的车票,领导已经交到我的手里。我带着一团疑虑,简单收拾一下随身携带物品,便踏上赶往乌力吉木仁公社的旅途。

随着汽车的颠簸,"骆驼"同我朝夕相处的情景,又清晰地浮现在脑海里。1966 年后,我们像一群黄嘴的山鹰,卷入了这场风暴。开始我们团结得像一股绳一样,可是后来就分开了,原因是从对待一位物理老师的问题上引起的。当时那位老师是我们学校典型的白专分子。可是,哈斯楚鲁就像牛犊跟着母亲一样,抱着书本紧紧跟着他。为了这件事,我不知跟他辩论过多少次,直到现在我还清楚地记得我们最后一次"崩裂"时,他挥舞着厚厚的高中《物理教学大纲》砸我时说的那几句话:"雄鹰要搏击风云,就得有它钢铁般的翅膀。我们要成为革命闯将,就得有足够的文化,剪不下羊毛的羊还叫什么羊;做不出贡献的人还叫什么红……"从此,我们便像遇到山岩的河流分岔了,可是我给他起的绰号"骆驼"却传开了。现在一想起来,我心里就像吃了发了霉的奶豆腐,很不是滋味。

到了乌力吉木仁公社牧业机械厂,厂党支部书记告诉我,哈斯楚鲁到道老杜大队去研究改进风力提水机的图纸去了。那里也是他的家,恰巧有辆拖拉机要去那里,我搭上了便车……

我刚走进哈斯楚鲁家的毡房,他的阿妈就惊喜地把我按坐在地毯上,还没等阿妈把奶茶给我倒满,我便急不可待的问起"骆驼"和风力提水机的事。阿妈的话像壶里的奶茶一样流入了我的心田:"你是牧民的儿子,一定知道一桶桶提水去喂饮海一般的畜群有多么困难。"我默默地点了点头,心里陡然对哈斯楚鲁产生几分敬意。当年哈斯楚鲁这个在草原上长大的马驹子,对牲畜饮水问题,看在眼里,急在心上,毅然放弃了上大学的机会,到公社的牧业机械厂工作。

草原上有句谚语:"马儿离开草原千里,心里也忘不了它生长的地方。"那年哈斯楚鲁从一份外国杂志上看到一幅风力提水机的照片后,像一峰看到清泉的"骆驼",拎着杂志跑进了厂党支部办公室。出来的时候,哈斯楚鲁像获得了无穷力量的骆驼,勇敢地闯进了艰难陌生的沙漠。当他的第一张风力提水机的图纸递到党支部书记的手中时,还从他那烂毡靴筒里冒出一股臭气,直钻人的鼻孔,让人透不过气来。他自言自语是"崇洋媚外的野骆驼"。党支部书记拍着他的肩膀鼓励说:"认准道路的骏马,蟒鞭也无法使它回头。这可是蒙古人常说的一句谚语啊!"

哈斯楚鲁不愧是党的好儿子、牧民的好骆驼。图纸修改十多次,终于得到了党支部的批准。可就要投入生产了,哈斯楚鲁的阑尾炎却突然发作,疼痛难忍。要接近沙漠边缘的骆驼,绝不会因干渴垂下他的头,做完手术没多久,哈斯楚鲁研制的 FD—4 双作用泵风力提水机就获得成功,振翅的雄鹰终于在一个黎明的朝霞中飞到草原。

阿妈的介绍像一股清泉流入我的心田,哈斯楚鲁的事迹像一锅煮沸的奶子,沸腾在我的胸中:"骆驼"啊!你冲破多少次卷地风,多少次烟泡雾,终于征服了戈壁,到达了胜利的终点。

顺着阿妈的指点,我迈开大步向牧野大风力提水机下的毡房走去。拉开毡房门,我大声喊道:"哈斯楚鲁。"喊声把正在埋头画什么的哈斯楚鲁吓了一跳,他抬头一看是我,惊喜地蹦起来:"哎呀,是哪匹宝马把你驮来了?"他手忙脚乱地收拾东西,这时我才看清毡房里摆放着一张张图纸。他把我拉到身边,热情地倒了一碗奶茶,那像着了魔似的眼光又盯在了图纸上。如果这是在以前,我一定会讽刺他是一个热情的蒙古族中不太好客的毡房主人,现在我完全理解他的心情,只好默默地看着。他沉思了好一阵儿,才抬头看我一眼,惊觉地笑了:"远方飞来的金丝燕,请喝茶。"说着又去看他的图纸了。又过了一会儿,他把一盘奶豆腐递给我"喝"。我哑然地一笑,只好接过来。他为风力提水机送走了多少个黄昏,迎来了多少个黎明。"喂,一根缰绳的骆驼,请喝茶。"我把奶豆腐放在他的图纸上,他先是一惊,马上明白过来了,憨厚地一笑,眼光离开了图纸。"走,看看你的风力提水机去。"我"捣乱"似的把他拉出毡房,目的是让他休息一会儿。走出毡房,看哈斯楚鲁心不在焉的样子,我问他:"你的 FD—4 双作用泵风力提水机已经研制成功了,你又在钻研什么呢?"他望着蔚蓝的天空,深情地说:"如果把一个作用泵的风力机,改为两个作用泵风力机,在提水量、风能利用率上就会提高一倍。如果齿轮传动改成偏心飞轮机构,它转速稳定,提高驱动力,减少工序,降低成本,都是原来齿轮传动机构不可比拟的。"

我高兴地揍了他一拳:"憨厚的骆驼竟比梅花鹿还要聪明。"他"哎呀"一声,不住地向四处张望。我心里有些发慌了:"怎么啦?"这时他急忙奔到井边,我也跟他跑到了那里。"李老师,快上来!"哈斯楚鲁着急地向井下呼喊。幽深冰冷的水井里,有一个人在干着什么。我和哈斯楚鲁一起把那个人拉了上来,竟然是他!那个在"文革"中被打成"白专分子"的物理老师——李老师。

"你的双作用泵的设计,一定能够成功。"年过五旬约李老师兴奋地对哈斯楚鲁说。"这么冷,你竟然……"哈斯楚鲁背着李老师就往毡房跑。这时李老师发现了我,摆脱了哈斯楚鲁的手,热情地对我说:"你也来了。"我内疚地点了点头,不知说什么好。心想过去的事情,永远不要重新出现了。

短短的几天,我没能看到哈斯楚鲁和李老师心血的结晶,就匆忙踏上了归途。十多天后,当我正准备把写好的材料送审时,邮递员送来了一封信。一看笔迹就知道是哈斯楚鲁写给我的。我急忙拆开一看,心里情不自禁地惊呼起来:"这么快,双作用泵风力提水机试制成功了。"信封里还装着内蒙古科委颁发的鉴定证书,信的落款实实在在地签着"骆驼"二字。

顿时,我仿佛看见在科学的沙海里,有多少这样坚毅的"骆驼"在一步一个脚印、一步一滴汗水地顶着飞沙走石,顶着狂风暴雨,顶着严寒酷暑,辛劳而又幸福地向着四个现代化的宏伟目标,进行着艰难的跋涉。

好啊,骆驼,在你的脚下,遥远的征途会一点一点缩短,胜利必将一次一次来临。

草儿青青

扎鲁特草原刚刚下过一阵春雨,我便乘着风,赶着云,来到我的故乡呼和哈达牧场。小雨润如酥,草色遥看近却无,覆盖在草儿身上的冰雪融化了,化作潺潺细流;捆绑着草儿的大地解冻了,渐渐地松软;春姑娘携着风儿有时似剪刀刮脸,有时似丝绒拂面;甘霖的馨香,泥土的馨香,嫩草的馨香,随着风儿飘散在草原,也一起向我扑,香醉了我这个赤子。

扎鲁特草原的春天悄悄地来临啦!站在家乡的土地上,我周身热血沸腾,感慨万分,心里是那样得甜蜜。我放开喉咙:"你早,草儿!"

"你早,草儿!"牧场的另一端回荡着我的声音,我的宝贝枣红马似明我意,蹄子轻轻地落着,恐怕踩坏刚刚露头的草儿,有时还低下头用舌头舔舔草儿,原来枣红马也想看看草儿怎么样。马儿离不开草,牧人离不开马,马和草相亲,马和草相依,人情、马情、草儿情。我心为之一动,难道就我多情。我跳下马,趴在草儿边,像孩提时喊着"青草拔牙,老牛喝茶"那样,慢慢地抚摸着草儿。草儿还在酣睡,春姑娘用暖风唤醒了她,饮上一滴滴甜蜜的水儿,草儿甜醉了,高兴地伸直了腰,睁开眼睛。大千世界,广阔无垠,阳光、白云、河流,还有牧人,草儿轻轻地说:"我醒来了,大地母亲,瞧我多健壮、多水灵。"

绿了,草儿,我的家乡,我的扎鲁特草原又绿了。我望着像蓝宝石似的天空,望着像碧绿地毯似的草原,望着像瑞雪般洁白的一群群羊儿,耳畔响着"哗哗"的霍林河流水声。

"嗒嗒"的马蹄声,使我从陶醉中挣脱出来。这时,一匹马奔驰而来,我迎了上去,只见马上的人勒住马嚼子绕着我转,呼哧带喘地喊着:"大叔,北边有几个搂毛柴的,我阿爸阻止他们,他们跟阿爸吵起来了,快帮我一下,我去找领导。"童声未落,马儿又飞起来了。

我骑上马,紧挥几鞭子来到现场,只见三、四个人正在争吵。"破坏草场,就要罚款。"说话人好面熟,我认出了他是套格套,急忙下马喊道:"老套……"他也认出了我:"昂钦夫,你来的正好,快给评评理,旗里早就规定草场不许搂毛柴,他们非要搂,你们种地的把小苗当心肝,却来糟蹋我们牧场的草儿,这合理吗?"我批评了那三个人,他们承认了错误等待处理。

"哎,抽上一支?"老套把卷好的烟递给我。我问老套:"怎么,这块草场落到你名下了?"老套说:"对,我的冬营地,一到冬天可犯愁了,又怕饿着牲畜,又怕草儿累着。这样保养还可以,可他们……"

我伺机问老套:"你真行了,不是当年的老套了!"老套红着脸回说:"人总有个变化,再说这都是为我们好。""哈哈。"我们都开怀笑了。

笑声把我带回了昨天,这个老套几年前是个专门乱开荒种打瓜的人。那年我在这里蹲点,把他抓了典型,他不服,我们领着他看了他所开的地,草儿全变了形,给他算了一笔账,死一头牛多少钱,种一年打瓜挣多少钱,我给他总结了四个字"杀鸡取蛋"。

这时,老套高兴地说:"昂钦夫,这次来帮我筹划一下,我想在草场中搞搞建设。""那太好了!"我赞许着看他。老套说:"去年冬天,旗委帮助我们重新搞了草场的落实,说这是人畜草三张皮的问题,这次不像过去那样含糊,一是一,二是二,搞了六统一。这样搞我们真正地有了劲头,特别是科技人员给我们讲了怎样保护利用草场,让我们开了窍,爱草如爱畜了。"

老套的几句话说得我心里酸滋滋的,我什么也没说,轻轻地抚摸着小草,默默地看着,叨念着:"草儿,长吧!现在没有人再随意践踏你了。昨天,大地虽是你的母亲,可他只给你生命,却保护不了你。你的力量也是有限的,可给你的担子压的太重了,你受了好多委屈。"

是啊,我们人有生命,草儿也有生命,可它的……我的目光转向枣红马,见它用蹄子刨着地,然后鼻子嗅着草儿,接着啃了两口,仰起头品嚼着,是那样兴奋得意,可能也香醉了吧!假如这里是沙滩盐碱地,马儿会怎么样呢?

这时,我不知不觉地拔起一棵草芽放在嘴上,细细地品嚼,草儿似懂人意,竟然流出甜甜的液汁。液汁滋润了我的喉咙,流淌在我的心头。

"草儿,祝福你,你有了主人,有了真正的主人。"我望着无边无际的草原,草儿青青,新的生命又开始了,绿的画卷又铺开了。绿是希望,绿是寄托,只有绿才有春天,才有未来!

啊!草儿的生命,不用再担忧了。

牧马人的春天

草原刚刚下过一阵喜雨,我便踏上我的第二个故乡哈达牧场。见故乡土,更思念那故乡的亲人,我紧挥马鞭,又越过一道山坡。彩虹联结了大地和天空,彩虹下一个牧马人骑着海溜马,把嫩草的绿尖抚弄……

突然,马群中传出一声惊叫。马群骚动了,马蹄"噔噔"的声音惊动了宁静的草原,马蹄扬起的尘土,浮上了天空。我眺望着,只见一匹调皮的枣溜马,离开畜群要逃跑,坐乘的贴杆马"飕飕"地追了上去。马儿风驰电掣般狂奔着,那老练的牧马人举起了套马杆。牧马人的动作使我惊讶,莫非是他?看上去宽阔的草原称了牧马人的心,那敏捷的坐骑如了牧马人的意,那长长的套马杆配上了牧马人的绝技。牧马人高挥马鞭,坐骑"飕飕"更快了。一会儿的工夫,贴杆马如箭似的追了上去,逼得枣溜马左右躲闪。枣溜马一抬前蹄越过了一个大沟壑,贴杆马没有准备,有些胆怯,牧马人见有掉沟的危险,急忙挥鞭,贴杆马明白了主人的意图,没停蹄直接飞过沟壑,贴杆马又追上了枣溜马,逼得枣溜马来回转圈。我看得都有点入迷了,这情景我已经三年多没见了。这时牧马人将套马杆轻轻一点,贴杆马稳稳一停,跑在前边的枣溜烈马被套住了,驯服得像拴上了马桩。

看到这儿,我嘴里叨咕着:"真是个了不起的牧马人!"手紧挥了几下马鞭来到牧马人眼前,我大吃一惊,果真是他!原来是我的蒙古族老阿爸那申。我急忙下马,老人也看出了我,也离鞍下马了。我和阿爸的大手紧紧地握着,我望着老人:"阿爸您胖了。"老人端详着我:"草原除了害,百草都茂盛,我还有不胖的。"说话间,远处传来一阵马蹄声,随声而来的人像只鸿雁飞到了我面前:"报告爷爷,我奶奶让你回家吃饭呐,我去看着咱家的羊。"清脆的声音未落,小家伙拉马走了。我吃惊地问:"这是小铁旦吗?"老阿爸回答说:"是他。"看着小铁旦,往日的一幕又出现在我的眼前……

1968年的一个夏夜,小铁旦出生了。当时我已下乡两年,跟那申阿爸结下了深情。半个月后,小铁旦没奶水吃,全靠喂牛奶。就在这时,大队来了工作队,要割"自留畜"的尾巴,把各家的奶牛、羊都无价归大队,有的杀了,有的丢了。那申阿爸家唯一的一头奶牛也被没收了。老阿爸和他儿子都没在家,奶牛拿走了,阿爸的孙子断奶了。我犯愁了,怎么办呢?

我终于想出了主意。一天深夜,我到生产队里把阿爸家的牛偷了回来,让阿妈藏起来喂养。一年后,队领导发现了奶牛,立即把那申阿爸抓起来了。老阿爸知道是我偷的,怕连累我,就说他偷的。狠心的造反派把奶牛杀了,把牛头挂在老阿爸脖子上游街。我看见后,对造反派说,那牛是我偷的,造反派一翻眼皮:"哼,就是你们俩合伙干的。"我也被挂上了牛头,那些家伙还嫌整得轻,就给我俩扣上了盗牛犯的帽子,送进了监狱,蹲了一年的小号,申阿爸被折腾得骨瘦如柴。

"这是我的羊群,看看吧!"老人的话止住了我的回忆,那申阿爸自豪地数叨着:"有23只羊了,家还有5头牛,3头是奶牛,这回我的日子可不愁了!"

我奇怪地问:"小铁旦上学,谁放这群羊呢?"老阿爸手一指,我顺着老人指的方向一看:"呵,是两条大黄狗。"老阿爸自豪地说:"党让咱发展自留畜,也不能光顾了个人忘了集体,要想点办法嘛!这两条狗让我给训练出来了,现在就靠它俩。"我很纳闷:"这狗能放羊?""嗨,那怎么不能,训练啊！不信你看看。"说着喊了两声,两条狗把散撒的羊圈了起来,并"赶着"走了。

我佩服地伸出大拇指:"这放牧也实现现代化了。"那申阿爸一摆手:"没有完全实现,现在我正训练头马,如果头马训练成功了,我这牧马员就可以在蒙古包里指挥了。"

太阳已到中午了,雨后的青草拔节似的长着,那摇曳的绿草好像向老人招手,那雪白的羊边走边撒欢,好像在幸福的天堂里。我望着年近七十的老人发怔,这哪是老人啊,尽管他胡须已经蒙雪,春天却永驻在他的心田;尽管鬓发已经染霜,太阳却常升起在他的胸膛。

寻回来的绿色

"绿色寻回来了。"巨日合的山是绿的,平川是绿的,农田是绿的,河水是绿的,一切一切都是浓浓的绿色。

山绿了。坡上长满了山杏树,一串串熟透的红杏压弯了枝头,随着轻风摇曳,在向人们呼喊着:快来收,别压坏我。石缝上长满了浅绿色的骆驼蒿,随着轻风摇曳,在向人们致意:我又回到了我的位置!山坡上的野花五颜六色,随着轻风摇曳着,在向人们微笑:看看我们谁最漂亮?!

风儿轻轻地吹,草儿静静地摇,突然在绿草缝隙中露出两只小耳朵,原来是只小白兔。白兔慌了,扬着头,瞪大眼睛要跑。这时,从草尖上飘来悄悄话:白兔别慌,风再大,你也露不出。

平川绿了。绿茵茵的草像地毯似的松软,两只雪白雪白的绒山羊"打"起来了,猛劲地顶着犄角;滚胖滚胖的黄牛卧在地上"呼呼"地打着瞌睡,枣红枣红的两匹小儿马,追赶着、长嘶着:快来,快来这美丽的地方。

农田绿了。玉米、高粱、谷子比赛长,你看它,它看我,冲着太阳:照吧、照吧,渴了我们有"水龙王"。

河水绿了,河两边的柳树忠诚地站着岗,鱼儿尽情地畅游。突然,水面上鼓起几个水泡泡"咕咕哝哝","太不像话了,怎么给我上了绑,不让自由流淌?""水龙王"发牢骚了。

绿是希望,绿是寄托,绿色真的回来了!?我忽地坐起来,原来是一个绿色的梦。我细细地品嚼着梦,披上衣,推开窗户,外面还淅淅沥沥地下着雨。

水库的水怎么样了,大坝会不会决堤?走,得再去看看。我穿着被淋湿的衣服,暗暗地叨咕着。

蹚着水,顶着雨,我和派出所所长、秘书再次上了水库大坝。水库的水满了,洪水从溢洪道、副坝上哗哗地流淌着。

我静静地站在那儿,让雨使劲地打着。为什么年年水成灾?去年也是这个时候,水库下边三个村屯被淹,冲走了羊,冲塌了房子,冲毁了农田。为了保住大坝,全镇职工用肩一袋袋地往坝上背土;水进了安乐屯,党员领着群众整整奋战了一夜。水进了中心屯,五户人家被迫搬到了村部。还有那一块块肥沃的农田,刹那间变成三米深的沟,玉米泡在水里。我和村支书、村长站在水里叹气……

我用手抹一把挡住眼的雨水,眺望着:山上的石头裸露着,光秃秃的。那几根又细又矮又稀的小草都能数过来,水从山顶上像泼下来一样,势不可挡。

是啊,山秃了,树没了,好端端的山,三十多度坡都开荒种上了地。割了杏树不算,连疙瘩也不放过,石缝上长几棵骆驼蒿也给拔走了。

屈指一算,这些年全镇四十多万亩农田冲出了数不清的大沟小沟,沟越来越深,河面越来越宽,耕地每年都损失三四百亩,道路年年被冲坏,这一切一切都是失去了绿色的缘故。无草无树何以蓄水?只顾眼前,杀鸡取蛋,贻害子孙,痛心啊!痛心!

生存离不开绿色。人们都来呼唤绿色,创造绿色吧!把昨天失去的绿色一定要寻找回来。

天放晴了,我迈着大步,继续朗诵着:绿是希望,绿是寄托,只有绿,才有明天;只有绿,才有未来。

请回"老包"

　　乡村的早晨美极了,我还是第一次看到乡村这么美的早晨。旗委一位领导接过话茬:"是啊!二十多年没见到了。"漫山遍野都是绿的,好像刚油漆过的绿屋子,一摸就会蹭上满手的绿色。路两边的野花五颜六色,花瓣上滚动着晶亮的露珠儿,小鸟飞来飞去,大蚂蚱蹦蹦跳跳。太阳光给绿色的地毯染上了红光,谷子伸出头贪婪地享受着阳光的哺育,它被平反了,第一次感到占据了这么大的地盘;高粱把细高的腰挺得直直的,以士兵的威武排排整齐,守卫着大块大块的土地,觉得比过去神气了多少倍;玉米的身躯更壮了,雄花抖着满身金银,雌花吹着长长的胡须,看上去是那样轻松,因为不单靠它自己了;荞麦的红梗上开着小小的花朵,像一层雪铺在大地上,给大地带来了洁白;向日葵弯着腰同黄豆、黍子、糜子窃窃私语,说是重新回到了家……

　　眼前的这一切是怎么得来的呢?农民朋友饶有兴趣说是"老包"的作用。我追问:"就是生产责任制那个'老包'吗?"

　　"对,非得它不可!"

　　"啊,老包,一种敬佩之情从我的心底油然而生。"

　　这几天,我怀着对"老包"的情感,跟旗委一位领导走了6个公社,看了20万亩的庄稼,进而对"老包"的感情更深了。首先走的是全旗出了名的穷社,也是沙化最严重的白音忙哈公社。这里曾经是较为富裕的坨子,所以取名白音忙哈。有饲养经验的牧民家的牲畜,让"文化大革命"的风浪卷去了一多半,表面上以牧为主的公社大部分都是农业了,过去说牧民不会种地,所以这里的庄稼年年长得不好。我们这次看了几个实行包干到户的生产队,庄稼长得真不赖。我们悟出个道理,他们不是不会种地,只是没有请回"老包"。

当我们踏上乌努格其公社土地时,天下起了蒙蒙细雨。我们顶着雨在泥泞的道路上行驶,看了他们八个大队的庄稼,一边走着,旗委领导一边喝彩:"庄稼长势真棒,十几年我没见过这里长过这么好的庄稼。"这个公社比白音忙哈还差,公社的困难户家连喝水的碗都很紧张,能怪谁呢?都是穷折腾的结果。今春以来,全社47个生产队,45个实行了包干到户。庄稼过去是缺苗断垅,草苗一起长,而今变得像块耕地了。公社主任兴高采烈地说:"虽说今年有点旱,但是看庄稼长势,我们公社预计能打800万斤粮食(往年只打400万斤),有可能超过历史纪录,结束十几年的返销粮。"话语干脆利落,充满了信心和力量。

与乌努格其接壤的是义和公社,也是穷得叮当响。也倒霉,去年全社挨了雹灾。去年虽说没饿死人,但今春种地让人伤了脑筋,没钱没粮,地无法耕种。没想到,千难万难,"老包"一来,百事得解,百难得除。看着漫山遍野绿油油的庄稼,怎能不使人回想起这些愁事呢?在这个公社新生屯大队的一处耕地里,我们跟一个叫罗凤军的社员唠了一会。我们问他今年怎样?他没有忧虑和迟疑,满脸兴奋地说:"比往年强百倍。"我们细一唠,他说来新生屯18年,17年没见过这样好的庄稼。他说他家6口人分了36亩地,种了12亩谷子,其他是高粱等各种杂粮。听完后,我奇怪地问:"你没种玉米?"他说:"过去净种玉米,不因地制宜,这块地贫瘠不适合种玉米,过去谁理这套,就好像农民天生就该吃苞米碴子似的。"

全大队只有5亩玉米的确是个新闻,要彻底结束净吃玉米的时代了。玉米时代把农民坑苦了,有的农民发泄地说:"你们城里人有白面、大米,我们生产队种点小米,还让你们走后门拿去了。我们就干啃那玉米棒子。难道我们就不愿吃好的,不合理,不合理,种地人坑了自己的肚皮。"

沿路的村庄田野里,人们都在辛勤的劳动,干着各自的活计,显示出落实农村经济政策后,人们安居乐业一心奔着富裕路的迫切心情。这时突然使我联想起一个社员对我说的话:"现在我们农民自由了,早应该这样。你们国家干部工人觉悟高,还有星期天呢!我们为啥一天不出勤还要罚工分呢?"

吉普车在崎岖的路上奔驰着,一排排绿油油的庄稼闪了过去,我眼看花了。这时公社领导的话响在我的耳畔:"明年说啥也不能大帮轰了,这回非得请'老包'来帮忙。"

"同志们,我请吃瓜。"车突然停了,我扒窗往外一看是瓜园。旗委领导风趣地让我们下车,颇有感慨地说:"今年有这样的好庄稼,我得请你们吃瓜。"

我们也随之开心地笑了,笑得那样舒心畅快。

新生活的开拓者

微微的清风掠过草浪,嫩草尖轻轻地摇曳着;欲出的太阳,将天穹面颊吻得泛起了红晕;酣睡的草原刚刚醒来,迎着早霞贪婪地呼吸着。顷刻,浅绿色的雾霭,慢慢地飘逝在原野上。

透过淡淡的雾霭,在红晕的映照下,只见飞来一片轻柔的白云,还有红、绿、青、蓝、紫,像一束束鲜花。"咯咯"银铃般的笑声划破了寂静的草原,原来是一帮挤奶姑娘,提着奶桶穿梭奔忙,裹发的头巾随着轻风飘扬。

在牧场的东西凸起的两个小包间的山川里,奔跑着两匹马,前边飞奔着一匹海青马,后边的贴杆马是匹枣红马。海青马四蹄腾空,似箭一般将高举套马杆的牧马人远远地抛在后边。

"哎,伙计,快帮个忙,迎一下马头……"

我正陶醉在荷叶花的美丽景色中,这突如其来的喊声,弄得我慌了手脚,急忙学着牧马人的动作,抖一下马缰,一挥马鞭,轻轻地一哈腰,朝着迎面跑过来的烈马奔了过去。调皮的海青马,见对面是个陌生人,一掉头向左跑去,贴杆马如箭似的扑了上来,逼得海青马左右躲闪。牧马人将套马杆轻轻一点,贴杆马稳稳一停,跑在前边的海青马,驯服得像拴上了马桩。阵阵的微风吹来了嫩草的馨香,辽阔的原野上,雾霭在远处飘荡。

牧马人兴奋地向我奔来,高举着套马杆说:"塔拉日吉白那!"我也迎了上去:"哦,原来是你啊!"我们几乎同时喊出声来。

套住烈马的骑手正是我要找的大队党支部书记仁钦宁布,他很认真地提醒我说:"真厉害了,马骑得挺溜乎,当心这乌力吉木仁河水涨了,不是前些年了,这回儿龙王爷可不客气了,哈哈!"他开怀大笑,笑得那样愉快,眼泪都从眼角溢了出来。

我也不甘示弱:"怎么样,倔骆驼,你的牛羊没把这块牧场压到月球上去吧?哈哈!"

我们俩的俏皮话是皮裤套棉裤——说来有缘故。1975年,我第一次来采访他们牛羊改良的事。那时,我刚走出校门不久,对草原的每一样东西都感到新鲜。来了之后,二话没说,我就练骑马。仁钦宁布是个好骑手,又是个热心肠,给我当了师傅。一天,我美滋滋地在大草滩上奔跑,突然面前出现了一条小河,马一声长嘶,止住了前蹄,尥了个蹶子。仁钦宁布见状,在后边直喊让我狠狠打马一鞭子,说马就能旋过去,我懵了,手脚都不好使了,两手一个劲地勒马嚼子。马勒急了又尥了一个蹶子,接着一松前蹄,我胆怯了,手松开了马缰,不偏不歪,正好掉进小河中心。也幸运,这年干旱河水浅。仁钦宁布见我像个水鸭子似的,大笑起来。他没有怜悯我,却将那匹马喊回来,鼓励我说:"哎,小伙子,继续练。"

我有些胆怯地说:"哎呀,以后我死活也不骑了。"仁钦宁布表情严肃地对我说:"哼,没骨头,雄鹰折断了翅膀还想飞上蓝天,你摔一下就怕那样。好吧!你不是要改良的情况吗?咱们就到改良站去谈谈吧!"

我们俩刚迈进改良站的大门,配种员就非常焦急地向仁钦宁布汇报:"仁书记,牛发情的太少了。另外,去年的改良牛犊已死两头了,还有几头……"仁钦宁布再没听,撩开大步朝牛棚走去。

晚上,我们俩躺在一铺炕上,他反复地跟我算账。我是老外,可多与少还知数,他越说越激动,干脆坐了起来:"你说,这改良追求的

情感写真　157

是什么？我认为就是质量。质量是什么，也就是钱。有些人这个账就是不会算，开始我也不承认这冷配，到嘎达苏改良站参观，看了人家的牛羊，听了人家的介绍，真开眼界了。我们成天就死守老规矩，就说牛的冷配比本交的成活率低10%，一头冷配牛比本地牛的价值高40%多。我琢磨了，光发展牲畜头数不行，关键是提高质量，这个谱我是打定喽！"

八个年头过去了。荷叶花的干部牧民们用辛勤的双手创造了新的财富。如今的荷叶花不是八年前了，特别是牲畜改良走在了全旗的前头，仅绵羊毛收入人均就增收110元。自留畜奶制品等，钱像流水一样进了腰包。我抬眼望望仁钦宁布，他才近四十岁，显得很老了，古铜色的大脸膛，变得越发黑了，只有两只大眼睛依旧炯炯有神。我了解老仁，这八年他用心血浇灌了这片辽阔的牧场。

老仁看出了我的心事："不行，这草原建设还差远了，按着我们那八个字的要求还得干一阵。"

我问："哎，哪八个字？"仁钦宁布说："你忘了，那八个字还是你帮我总结的呢！"

我想了想："噢，是建、调、封、护、改，还有轮、种、管。"仁钦宁布问我："哈哈，还行，你这次想写点什么？"我说："这次，我就写你们的新生活。"

仁钦宁布说："嗯，今年我们研究准备达到日值三元钱，这也不多。"我笑了笑说："嗬，这书记胃口真不小，你们牧民家家都住上了漂亮的公房。这一点就比职工强，你们的生活水平是鲁北镇居民的上等生活水平。要说差，生活没有尽头。"

仁钦宁布抖了一下马缰，望望平坦的草滩，有些不满足地说："反正我们还差得很远。"这时，我突然想起了一件事："哎，老仁，人家都实行了新苏鲁克责任制，你感到被孤立了吗？""哈哈。"仁钦宁布仰天大笑,笑得我很尴尬。

仁钦宁布自信地说:"伙计,责任制并不是一条路,哪条顺当就走哪条,我考虑多次了,我们这'三定一评'将来要发展到专业化,也就是要走一条专业化的路子。"

我鼓励他说:"对,这是一条幸福路。"仁钦宁布胸有成竹地说:"我们计划,到1985年改良的牛羊各发展到一万头,现在看1984年就能实现,再搞一搞乳品加工等等,也就是一个像样的专业化了。"

从草尖上滑过一串清脆的童声,打断了我们的谈话。我勒住马,顺着歌声望去,早晨的牧民新村美极了,像一块耀眼明珠镶嵌在绿色的地毯上,整齐的牧民宿舍,高高矗立的牧民电影院也披上了淡绀色的早霞。瞬间,奶酒的芳香、乳浆的芳香、酥油的芳香,一起扑向我的鼻孔。

乳食品的芬芳使我陶醉了,我是多么羡慕这样的新生活啊!

*注:塔拉日吉白那,汉语:谢谢。

绿色的扎鲁特

绿色,是生命的象征,是希望,是寄托。自从盘古开天地,因为地球上有了绿色,人类社会才得以生息繁衍,代代相传。

然而,人类在漫长的征服和改造自然的伟大斗争中,又不断创造了绿,使绿扩展,使绿延伸,为人类永续利用。

扎鲁特旗地处科尔沁草地边缘,绵延起伏的大兴安岭余脉横亘扎鲁特旗中部,好似一堵天然的绿色屏障;滚滚的霍林河像条洁白飘逸的玉带,系在广阔无垠的草原上。在这坦荡如砥的草原下,沉睡千年的乌金宝藏已被唤醒,真是"水草丰美牛羊壮,不尽乌金滚滚来"。

在扎鲁特旗1.7万平方公里的土地上,有24万蒙汉各族人民世代在这里生息劳作,逐绿而居,逢绿而牧,从事以畜牧业为主体的经济建设。

辽阔、美丽、富饶的科尔沁草原,以它无私的奉献,养育了勤劳勇敢的蒙汉各族人民,使全旗的畜牧业生产获得长足发展。但历史的经验证明,无论发展什么经济,如果只依赖大自然的恩赐,对自然资源只进行掠夺式地利用,不投入不建设,长此以往积以时日,势必坐吃山空,失去发展后劲。长期积累了丰富发展畜牧业经验的全旗各族人民深谙此理。几年来,全旗在保护、建设、合理利用草原方面已取得了一定的成绩。今年,为进一步贯彻"林牧为主,多种经营"的经济建设方针,全旗又开展了一场有声有色的、规模更大的建设绿色工程大会战。

提高认识、制定规划是行动的先导。为了组织动员广大农牧民群众积极投身到保护、建设、利用草原这一宏伟绿色工程中去,旗里不仅通过各种宣传会议进行宣传,而且通过广播、电视和文艺演出等群众喜闻乐见的形式,向广大群众广泛深入宣传保护、建设、合理利用草原的重大意义,使全旗上下形成了凝聚力,调动了方方面面的力量。

在充分发动群众、调查研究和反复论证的基础上,旗委制定了"突破草畜加,再上新台阶"的绿色工程实施方案。

大兴草业,必须有强有力的领导做保证。为了加强对这项工作的领导,在领导工作中全旗自上而下实行了"管线、分片、分项、抓点"的领导方法,并层层签订责任状,实行目标化管理。今年年初,全旗有三百五十多名干部大下基层,帮助基层制订规划,组织实施。

保护、建设是利用的前提。因此,全旗在大兴草业中率先保护草原。在这方面,采取的第一个措施就是充分发挥政策的威力,靠政策调动群众保护草原的积极性。自1981年落实草畜双承包责任制以来,全旗已将占草原总面积54.4%的草牧场落实到户。道老杜苏木从本地实际出发,独辟蹊径,把放牧场、打草场、造林地、种草地、饲料地和牧铺放在一起承包,实行六统一,解决了人畜草三张皮的问题,实行了责权利的统一。今年,为进一步完善草畜双承包责任制,旗委在深入进行调查研究的基础上,提出了深化牧业改革的17条意见,把改革继续引向深入。在保护草原方面,采取的另一项是生物和工程相结合的措施,有计划地封山育林、封坨育草。目前,全旗已封育自然林379万亩。北部著名的罕山林场已封育三十多年,现在这里森林密布、绿浪滚滚,犹如一片绿色的海洋,对调节北部草原气候、涵养水源发挥了极大作用。

在南部,根据部分地区草原已沙化、退化的实际情况,大搞封坨育草,现已封育 30 万亩,恢复自然植被成效显著。同时,还把 5 万多亩山杏灌木林围护起来。这样既是建设杏核基地之需,又收到保护草原之效,可谓一举两得。

《草原法》是保护草原的法律依据,运用法律武器保护草原,是另一项有力措施。在这方面,一是广泛宣传《草原法》,做到家喻户晓,深入人心;二是根据实际制定了实施细则,主要是采取"五禁"措施,即:禁止滥垦、禁止滥采、禁止乱樵、滥猎、滥牧。重申过去的规定,半牧区人均耕地不超过 7 亩,牧区人均耕地不超过 5 亩。地处北部牧区的格日朝鲁苏木过去人均 7 亩耕地,退耕还牧后已减少到人均 4 亩,并且集中在两块地;三是旗里成立了草原监理所,他们经常在草原上巡逻,对破坏草牧场的人按《草原法》规定予以制裁,成为绿色草原的忠诚卫士。今年,旗人大、政府会同有关部门组织联合检查组,对全旗贯彻执行《草原法》情况进行大检查,严肃查处了破坏草原的典型。

草是牲畜的安身立命之本,是发展畜牧业的重要物质基础,草丰则畜壮。全旗在采取多种措施保护好天然草原的同时,把大力加强草原建设作为促进畜牧业发展一项重要内容。

围建多种形式的草库伦,是全旗草原建设的一项主要形式。截止到 1987 年末,全旗已围建各种各样的草库伦 403 处。今年是大兴草业之年,全旗广大农牧民建设草原的积极性进一步空前高涨,围建草库伦取得突破性进展。全旗围建草库伦 121 处、138840 亩,并出现了五个围建草库伦超万亩的苏木乡镇。

围建草库伦是一项投资巨大的工程,解决资金是关键。在这个问题上,全旗从实际出发,量力而行,采取了国家贷款、集体扶持、个人自筹三种形式,形成了三元化投资结构。今年仅全旗牧民自筹围建草库伦资金就达 28 万多元。在围建措施上,土洋结合,既有高标准铁网围栏,也有用拉刺线砌石墙、挖土豪等形式围建草库伦的。在生产关系上,经济实力雄厚的可自己围建一处草库伦,势单力薄的则可走联合的道路,几户联合围建一处草库伦。在全旗已围建的众多草库伦中,既有单一保护草原的,又有进行多种经营的。牧民色冷扎木苏与哈日巴拉联合围建一处 1500 亩草库伦,他们在草库伦内牧、林、农三业并举,现已在草库伦内营造牧防林 175 亩,种优质牧草 150 亩,种饲料 225 亩。同时,投资 1.1 万元在草库伦内打牧业用井 1 眼,购置大小拖拉机各一台,并配备了打搂草机,草库伦内实现了"水、草、林、机、料"五配套。今年色冷扎木苏出售牲畜、畜产品和饲料,共收入 3 万多元,人均收入 8000 多元。

为保证围建草库伦所需的网围栏,旗拖修厂定点生产"绿州"牌铁网围栏,不但满足旗内需求,还支援了外地。

林业是牧业的绿色屏障。今年,全旗从以林护牧的高度,继续大兴林业,造林 10 万亩,育苗 5000 亩,超额完成盟里下达的造林任务。全旗林业生产,主要是以开发性承包营造固沙林为主,以林业大户为主。乌力吉木仁苏木特斯格嘎查北部有一条巴彦查干沙带,近几年由于受风蚀和干旱的影响,每年春秋两季,黄沙乘着风势,像条桀骜不驯的沙龙,滚滚向前,致使沙带前的优质草场被肆虐的黄沙无情地吞噬掉,并已对村屯直接构成威胁。

这个苏木的青年农民王景祥,1985 年春放弃经商,主动向苏木申请承担起锁住沙龙的重任。经过近三年的不懈努力,他已经造固沙林 1600 亩,现在这里已是杨柳依依、绿树环抱,一派盎然生机,固沙扩草初见成效。为了进一步造好林、固好沙、他现已迁到林地中居住,大有背沙一战、置之沙地而后生之势。

为了提高草牧场质量,今年全旗还大抓了人工种草、青贮工作,在年初将种植任务通过签订责任状形式分配到各苏木乡镇,作为领导实行目标化管理考核的主要指标。由于措施得力,全旗今年种草38560亩,种青贮27400亩,两项均创历史最高水平。

为了充分利用饲草饲料,近几年作为种植业之延伸的饲料加工业有了很大发展,大中型饲料加工厂已达147个,形成了一定加工能力。大而言之,旗里建起了一座机械化程度高、能进行深加工、年生产能力达3000吨的混合添加剂饲料加工厂;小而言之,大部分苏木乡镇都建有以粉碎粮食、农作物秸秆为主的小加工点。

暴风雪是全旗畜牧业生产每年面临的主要自然灾害。为防患于未然,变被动为主动,今年国家投资65万多元,牧民自筹55万元,在北部牧区建了以机械化打草为主的牧业防灾基地,贮草备荒。同时,近几年还打了牧业用井1000多眼,开辟利用了40万亩无水草牧场。

在草原建设上,除了在微观上抓好上述项目外,还从彻底改善生态环境的宏观战略高度上,进行了规模较大的南水北调和西水东调工程建设,把流经境内南部的乌力吉木仁河通过两个引水枢纽工程,引到沙化、干旱较严重的巴彦忙哈苏木境内,灌溉滋润这里的草原。由于有了较充足的水源,这个苏木境内引水干渠沿岸的牧草已由疏变密、由低变高,返老还童。局部地区出现了碧水荡漾、绿草茵茵、鱼翔浅底和蝉噪蛙鸣的喜人景观。

宽广肥美的天然草牧场是全旗草原畜牧业的主要物质基础和能量来源。在保护、建设的基础上,充分合理利用天然草场资源,是全旗发展畜牧业生产的主要经营方式。为合理利用得天独厚的牧草资源,北部牧区把全部草牧场由北到南划分为春、夏、秋、冬四季分明的牧场,每年在大地复苏、春姑娘迈着轻盈的脚步降临的时候,牧民们便成群结队赶着牲畜,拉着蒙古包和其他生活用具,缓缓北上,到霍林河畔安营扎寨。这样一去就几个月。当金风送爽、万山红遍的时候,牲畜已在霍林河大草原上个个吃得膘肥体壮。此时,冬春营地的牧草已得到充裕生长,为牲畜返回过冬度春积蓄了物质基础。

近两年,为逐步改变过去逐水草而牧的生活方式,由移场放牧向定居过渡,按照"定散小"的原则,利用国家拨给牧民的草原补偿费,在北部牧区已建设星罗棋布、布局合理的新居民点22处,共疏散2000多口人、6万多头(只)牲畜,使300多万亩优质草场得到充分利用。全国"三八"红旗手、自治区女劳模桑吉德玛从1932年开始在霍林河畔定居后,一年四季坚持移场放牧,牲畜比承包前增加三倍,发展到700多头(只)。

在南部牧区,根据草牧场面积小、畜草矛盾突出的实际出发,坚持鼓励牧民出铺放牧,以三五户为主,以大村屯为中心合理布局牧铺点400多处。有些牧区大户在承包的草场上,建起了房屋,永久定居,使人、畜、草紧密结合。查布嘎吐苏木经营5万多头只牲畜,他们采取多种措施,鼓励牧民出铺放牧,规定每出铺放牧一头(只)牲畜奖励1.50元钱。同时,还帮助牧民解决部分资金和物资。由于措施得力,现在全苏木牲畜出铺放牧,有效解决了过去牲畜围着村屯转,使村屯附近及沿河两岸的牧场超载过牧,引起沙化、退化的问题。

中部地带属于浅山区,这里耕地纵横交错,成方连片,可利用草原少,但山山都有可利用牧草。因此,中部农区立足于山地草场和农作物秸秆多的优势,积极发展山羊。工农乡工农村牲畜已发展到10033(头)只,数量之多,在农区居首位,出现了农牧结合、粮丰畜旺、农牧互养互促的良性循环。

畜牧业生产的发展,一方面以一定的数量为基础,更依赖于牲畜质量的不断提高,只有坚持数质并重,同步提高第一性生产和第二性生产效益,才能使畜牧业生产以较高的速度向前发展。为了在有限的草场上获得较高的产出,近几年全旗狠抓了畜种改良工作,采取了良种本交、冷配、人工授精和引进良种扩大繁殖相结合的措施,今年全旗设立了 70 多个配种点,冷配母牛 1 万头。奈林嘎查是中国美利奴羊畜种改良先进单位,这个嘎查在落实责任制后分散经营的条件下,继续坚持改良,使牲畜质量不断提高。现在该嘎查绵羊改良率达 93%,群体羊毛平均产毛 5.5 千克,毛长 8.5 厘米,细度 60 至 64 支纱,净毛率达 52%,全嘎查今年仅羊毛一项人均收入 19 万元。格日朝鲁苏木宝日胡硕嘎查牧民拉布哈,大搞黄牛冷配,牲畜改良率达到 80%。

在畜种改良工作上,全旗还把引进优良品种扩大繁殖作为重要工作内容。1984 年以来,从辽宁盖县引进绒山羊,现已发展到 4100 多只,同时以绒山羊为父本,改良本地山羊工作已开始起步,已有导血山羊 4100 多只。现在"国宝"在草原上落户,成为全旗畜牧业的一个新家族。

宽广的、美丽的、富饶的科尔沁草原,为扎鲁特旗畜牧业的发展提供了极为优越的条件,而在"林牧为主、多种经营"的经济建设方针指引下,保护、建设、合理利用天然草原,则使扎鲁特旗的畜牧业如虎添翼。一分耕耘,一分收获。几年来,扎鲁特旗畜牧业生产一直持续稳定发展,特别是在今年大兴草业之年,全旗北从罕山脚下,南至乌力吉木仁河畔,频频传来丰收的喜讯。全旗 6 月末,大小畜发展到 835746 头(只),比上年同期增长 20078 头(只),纯增 2.5%,农牧民人均纯收入 510 元。格日朝鲁苏木从 1981 年到现在已连续六年稳定发展,今年该苏木举办了草原盛会那达慕,欢庆牧业又获丰收。

扎鲁特旗人奋发向上、自强不息,他们不会被眼前取得成绩所陶醉而自满不前,尽管他们现在还没有完全从自然传统畜牧业的桎梏中解脱出来,但毕竟已在建设养畜、科学养畜的道路上迈出可喜的一步,实现了实践到认识的一次飞跃。现在随着时间即将进入"七五"

计划的后三年,绿色工程建设已描绘出了一幅新的蓝图。我们相信,这幅绿色蓝图一定会在全旗 24 万各族人民手下变为现实。不远的将来,一个现代化牧业基地定会在祖国北部边疆的科尔沁草原崛起。

绿色的草原哺育了热爱绿色的人们,勤劳勇敢的扎鲁特旗各族人民又不断创造了绿,使绿扩展,使绿延伸……

边陲小镇巨日合

朋友,你到过巨日合吗?你了解巨日合吗?它坐落在祖国的边疆,草原的深处。虽名不见经传,但它前进的步伐,展现了小镇人民战天斗地的丰姿。

巨日合镇位于扎鲁特旗西北部,总面积493634亩,其中耕地面积7万亩,辖12个行政村、14个自然村,人口15597人。地势蜿蜒起伏,像一条匍匐爬行的巨龙,村屯随山川走向呈东北西南分布,有"五山一库一河"之称。小镇虽小但很有灵性,风景也很别致,一进入巨日合镇,首先映入你眼帘的是一座像卫士般守在那儿的孤山子。这座山很奇特,平地拔起,形状像人的心脏一样。由此,小镇因它而得名。巨日合蒙语是"心"的意思,孤山子是小镇展翅腾飞的象征。山南面的水库像一面镜子,微波荡漾,孤山子倒映水中,形成了一幅水连山、山连天的秀美画卷。山的东面矗立着庄严肃穆的烈士墓,安葬着五位烈士的英灵,先辈们为小镇人民创造了幸福生活,血染的山北建起了壮观的变电所,社会主义又给小镇人民带来了光明。山的西面是宽敞的巨日合农贸市场,是富裕小镇人民的乐园。

巨日合是革命老区,素有"四区""巨里黑"之称,原是扎鲁特旗旗委所在地。这里建立了扎旗第一个党支部,发展了扎鲁特旗第一个党员。八十年来,勤劳勇敢的巨日合人民在这里生息繁衍,是全旗发展较早、人口稠密的农业镇。小镇授受先辈之功德,占改革开放之天时,拥经济贸易中心之地利,现在是商活工兴,政通人和,百业兴旺。

巨日合镇地理位置优越,每日有发往格日朝鲁、兴隆地、塔拉营子煤矿的客车,距旗人民政府所在地鲁北35公里,可当日往返。距扎鲁特火车站70公里。这里的交通,可谓四通八达。

依据巨日合镇的实际,镇委确定了"主攻农业、稳定牧业、发展林业、兴办企业、多种经营、协调发展"的经济社会发展方针。围绕这一经济方针,镇党委、政府提出在"八五"期间,突出抓好"强化农业、突出乡企、治理生态、壮大集体"这四件大事,已现雏形。

改革开放以来,巨日合镇把"突破乡企、兴工强镇"作为振兴全镇经济的奋斗目标,为实现这一奋斗目标,将"以资源为依托,以市场为导向,因地制宜、循序渐进、稳中求胜"作为指导思想。依据这一指导思想,全镇乡镇企业以农副产品为资源,以建材运输为龙头,以个体和联办为两翼,带动了企业的全面发展。现在镇办企业已达到480个,从业人员1200人。全镇乡镇企业总产值1991年达到614.26万元,占农牧林总产值的26%,创利税198.6万元。巨日合村强化商品意识、开放意识,带领群众走致富之路,鼓励农民冲出小农天地,进入大市场。现在全村共有个体商店、小摊小贩27家,年创产值64万元,为国家上缴税金3.1万元,是全盟村办企业的示范村。友谊煤矿、镇办砖厂是全镇的龙头企业。同时,镇里还有基建队、饲料加工厂、商店、饭店。今年又新办了霍林河煤矿、钢窗厂等企业,镇办企业1991年总产值198万元,创利税20.8万元。

丰富的地下资源,为巨日合经济腾飞插上了翅膀。所产原煤远销赤峰、突泉等地,煤矸石是砖厂不可缺少的内燃原料,矸子土经粉碎加工可烧制红瓦。红瓦年产50万块,质量好,供不应求。还有上等的砂石料,可以为建筑提供原材料。

为了加速全镇的经济发展,镇党委制定了优惠政策,加强了纵向发展,促进了横向联合,聘请能人委以重任搞合作,攀亲结贵学技术,坚持走互惠互利、共同发展之路,如巨日合友谊煤矿、镇办砖厂等。友谊煤矿年生产原煤3000吨、矸石7000吨。镇办砖厂建厂五年来,每年产值都在59.5万元以上,年产红砖800万块,市场覆盖面居全旗同行业之首,取得良好经济效益。

巨日合镇是一个以农为主的产粮区,种植种类齐全,盛产玉米、谷子和黄豆等杂粮,并以种植蔬菜闻名。巨日合大葱、土豆很受用户欢迎。全镇年产粮3000万斤以上。全镇"科技兴农"的思想方兴未艾,积极引进优良品种,全镇玉米主推"通单14"等优良品种。为了调整产业结构,增加经济效益,巨日合镇党委、政府提出了"强化农业、兴农富民"的发展战略,对全镇山、水、林、田、路进行了综合规划。通过实地踏查,在21000亩川地上规划92个网眼、52条主林带。巨日合村、保安村被列为全旗农业二期开发,虽然基础薄弱,但有很大发展潜力。

巨日合镇探索出农业为主、它业平衡发展的路子。在发展牧业上,镇党委、政府提出"稳定牧业、提高质量、强化畜防、优化饲料"的指导思想,采取了引、繁、改和以行政技术双承包相结合的措施,牲畜逐步实行良种化,大小牲畜存栏达到3万头(只),生猪饲养量达到1.1万头,为市场提供了原材料和丰富的肉食资源。

为实现自然资源的永续利用,巨日合镇党委、政府把生态保护和建设作为一项事关经济社会全面发展的战略任务,总的指导思想是"治理生态,兴林益民"。全镇确定全封坡地5万亩,半封坡地10万亩,森林覆盖率达19.9%。为实现绿化巨日合、造福子孙这一奋斗目标,镇人民政府发布了封山育林公告,家喻户晓,增强了生态意识,连续两年开展小流域综合治理大会战,全镇挖了730483个水平坑,动用土石方171280方,治理面积6000亩,从去秋开始治理必喜河,现已治理二分之一,争取1992年年底治理完。如今,巨日合的荒山秃岭有了初步改观,山上草青青,山下水潺潺,满山充满绿的生机。

巨日合镇物阜民丰,人杰地灵,经济建设和精神文明同步发展。巨日合中心卫生院、电管站、法庭、变电所为区级先进单位;巨日合工商所、税务所、供销社、粮库和营业所均为旗级文明单位,巨日合村为旗级文明村。巨日合镇总校坚持"自力更生,勤俭办校"的办学方针,体现了尊师重教的良好社会风气,校容校貌大为改观,教室全部砖瓦化,实现了"一无两有三配套"。高层次、高素质的教师队伍不断壮大,辛勤耕耘,结出了丰硕之果,学生的入学率、巩固率和升学率在全旗位居前列。

巨日合镇一万五千人民,在改革大潮中开拓进取、勤奋努力。几年来,全镇各项工作有了突破性的进展。1991年粮食总产达到3000万斤,人民生活有了明显的改善,70%的农户已买上了电视、录音机等家用电器,人均收入达690元,财政收入达到36.3万元,自给率达到90%。"逢夜不愁明月尽,到时自有电光来",1990年兴隆地村通了电,1991年乙旦扎拉格村也通了电,至此全镇彻底告别了无电的历史。

巨日合镇党委、政府坚持"八五"发展目标,围绕四件大事,以小康为目标,以农业为支柱,以乡镇企业为重点,以集体经济为主体,农、牧、林、工、商、建、运、服全面发展。在发展农业上,大搞科技兴农,把经济的发展转移到依靠科技进步和提高劳动者素质的轨道上来,加大物质投入,坚持走开放、改革、提高相结合的路子,促进农村经济的开发和土地资源的合理利用,不断完善强化村级合作经济组织的服务职能,为群众提供更多的科技服务和生产服务,继续集中精力抓好科技示范户。

在发展林业上,坚持"发展林业、封造结合、强化管理"的指导思想,抓好封山育林,开发经济林,让果树下川、松树上山,恢复全镇良好的生态环境。

在"八五"期间,突出抓好乡镇企业和集贸市场建设,首先发扬自力更生的精神,拓宽兴工活商渠道,总的原则是:"巩固镇办的,发展村办的,鼓励联办的,扶持个体的。"四个轮子一齐转。其次,诚招天下人才,广引四方技术,走出去,请进来,创造一切优惠条件,发展横向联合;第三,以资源为依托,综合开发,系列发展。一是以矿产为龙头,发展建材业,在现有的基础上继续提高;二是以农副产品为源头,发展加工业,促进粮油转化;三是以煤和矸石为依托,扩大运输队伍;四是以集贸市场为中心,招揽生意,丰富市场,聚财强镇;五是以养殖业为突破口,生产肉蛋,满足市场需求,把巨日合镇建成环境优美、经济繁荣、科技发达、文化昌盛、人民富足的新兴小镇。

小镇风景还有惹人之处,大自然的造化,地壳的变迁,使巨日合形成特殊的岩溶地貌。兴隆地脚下的神山,也称"龙泉山"。"龙泉山"久负盛名,山势陡峭,岩石林立,如唐代诗人李白笔下的"洞天"。在一处岩石上有一股四季长滴的水流,故称之为"神泉"。虽名不见经传,却有一段美妙的传说。相传这里是北宋年间肖仁宗酿酒的家泉。据文物部门考证,出土过肖仁宗家族的酒器。又传说乾隆年间,为酿出好酒,预备宫宴,地方官进献过龙泉水。据说来这里的人喝上一口"神泉水",不仅健胃、清脑、解暑,而且还有延年益寿之功效,是小镇人民在端午节那天旅游的热点,有的牧民从数十公里外驱车而至。龙头"字山"则更有奇妙之处,上面刻着文字。据考证,字山的字是藏文,龙口衔着的清泉是必喜河的发源地。据说龙要入海,过了必喜河,灵性太大,将会兴风作浪。人们为了获得安宁,降服它,就在它的头上刻了字,即所谓的"字山"。巨日合村东的孤山子,好似南天一柱。当落日收抹最后一缕金辉,它宛如害羞的少女,霎时躲进夜色帷幕之中。每当清风习习的清晨,孤山则显得格外文静,站在山顶极目远眺,周围景色尽收眼底。那起伏的群山,碧绿的万里平畴,成群的牛羊,颇有"天苍苍,野茫茫,风吹草低见牛羊"的壮观景象,令人流连忘返。孤山脚下的水库,自建库以来,经受了无数次山洪暴雨的考验,蓄水22万方,可灌溉农田2000亩,水库大坝是全国唯一的小塘坝,现已加宽修整,成为塔拉营子煤矿公路的枢纽。

巨日合镇,这块丰腴的土地,至今地有遗利,民有余力,生谷之土未尽垦,山泽之利未尽出。为此,诚挚欢迎各位朋友献计献策,助巨日合镇经济之腾飞,创巨日合镇昌盛之伟业。

雨中寻子

晴朗的天空，瞬间大雨倾盆，正在葵花地打叉子的春花可急坏了。姑娘上学了，家中只有五岁的小儿子，门还没有锁上，儿子将会怎么样呢？雨越下越急，越下越大。春花顶着大雨不顾一切地往回跑，摔倒了爬起来，她就这样一步步地爬到家。

家门四敞大开，姑娘突然从院里跑了出来，哭喊着："妈妈，我小弟弟不知哪儿去了。"

"啊,什么?"春花的腿当时就软了，她急忙扶着墙，大声说道："快找，快找！"她像疯了一样呼喊着儿子的小名，雨水和泪水融到了一起。

雨水模糊了春花的双眼，她拖着疲惫的身子，每迈一步留下的都是深深的泥窝。她叩开婆婆家的大门，回答是"没有"，问东家"没有"，问西家"没看见"。

大街小巷——没有！

东邻西舍——没有！

院里院外——没有！

春花发呆地站在门口，任凭雨水从她头上流到肩上，又从衣襟流到裤脚，她绝望了："难道我的儿子就……"

她顿觉天昏地转，眼前一片漆黑。雨还拧着劲地下着，一阵雷声将她惊醒，她抬起手臂抹了抹脸，定了定神，缓缓地在院子里踱着，寻觅着，还在寻找一线希望。

走了一圈又一圈，找了一遍又一遍，她靠在院墙边哭着，她想大声哭，却哭不出来。她害怕泪水挡住视线，瞪花了的眼睛，还在使劲地瞪着……

突然，她看到鸡窝门口有一只小花鞋。这不是儿子的吗？她发疯似的向鸡窝扑过去。

这时，一只胖乎乎的小脚丫刚好从鸡窝口伸出来。她屏住呼吸，轻轻地把孩子拽了出来："哎呀，可找到你了，我的儿子！"

孩子满头满脸都是鸡粪，早都惊呆了。春花轻轻地给儿子擦去鸡粪，儿子睁开眼睛一看是在妈妈的怀里，"哇"的大哭起来，不住地喊着："妈妈，妈妈！"这声音撕心裂肺，是那样悲凉，那样凄惨。

"妈妈！"大姑娘跑过来抱住春花的腿，也哭了起来。邻居们也自觉不自觉地流着泪。儿子刚刚失去父亲，怎能再离开母亲。

此时此刻，像有一根烧红的针扎在春花的心尖上。孩子喊一声妈，就像有人在轻轻地捻着这根针。春花把儿子紧紧地搂在怀里，怕再失去儿子。儿子紧紧地抱住妈妈的胳膊，恐怕再被雨夺走，一边喊着妈妈，一边哭，母子的泪水融在了一起。

是啊，世界上最神圣的莫过于母爱了。

雪夜遐想

我喜欢雪花,一到冬天我就盼雪。我从童年到中年无数次地站在飘飘的雪花中,手捧着雪花,让雪花尽情地拍打我的脸。我在飘飘的雪花中寻找感觉,寻找快乐,也寻找着新的希望。我像孩子般童真,鱼儿般畅快。

我喜欢雪花,一提起笔写文学作品,马上就想写雪花。我的小说《初春的冰雪》、散文《雪花,你等等我》、诗歌《春姑娘与雪小伙》等等。雪花在我笔下铺展,在我心中飞翔,我在漫天的大雪中陶醉,像一片雪花,天空任我驰骋,宇宙拥抱着我。我的心承载着宇宙,悠哉,悠哉!

我喜欢雪花,它一生伴随我前行。1990年2月5日,对于我来说是一个难忘的日子。刚过而立之年的我被派到巨日和镇党委主持工作,上任的那天就飘起了雪花。在巨日和镇的四年,虽然步履艰辛,但是想干的事都成功了。每当想起那些岁月,真想再躺在雪地上把那个岁月追回,真想再躺在雪地上大喊:谢谢你苍天。四年,年年风调雨顺。

2007年11月19日,我到通辽工作,上任那天也飘着雪花。我人生两次重大转折都与雪花相连,我为与雪花相连感到幸运。雪花纯洁无瑕,雪花滋润万物;雪花的品德,雪花的精神给了我无穷的力量。它让我亲善百姓,它让我用心造福民众;它让我为官上无愧于苍天,下无愧于黎民。

今年冬天雪来得早,我的心情又像雪花一样浪漫地飞舞。我虽是五尺男儿,可每见到雪花就激动得想流泪,想与雪花比高低,我真的也能飞起来,坐飞机,还可以坐神六;或者我把雪花当梯子,一定能追上雪花。雪花你慢点飞,你等等我!

2009 年 11 月 13 日

黄叶飘飘

　　太阳已没入树林后面,它射下几条留着余温的光线,仍像火的带子一般贯穿整个树林,给白杨的树梢涂上一片灿烂的黄金。随后,光线一条一条的消失,最后还留恋半晌,像一支细针似的穿透茂密的树枝,可是不一会儿这一条也不见了。

　　我徘徊在林间小路上,秋风吹着片片黄叶,如纷飞的蝴蝶飘飘而下,落在我的头上,落在我的肩上。我烦躁地用手去驱赶,黄叶似乎不愿离开,有一片紧紧地贴在我的手掌上,瞬间手心湿润了。蓦然,我心里得到一种慰藉,捧起这片黄叶仔细地瞧。瞧,黄叶还带着微微的浅绿,昭示着它曾经辉煌的青春。它也望着我,望得亲切极了,好像知道我的心事,要跟我说几句话。我领悟了,轻轻吻了吻这片黄叶:"黄叶啊,黄叶,我和你一样飘落了,可我才四十岁。"

　　方才会议室里的那场争吵,又闯入我的耳畔,我不愿回忆那些话。我也工作二十个年头了,并不是没有贡献,什么文凭、水平、知识和贡献等等,我看最重要的是应该把自己的二斤八两放在历史的天平上称一称。

　　"哎,不过对知识分子这么重赏我也想不通。"我望着这飘飘的黄叶怔怔地发呆,我当了十几年的秘书科长还不如当医生的妻子。昨晚我们夫妻俩也闹了个半红脸,我说她一个小医生只不过医治了几个病人,能有什么大贡献。她称我是"政治医生"只不过写了几麻袋破材料,不值一文。我发火了,说她狂妄,是对我的诬蔑。她却哈哈大笑,拍着自己心口说,这些年她医治了无数痛苦的病人,还指着我的脊梁说,这些年你写的那些政治口号……我哑言了。是啊,二十年来都写了什么呢?学大寨典型,学小靳庄,还有……我醒悟了,我胆颤了。

　　晚风轻轻地吹拂着我的额头,飘落的黄叶无情地拍打着我的面颊,我自言自语:狠狠地打我吧,黄叶,打吧。我望着黄叶,觉得找到了精神寄托,心里阵阵发痛。黄叶,你给人间呼出氧气,吸进二氧化碳,你还……可我……

　　啊,黄叶,你知道你的价值。秋天来了,你不贪恋美丽的大自然,毅然离开大树的怀抱,悄悄离去。可我……

　　啊,黄叶,你飘落了,却毫不怜惜地用自己的身躯给人们送来温暖,当你化为灰烬时,你又悄悄地回到大地的怀抱,开始孕育又一个绿色的春天,可我……

　　半圆的月亮从白杨枝叶交错的黑网里露出银色的脸,一些高大的树木好似巨人般站着,枝叶的罅隙好像几千双小眼睛,它们像望着什么,期待着什么。我深情地望着望着,啊,黄叶,我才四十岁,明天见……

　　我昂起头,大踏步朝家走去。

风含情　水含笑

因为放年假,这天让自己睡了个懒觉,待睁开眼睛,阳光已穿透窗帘照在身上。我翻身下床,一步跨到窗前,拉开窗帘。啊,窗外的清风柔柔地摇动着细柳,微黄色的草叶轻轻地伸着懒腰,含情脉脉地向春天诉说,向太阳道谢,向我招手。我忍不住打开一扇窗,春风合着阳光一下子扑到我的怀里,让整个身心暖暖的,我陶醉在这初春的阳光里……

我多想大声呼喊:"春天来了!2011年的春天来了!"可是,我克制住了这份激动,只轻轻地说了声:"春天你好!"因为我不再是二十几岁的青年人了。

春天来了,我还没准备好,她就悄然来了。昨晚,我无意中听到了杨钰莹的一首歌《风含情水含笑》。我被这首歌所打动了,它虽然是一首情歌,可就这一句"风含情水含笑"就够了,这风都含情了,水都含笑了,人的心情还不如这风这水?顿时,我觉得心中的风吹散了忧虑,心中的水洗掉了烦恼。我浑身上下都轻松了,不知不觉地呼呼入睡了。翌日醒来望窗外,树也含情,草也含情,阳光也含情,都好像在朝着我微笑。我嘴在笑,心在笑,浑身都在笑!

心情决定态度,心情决定生活质量,心情决定工作成就,心情决定事业。忽然想起2月14日央视《感动中国》节目中,狱警孙炎明得了脑瘤,手术后没有卧床,而是坚持上班,他面对病魔没有被吓倒,而是微笑着面对每一个犯人,微笑着面对每一天,他不仅活下来了,而且工作得有声有色,被称为"警界保尔"。

  我今早的心情这样给力,是我心里有阳光,心里含着感恩,含着笑。也是我这个"老男孩"以 30 岁的心态,唱着《风含情水含着笑》,唱响了春天里的歌。

  "快吃早餐吧!"家人的一句话打断了我的思绪,我伸展了一下筋骨,有些不情愿地离开了窗前……

2011 年 2 月 20 日

那份牵挂

从电视上看到江西洪水冲垮大堤,我久久不能入睡。想起来我曾经战斗过的"鲁北河大堤"和"乌力吉木仁大堤",不知现在怎样了。

这两条大堤可非同一般,我简单地介绍一下:鲁北河大堤位于扎旗所在地鲁北镇城北,横贯东西,河的上游还有座毛道水库,就像一盆水放在头顶,直接威胁着小镇。1998年的洪水,大堤决口,小镇变成了汪洋一片,损失惨重啊!

乌力吉木仁河大堤横贯扎旗乌力吉木仁苏木,流经三个苏木的一条大河流,现在市里建设"引乌入通工程",就是引的乌力吉木仁河水。乌力吉木仁河如若泛滥,扎旗东南部人畜、交通都会出现问题。

在分管水利的四年间,一到雨季来临,我的心每天都悬着。记得在2004年的6月28日晚,我和水利局李局长检查大堤几次,并要求各单位所包段24小时不准离人。我和水利局李局长也没离开大堤,就睡在车里。这天的雨整整下了一夜,天刚蒙蒙亮,李局长就打电话喊我,让我马上到坝西去,那里要出问题。我迅速赶过去,抬头往河上游一看,几十里白花花的汪洋向河堤涌来。我愣了一下,马上下令调人。可大批队伍到来需要半小时,我们马上集合现有的人检查大堤,突然有人发现有一处坝低,水眼看就要漫过来了,我们现场组织起十几个人扛起沙袋往上摆,雨还"哗哗"地下着,我们都成了泥人、水人。

后来人越来越多,坝瞬间提高了,但水势还是那么凶猛。这时又来了几位领导,有人提出炸桥涵(鲁霍公路堵水影响泄洪,威胁大堤),可是如炸桥涵,鲁霍交通就要中断。在炸与不炸上产生了分歧,人们开始争论不休。这时一位领导喊道:"关键时刻听常务指挥定夺"。这时人们把目光刷一下集中到我身上,大家屏住呼吸,静得只听见"哗哗"流水声,什么叫惊心动魄?什么叫关键时刻?此刻,我的体会最深刻。我镇定一下说:"大家不要急,让专家们综合分析一下再定夺!"我和水利专家们登上大堤查看,又询问气象预报,最终决定:不炸,坚持,随变化再定。坚持到上午十点,天突然晴了,水渐渐地流缓了,我松口气。这时,我才感到腿有点酸,身体有了疲惫的感觉。桥涵保住了,交通保住了,大堤保住了,全镇百姓保住了。又一场战斗胜利了,心里真是高兴啊!

现在回想起来还为那盘险棋后怕,因为水火无情啊!从那之后我便得了职业病,一下大雨就为两个"大堤"牵挂。因为它们与我的故事太多了,每一条大堤上都留下了我无数的脚印,也留下了我的心血与汗水。那里有成功的喜悦,也留下了那份永远扯不断的牵挂⋯⋯

2010 年 6 月 26 日

陪女儿逛街

元月3日,北京整整下了一天雪。据说这是60年一遇的大雪,碰巧让我赶上了。原定的陪女儿逛街,虽然下雪也照常出行。很久没陪宝贝女儿逛街了。自从她毕业后,特别这几年由于工作忙,我也忙,我们总是相聚匆匆,这也常常使我感到失落、孤独和酸楚,后悔让他们离我那么远。我们家一共四口人,却分住三处,团聚成了我最大的心愿。

雪大、路滑、天冷,可有女儿搀着,心里热乎乎的。女儿把我当成了小孩,唯恐我摔着。顿时,一种满足感涌上心头,心想女儿没白养。但看到女儿在大都市里奔波、打拼和创业,心里又很不是滋味。在大都市,特别是在北京立足、生存是何等的艰难啊!我每每看到女儿奔波的身影真是心疼。我告诉女儿,爸爸是你的山,是你的港湾,累了靠一靠,苦了就倾诉,把承受转移,让心放松,你就会越来越坚强。女儿也乐意和我交流沟通,有高兴事,电话打过来了,让我分享;遇到不开心的事,电话打过来了,向我倾诉。我还像扯着放不下的风筝一样,每天电话遥控孩子们。孩子们说老人唠叨,有时候我说他们不成熟。笑谈中、争论中更多的是融融的亲情,是那永远割舍不断的人间之爱!

女儿成熟了,自立了,这是我最大的心愿。天下的父母都在望子成龙、望女成凤,我也如此。每当女儿有一点点成就,我就会激动不已,热泪盈眶。同时,还要反复地叮嘱女儿不要自满,当一个目标达到了,就再给自己定一个新的目标,继续前进。我知道奋斗之路的艰辛、曲折,但我期待女儿都能勇敢地面对,更期待女儿成功!

2010 年 1 月 12 日

母 爱

9月3日晚,我们大学同学二十多人相聚新世纪大酒店,相聚的原因是北京的同学滑康康回来了。

这位滑大姐是北京知青,1968年到科左中旗插队。1984年和我一起考入内蒙古民大中文系,毕业后一别24年,大多数同学还未见过面。滑康康已63岁了,眼前这位老大姐不见昨日风采,完全是一个地道的北京老太太了。虽然稍有点驼背走路有点老态,不过还蛮有精神头,嗓门也不减当年。她一生经历了许多坎坷,知道她的人,都很敬佩她的坚强。

主持人提的第一杯酒刚落肚,滑大姐就按捺不住激动的心情说,她把她这24年的情况给同学们说说,见到同学如亲人,不说她难受啊!她开始带着表情说起来。她毕业后回到左中任旗妇联主席,后来又任旗计生主任,是非常有前途的女干部。43岁那年北京市给知青最后一次返城机会,返城后可以给子女落户。她走在了人生的岔路口,怎么办?回城,奋斗20年的仕途毁于一旦,不回,两个孩子就回不到北京,上不了好学校。她苦闷、彷徨,哭了几天几夜,最终她选择了回城。作为母亲,她为孩子毅然决然地放弃了自己心爱的事业。当时轰动了左中,这样有前途的女干部怎么会放弃?有很多人挽留她,她再次哭湿了衣襟……

回到北京她还算幸运,被安排到海淀区计生委重新当一名职员,两个孩子也如愿上了好学校。她说,她很惬意,很值得。后来女儿上了可心的大学,儿子也考上了军校。她整天乐得合不上嘴,感到丢了官不后悔。

可天有不测风云,就在儿子军校毕业,即将走上工作岗位时,突然被诊断患了脑瘤。这一变故如晴天霹雳,她差点被击倒。她说,为了儿子能活下来,她要挺住！脑瘤长得位置特殊,不好手术,做手术有瘫痪的危险,甚至危及生命。又是一个艰难的抉择,她毅然选择了手术。这个时候的母亲是怎样挺住的？是撕心裂肺啊！她讲到这里哭了,大家都哭了……

她抹着眼泪说,还好手术完诊断为良性。可儿子能不能站起来还是个未知数,她坚定地说,只要活着就好。

从这一天开始,她用自信和坚强,用母爱那一勺水、一勺粥、一个个亲切和激励的眼神、一句句温暖而鼓励的话语,激励着儿子活下去,让儿子满怀站起来的决心和斗志。整整三个年头,一千多个日日夜夜,儿子终于站起来了！

我们都含着泪水,高兴地为她鼓掌。大姐站起来说,她现在有孙子了,儿子除了眼睛留点毛病,依然很棒。大家又是热烈的掌声……

这顿晚餐美酒佳肴已无味了。我望着苍老的大姐,赤然起敬,她平凡,就是一个普通的北京市民,但她伟大,她为了孩子勇于放弃自己的事业,她用母爱的力量拯救了儿子、拯救了家庭。

"我现在上老年大学,每天练书法和跳舞。人要心态年轻,要快乐,要对生活充满希望……"大姐又在高声感慨着。

是的,这个世界充满着爱,只要人人都像这位母亲一样,社会就会和谐。人人都会和谐相处,就没有战胜不了的困难。

敬礼！大姐,谢谢你这生动的一课。

2010 年 9 月 5 日

走进花香飘溢的地方

时间过的真快,记得刚来这里时还是漫天飘雪的冬天。一晃已经十个月过去了,现在的景色却与当初截然不同。

远望农科院,挺拔的松树,多姿的杨柳,谦恭的垂柳,还有那争奇斗艳的万寿菊、向日葵,簇拥着农科院现代化的建筑。掩映在绿树鲜花丛中的两幢现代化大楼,是这历经60年风雨老科研单位再展雄风的标志。

走进千亩科研试验田,我被这浓浓的绿色迷住了双眼,被这飘溢的花香醉了心房。

早就远远听见朗朗的笑声,原来是几十名科研人员正在试验田里,给玉米、蓖麻、高粱套小袋。这对于第一次接触农业科研工作的我来说甚是不解,问他们为什么给庄稼都戴上"帽子"?科研人员笑哈哈地说:"现在正是玉米、蓖麻、高粱等作物的授粉期,我们正在给作物授粉,这是搞科研试验的关键期。"我好奇地问:"这授粉非得顶着烈日啊?"他们回答说:"越是烈日授粉效果越好!"我禁不住肃然起敬。在常人的想象中,科研人员应该是坐在装有空调的实验室里,穿着洁白的衬衫,打着鲜艳领带的"金领",没想到现实中的科研人员比农民还辛苦。

在蓖麻试验田,遇到了正在忙碌的蓖麻专家、副院长朱国立研究员,他是市政府奖励的首届拔尖科研人才,在蓖麻研究上很有建树,他带领他的团队研究的蓖麻新品种"通蓖"系列拥有自主知识产权,这在国内是第一家。见到我,他放下手中的活,满脸自豪地说:"看吧,这就是咱们正在研究的矮化蓖麻和彩色蓖麻试验田!"我第一次近距离看蓖麻,蓖麻花开了,开得五颜六色,飘着特殊的香气。老朱说,蓖麻是通辽的知名品牌,是咱们农科院自主创新的成果,在全国是首屈一指的。问他为什么搞矮化蓖麻呢?他说,蓖麻个高不一定产量高,而且消耗地力、肥力,抗逆力弱,矮化后产量不减,还把有限的地力、肥力发挥到了极限。

谈起蓖麻,老朱口若悬河。他说:"蓖麻是个阳光产业,浑身都是宝,是石化工业的好原料,也是可以替代的能源作物,还能给农民带来可观的经济效益。"老朱的话音未落,从玉米试验田走来了个子不高、留着短寸头、戴着近视镜、走路像一阵风似的玉米专家——副院长张建华。这个年轻人,睿智开朗,幽默健谈。他今年才37岁,已经是内蒙古有名的玉米专家了。他和他的团队早在2004年就研究出了自治区第一个国家审定玉米品种——通科1号,填补了自治区国审玉米品种的空白。

这几年,他带领自己的团队每年都研制出1—2个新品种,是个多产的专家,也是市里奖励的科技拔尖人才。张建华把我领进玉米试验田,他充满自信地指着一排排玉米说:"看看吧,玉米正在开花授粉。""玉米也开花?"我问。张建华笑着说:"不但玉米开花,高粱也开花,所有的作物都开花。"他说:"通辽是个玉米大市,不研究出玉米好品种,我们心里有愧,咱们的通科品种在不断地完善提高,还没有真正让农民满意。根据全市不同气候不同地力,研究出高产有抗病能力的玉米品种,让农民真正得到实惠,这是全体科研人员最大的心愿。"谈到最满意的品种时偏偏把我领到另一排玉米试验田前,他边摸着玉米穗,边向我介绍,这是目前这些品种里最满意的,不但长势好,而且产量高。预计用上等的水浇地,亩单产能达到1000公斤,而且抗逆性强。我虽然是外行,看着玉米长得水灵灵的,玉米穗又粗又长,非常振奋,禁不住问:"这品种怎么称呼,每亩能产多少?"他说:"这是小穗耐密型的,每个穗能产粮半斤左右吧。通过对比试验,比目前我市普遍种植的产品增产10%—15%左右。"

我们边说边走着,又来到一片矮矮的高粱试验田。壮壮实实的矮高粱,刚齐腰深,一株株精神抖擞。老朱说:"这是最新成果——矮化高粱。"他用手拽着高粱穗说:"矮化高粱的特点是早熟,无霜期只有90天;耐密每亩能种到1万株,还适合机械化收割。我市的北部都能种,无霜期长的地区可以搞复种、倒茬。"看着一株株长得矮矮的高粱,我的心也像喝了蜜一样。

观赏完蓖麻、玉米、高粱,我们又到了万寿菊试验田,成片成片的杏黄色的万寿菊花开得正艳,像张张笑脸欢迎我们的到来,花艳、花香真的要把我醉倒了。

我还在花海中陶醉,两位专家打断了我的思绪,介绍说万寿菊是一个新品种、新产业,从花中提取色素,这是农科院和山东合作的项目。万寿菊产业前景可观,能够增加农民收入。今年他们在各旗县都布置了示范点,种植面积比去年扩大一倍。在科研人员的指导下,农民拈花弄草也挣钱啊!

万寿菊花开了,向日葵花开了,花香四溢;玉米花开了,蓖麻花开了,香飘满院。

蓦然,我从沉醉的花香中醒来。这无尽的绿草,这满园的鲜花,飘溢的不仅仅是花香,更飘溢的是科研人员对农民的一片深情!飘溢的是科研人员的奉献精神!

2008年8月18日

大气磅礴的鄂尔多斯

金色八月,我参加完内蒙古农牧学院院庆一百周年后,再次赴鄂尔多斯学习考察。这已是我第三次赴鄂尔多斯了,这次让我触动非常大,我感到鄂尔多斯真是大气磅礴,激情四射,催人奋进,令世人折服!

鄂尔多斯蒙古语的意思是"众多宫殿"。这块土地在改革开放前,穷得出名。改革开放后,30年来一跃进入内蒙古经济发展"第一方阵",综合实力跻身全国百强城市第28位,成为西部大开发国家新能源工业基地,成为中国改革开放30年18个典型地区之一。被中央领导称为"璀璨的明珠",被胡锦涛总书记誉之为"鄂尔多斯模式"。

鄂尔多斯市委书记在全市党员干部会议上发出振聋发聩的声音:"我们必须以壮士断腕的决心和凤凰涅槃的勇气,开辟新天地,开拓新境界。不经历风雨,难见彩虹,从量变到质变是一个痛苦过程,阵痛之后才能获得新生。"他们就是靠这种精神建设了一个新的鄂尔多斯,打造了鄂尔多斯模式,创造了鄂尔多斯速度。

鄂尔多斯不愧为新崛起的美丽新城。康巴什新区宛如一幅画卷,让人感觉它融秀气、灵气、大气于一身,那绿树、花草宛如花冠,街道小区干净整洁,居民文明、和谐富裕。那开阔的大广场,那演奏着美妙音乐的喷泉,会使人陶醉。漫步在林间小路上,你可以大口呼吸到大自然给予的新鲜空气。当你坐在大巴车穿行在大街上,高耸的一座座别致的楼房富丽堂皇,不觉让人感慨:"这是鄂尔多斯吗?"

走进宽阔的成吉思汗广场,"天马行空""大地母亲""四海归心""一代天骄""文明世界",五组宏大的雕塑令人心灵震撼,以"蒙古源流""蒙古黄金史""蒙古秘史"三本书造型和似蒙古女人头饰帽子形状颇具蒙古民族特色的宏伟建筑,与现代元素构建的会展中心,将康巴什新区托起,把蒙古民族文化表现得淋漓尽致,把蒙古民族文化和现代文化结合得浑然天成。蒙古族婚礼把蒙古风情、风俗演绎得浪漫纯朴;魅力康巴什,情动康巴什,用文化的神韵铸就了鄂尔多斯崭新形象,形成了秦晋文化南北交融的歌海舞乡。

当你走进神奇的鄂尔多斯,不仅能感到它神奇,而且会感到这里的人民的神奇!写到此,我想起在东胜区当副区长的千慧芬同学的一句话:这个神奇是用我们鄂尔多斯人民的智慧和力量创造的!

2010 年 9 月 12 日

那个飘雪的夜晚

  2010年的第一场雪来得早,下得铺天盖地,通辽已有多少个冬季没下这样大的雪了。看着漫天飘舞的雪花,我浮想联翩。我喜欢冬季,因为我是冬天出生的,我也喜欢雪花,不是因它洁白无瑕,而是敬仰雪花的风格。雪花在必要时会融化自己,滋润大地,只求奉献不求回报。所以我无数次用雪花抒情、励志。可能雪花也偏爱我,我人生中几次重要的转折都有雪花的陪伴……

  2007年11月19日,这一天对于我来说是一个特殊的日子。这一天,我离开生活工作了47年的扎鲁特旗,到通辽一个新的岗位工作。

  早八点我和马砚春、宝音达赖等4位领导同志,在扎旗旗委参加了六大班子的欢送仪式,又到旗政府工作过的地方辞别。政府办的同志们和各科局的同志们都下楼与我道别,看着工作了八个春秋的办公大楼,我百感交集,怕眼泪掉下来,跟大家摆摆手就赶紧登车离去,甚至没再敢回头看一眼。就这样,我匆匆辞别了曾经奋斗过的故土,告别了一起战斗了多年的战友们,告别了养育了我的父老乡亲。

  坐在车上,我努力睁大眼睛,想多看一眼车窗外自己曾经修过的小巷,多看一眼自己栽过的树,多看一眼自己曾经建过的楼、修过的河……

  司机一声"下雪了",打断了我的思绪。雪花拍打着车窗,看见雪花我很兴奋,自言自语地说:"瑞雪兆丰年啊!"我这个草原汉子踏着雪花步入了通辽,踏着雪花步入了新的工作岗位。

多少年前就听说过通辽有个农研所,后改名为农科院,在钱家店镇。可是没去过,究竟什么样子啊?我真恨不得飞过去看个究竟。到了通辽,我先到农牧局报了到,组织部领导忙,直到晚上7点多钟才把我送到农科院。冬天的7点已经很黑了,我透过飘着的雪花,只看了农科院一个轮廓。农科院为我举办了欢迎会,到了会议室,除了台上的领导熟悉,挤坐那里的干部们一个也不认识,我顿感陌生和孤独。

这就是我心中的农科院,这就是即将与我风雨同舟的新战友。欢迎会结束了,迎接的酒宴也结束了。领导和同志们都走了,但我不想睡觉,外边还飘着雪花,我不顾寒冷,披上风衣走出门。雪夜没有月亮,只有雪花发出的寒光。我绕着三个办公楼转了转,心想虽说是农村,可大楼却挺气派,这在某种程度上给了我一点点安慰。

夜已很深了,我还是一点困意都没有,白天辞别那一幕幕老在眼前闪现,让我心里一阵阵涌起酸楚。欢迎会上局领导描述了农科院的现状,并要求三年走出低谷,我这才恍然大悟,摆在我面前的不是一马平川,而是一条布满荆棘的路。此刻,我感到从未有过的压力,我又披衣下床,拉开窗帘看着纷纷飘落的雪花。突然,一道光滑过雪夜,也滑过我的心头,我打了个冷战,定了定神,这是我吗?我胆怯过吗?我朝着窗外的雪花一拍胸脯:"睡觉,雪花你等着,明天的太阳肯定会把你融化!"

2010 年 10 月 21 日

人生的标尺

2011年4月16日上午,我看望了我的两位老领导张家骏、包巴雅尔,这是我调到通辽工作后的一个心愿。在我的人生、学业中遇到的几位好老师张青山、张可新、田玉龙使我终生难忘。

1998年,我从农村回城,想的第一件事就是看望老师,我更希望帮助他们,报答他们的愿望实现了,觉得良心上得到了安慰。在工作后遇到了几个好领导哈斯敖其尔、安庆祥、王珀、张家骏、包巴雅尔、白林坤等等。老领导对我有知遇之恩,没有他们的信任和提拔就没有我的今天。我将终生感恩,还将告诉我的后人记住这些恩人!

这几年,我相继看望了这些老领导,最后看望张、包两位书记的。因为他俩不仅是扎旗的一把手还是市领导,我觉得我来通辽工作有所为才能面见他们,反之无颜去面对两位老领导。

1981年3月23日,我到扎旗旗委办公室当秘书,当时选秘书条件也很严格,必须是党员干部。两个基本条件我都不具备,当安庆祥主任向张家骏书记请示此事时,当时张书记犹豫了。安主任说我文笔好,经常见于报端。张书记点头了,认为我发了不少文章,将来可能错不了。就这样张书记和安主任破格同意我调入,对于那个时代不是党员、不是干部到党委机关当秘书的确是破天荒了。我是遇到两位是才必举的好伯乐,是他俩给我放低了门槛,给了我人生转机,给了我施展才华的平台,那年我才24岁。

从这以后的三年里,我经常跟随张书记下乡,当时张书记坐的是一台212吉普车,正赶上轰轰烈烈的农村大包干,这是我人生的幸事,让我经历了农村改革的全过程,不仅仅受到教育,而且真正地理解了农村,理解了农民,从骨子里印下了只有"包"就灵。张书记工作作风扎实、朴素、平易近人,农牧民都欢迎他。他经常住在老百姓家,一住就是半个月,从不搞特殊化,就吃老百姓的粗茶淡饭。当时搞大包干的点是扎旗香山镇的中心屯,我们就常住这里,包干工作搞得有声有色。王珀主任的一句"自由就是幸福",道出了农民的心声,道出了经验。自治区党委书记周惠专程来调研,盟委书记阿拉坦敖其尔经常光顾香山镇,盟委秘书长张佐才要把香山的经验上报中央。那个难忘的夜晚我永远忘不了,王珀主任口述,我写,张书记改,秘书巴布抄写,整整写了一夜。天亮了,张书记在写完的文稿上给佐才秘书长写了几句话,并递给我,让我7点前送给他。时间过了几个月,我们惊喜地看到在人民日报第三版上整版刊登了香山镇中心屯的大包干经验,虽然没有写上张书记和我们的名字,但我们说的话都在里边,我们和张书记一起喝酒庆贺,分享喜悦。后来听说这篇文章还成了中学生的范文。这段改革历史对我刺激很大,我写了很多报道、评论、纪实,还写了十几篇短篇小说,代表作《红媒》《初春的冰雪》《新调来的旗委书记》《儿有理说倒爹》《你不是普通老百姓》等等发表在党报党刊上,以此抒发我对农村改革、对我身边领导的情感。这也是我文学创作的高峰期,白天写逻辑思维,晚上写形象思维。有一天王珀主任对我说,你得认一头啊,不然两头都出不了头。从此,我安心写政论文了,文学淡了。跟张书记在一起的日子是难忘的,他的人品、官德、清廉、公正、才学都令人折服,比如他每年春节都请我们秘书、司机到他家吃饭。他亲自下厨做菜,跟我们这些身边工作人员开怀畅饮,待我们如亲人,我从他的身上学到的受益终身。

1986年7月,我大专毕业回到旗委,能否继续到办公室工作还是问号,也是我人生的一个转折点,个别人还放风说让我去史志办,过了一段时间,办公室忙材料,王珀主任让我上班,又开始了我的秘书生涯。这时候我开始为包巴雅尔书记服务,我虽然听不懂蒙语,但包书记还是带着我下乡。包书记平易近人,非常谦和,关心部下。有一次他带我到巴雅尔图胡硕镇下乡,一住就是半个月,我们逐个村子走,而且还住在牧民家,有时候牧民给我们准备什么,就吃什么,从不摆阔;他知道我听不懂蒙语,还会用汉语说一遍;怕我吃不惯蒙餐,总关心我吃得咋样。他的体贴让我发自内心地崇敬他,特别是他对待牧民像亲人,问寒问暖,问生产情况,有时候看到困难的,他就千叮咛万嘱咐让他好好干,看到无灾病业的困难户他就眼睛湿润了。我被他心系百姓的精神所感动,他在我内心深处打下了党的干部形象的烙印。当时在我们心中,旗委书记那是天大的官,在老百姓心中那是"王爷",可这官没有一点架子,那是发自内心的亲民、爱民。

　　1986年10月的一天,盟委办公室秘书科长周义民等人专程到扎旗,调我到盟委办公室工作。包书记听后拒绝了,他肯定了我的能力,他认为年轻干部还是在基层这个大舞台锻炼更好。就这样我的人生历程又和扎旗结合在了一起。正如包书记所言,农牧区给了我人生施展才华的大舞台。1987年5月17日是我人生最难忘的一天,我被旗委提拔为副科级。此举说明包书记非常信任我、器重我,是包书记给了我人生一个新的起点。

　　当了副科我依然还陪包书记下乡,无论在车上,还是在其他场合,他总是叮嘱我要谦虚勤奋,要有官德品行,要注重调查研究,做事脚踏实地等等。这些话仍记忆犹新,鼓舞了我几十年。从那以后我跟着他搞了扎旗北部经济发展的目标、规划,还抓了一批农牧区的致富典型,比如将查干莲花办乳品厂的典型在全盟推广等等。1988 年 7 月,包书记率先解放思想,带领旗有关经济部门负责人赴辽宁省考察学习。这次考察历时十几天,使大家受益匪浅,他亲自主持会议研究如何打开思想之门,让我写出一篇有分量的考察报告,我写出来后他亲自修改。这次考察可以说是扎旗改革开放迈出的第一步,确实打开了各级领导干部的思想之门。

我和包书记在一起工作的日子近三年,和他的家人也相处得很好。从他身上学到的不仅仅是本事,更重要的是做人的品德。包书记在扎旗的美誉还有一个是位好丈夫,他老伴年轻时就基本不能行走了。包书记无论工作多忙,都耐心地照顾着老伴,有时我去他家看到他下厨房、洗衣服,什么活都干,哪像个旗委书记啊。特别是对长期有病的老伴精心服侍,不离不弃的品德令人起敬,也令那些官升妻走的人汗颜。

有一年,包书记去扎旗,我陪他吃饭。他对我说,这些年想跟你说,那年盟委调你,我没让你去,如果去了可能会更好。我说去可能没有今天,当时我已是副旗长了。回过头来说这件事,我感到很庆幸包书记没放我走。如果走了,我怎么会有十年镇委书记的历程啊,怎么会有八年副旗长的岁月啊!这十八年让我的人生充实、富有,也让我真正地品味了人生的苦辣酸甜。所以,我要衷心感谢包书记,他让我走进了农村的广阔天地。

"一个人爱的最高境界是爱别人,一个共产党员爱的最高境界是爱人民。"我这两位老书记就是这样做的,他们的一生把党的事业始终放在第一位,把老百姓放在第一位,我在他们身边工作多年,他们从未跟老百姓发过脾气,摆过官架子。我跟随他们六年,是学习做人、做事、做官的六年。他们的好品德、好作风都刻在了我的心坎里,成了我的人生标尺。

人们现在常说在家有个好父母、上学遇见个好老师、工作遇见个好领导,是人生幸事。我遇见这两位好领导真是我的福分了……

现在,两位老领导都已年近 80 岁了,我衷心地祝福两位老人家健康长寿,晚年幸福!

2011 年 7 月 16 日

不要吃别人嚼过的馍

在我的人生中有三位永远值得敬重的恩师,其中一位就是王珀。

王珀是我到旗委办公室当秘书时的分管主任,是我们旗上世纪六七十年代有名的才子。他一生坎坷,到五十岁时才得以出人头地,当了一届常委、办公室主任和政协副主席,按他的能力应该是个省级领导的料。

1981 年 3 月 24 日,我以两无的身份(不是干部、党员),只因为有点小名气,调入了旗委办公室。上任第一天,王珀找我谈话,他表情严肃地说:"你的文章我都看过了,文笔还不错,但是我们这一行讲究的是逻辑思维,理论性很强,跟你所写的新闻和文学作品截然不同。说白了,这行的文章不但要摆事实讲道理,还要正确理解党的政策,有新的思想,能说服人,指导工作。"

一席话把我说懵了,原以为自己有两把刷子,结果是一张白纸。我就这样开始了漫长的秘书生涯。写一篇是新闻,又写一篇像议论文,再写一篇像散文。老主任鼓励我:别急,由其他文体风格过渡到政论性写作需要慢慢摸索,它要有个过程。写啊,写啊,不知熬了多少个日日夜夜,终于有点接近要求了。我有几分得意,并喜形于色。有一次旗里搞调研,列出好多提纲,秘书当然是主体。我们几个下去调研了近半个月。回来后,我用了几天的时间整理了调研材料,并报给了老主任。想不到,老主任看了我写的材料,就说了两个字"重写"。那天,我头都大了,不知自己是怎么走出他办公室的。

本以为自己开始上道了,却没想到还是过高估计了自己。那天下午他把我叫到办公室,绷着脸气哄哄地问我:"你知道为什么重写吗?"我说:"我写得不好。"他使劲地拍着桌子:"'不好'两个字怎么解释?"我说:"没有深度。"他说:"什么叫深度?你的这份材料写得不仅没有深度,而且和去年、前年写的水平没什么两样!我跟你们说过多次,要有新的思想,什么叫新的思想?就是常言说的'不吃别人嚼过的馍'!"

这次暴训让我豁然开朗,明白了吃人家嚼过的馍没味道,不吃人家的馍就是创新。老主任还常说,毛主席为什么成功了,就是没有按着共产国际的模式进行中国革命,而是把马克思主义理论与中国实际相结合,走了前人未走的路。写文章也如此,他说无论写文章,还是发表看法或将来当领导讲话,不要随便写,随便说,一是要有逻辑,就是有条理;二是要有新思想、新思路或新办法,做到不新不写不说。虽然他经常训我们,但大家还是非常愿意听他讲话,因为觉得他有水平。老主任经常对我们说:"我水平并不高,我写的,我说的,就是把学到的东西和工作实际结合了,这个结合点就是创新。要说我有比你们高的地方,就是多读了些书和报刊,吹着点说,比较勤奋。"我和老主任在一起工作七年,在老主任的指导下,我每写一篇文章都遵循"不新不写不说"这条原则,渐渐的,王珀主任有了笑容。可以说我的这点进步,不知道老主任操了多少心,整整七个春秋,不知为我修改了多少篇文章。

我读完大专回去后,当分管文秘的副主任,他叮嘱我别忘了"不吃别人嚼过的馍"。后来我到乡镇工作他又叮嘱我,工作也和写文章一样。是老主任把我从一个单纯撰稿者变成了一个有思想、懂管理的文人。走上领导岗位后,我依然把老主任的话作为行动的指南。无论在哪个岗位上,都把勤奋放在首位,结合具体工作勤动脑,找思路,研究如何创新。虽然很辛苦,可是没有苦哪会有甜啊!

  我庆幸在人生最关键的时候遇到了恩师王珀,让我成了一个对社会有用之人,也给我个人带来了幸福和快乐。在此,晚辈再次代表全家跪拜谢恩师!祝恩师健康长寿!

2009 年 12 月 7 日

情洒天路

2011年7月,我和大家一起赴葫芦岛、北戴河旅游。旅行的第一站是笔架山,导游说不走天路枉登笔架山。大家问:"走什么样的天路啊?"导游神秘地说:"到了你就知道了。"给了我们一个悬念。偏偏天公不作美,路上耽误了1个多小时。因此,导游不无担心地说,一般下午三点半有一次涨潮。如果涨潮后咱们赶到,也许就走不了天路了。

还算幸运,赶上了走天路。远远地就看见了笔架山的身影,导游说徒步走天路,每个人都要穿拖鞋。所以,一下车大家就赶紧换鞋,找相机,兴奋的表情瞬间爬上了每个人的嘴角眉梢。导游手一指说:看见了吗?我身后的这条天路,就是很多人来到笔架山最大的向往!时间紧迫,我们得加紧步伐,否则就走不到对岸了。笔架山远看不高,也不远,给人的感觉是走一段路就到了。导游说,去时咱们步行,回来就可以坐船了。我当时想,这么近的路还坐船,心里还不服呢!

前十分钟大家走得非常开心,速度也快,可渐渐地速度就慢了下来。原本以为挽起裤腿就行了,可是越往里走,海水越深,已经没了脚踝,慢慢没了膝盖,而且水下全都是碎石头,踩上去滑溜溜的,拖鞋都穿不住。我们就这样深一脚浅一脚地试探着往前走。突然,一不小心,我的鞋被海水冲跑了。我只得一手拽着王强,一手去抓鞋。鞋抓住了,身子却倾斜到了水中,弄得浑身上下全被海水浸透了。

之后,我的鞋又被冲跑了三次,好在都追回来了。可走在我前面

情感写真　203

的两个导游就没那么幸运,她们的鞋被冲跑了,俩人蹚着水追,鞋没追上,还在水中摔了一跤。俩人虽然浑身是水,但仍开心地大笑着。随着海水不断加深,沙石路不见了,水路越来越深,我是一米八的个子,但水已经没到我的腰了。我着急了,大家也都紧张了起来,开始还蹦跳的年轻人也变得小心翼翼了。同时大家也自觉地互帮互助,男同志主动地帮助女同志背起包,结成人墙,相互搀扶着一步一步前进,有的人鞋被冲走了,就干脆赤脚前进,有的人脚被石头划破了,还坚持走下去,我不无担心地时时回头看看后面的人。还好,大家没有被涨潮吓倒,都坚持向前走着。

经过艰难的跋涉,我们终于平安登上了岸。看着彼此浑身都湿漉漉的,大家逗着趣,有人说太惊险了,有人说太刺激了。因为背包被水泡了,好多人的手机、相机都给泡湿了,不能拍照,让大家很扫兴。我说:"人平安就好。"

说实话,望着涨潮后的大海真有点后怕。可是再看看这支团结和谐、充满激情的队伍,我心中充满自豪,虽说我们没有经历大风大浪,但一件小事体现了同志情,也彰显了团队的凝聚力。

2011 年 7 月 21 日

想起恩师

　　写作成就了我的事业,而引领我走上写作道路的是恩师高忠发。
　　我一直把高忠发认作我的第一个恩师。记得那年我17岁,高中还没毕业,就发疯似的想写作,可又不知道从何处入手,我和程柳松就贸然地拜师到高忠发门下。当时高老师是吉林省广播电台驻哲盟记者站站长,看着我俩傻乎乎的样子,他就送给我们一句话:"写吧,两三年就撸嘟出来了。"就是这么一句土话,给我们垫了底,把我们认为写作比登天还难化为如走平川,增强了我们的勇气和信心。"两三年就撸嘟出来了。"那时还小,还不大理解深层次的意义,我俩还笑着问他:"两三年能吗?"
　　从拜师之日起,他每个月都给我们邮寄学习材料,我们走到哪里就邮到哪里,无论是学校还是农村、机关,邮了近十年。每当接到"吉林省人民广播电台"九个大红字信封时,既激动,又自豪,又感到有压力,暗暗地想老师在催我们呢,得写呀,不写对不起老师啊!就是这个想法,就是这一份份材料,促使我俩默默地写啊,写啊!真是两三年后我们的文章见了报端,接着我们又相继当上了编辑,成了新闻工作者。
　　2006年,我俩把老师接到草原叙旧,闲聊中我们提起那句土话。老师的激励和关怀,让我们坚定地拿起了笔,也就是这支笔给了我俩辉煌的事业、幸福的家庭和快乐的人生。也是恩师这句话和做人的品德,让我终身受益。每当遇到困难时,想起恩师的话,就觉得没有克服不了的困难。所以我也常想,我不能丢了这支笔,它给了我无穷的智慧和力量,给了我无数的情趣和快乐。它记下了老师对我的恩情,也记下了我人生奋斗的轨迹。

2009 年 12 月 1 日

匆匆过丽江

早就耳闻云南丽江很美，可 1997 年去云南，因为某种原因没能到丽江，成了我多年的遗憾。十几年后的今年 3 月 17 日，国家蓖麻协会在丽江开会，我和朱国立有幸参加。坐了一天的飞机，晚 10 点我们顺利到达丽江。

丽江不愧为古城，真有"古"的韵味，走在石板路上，看着古式建筑，看着沿街家家户户都挂着小灯笼，好似走进了影视剧中的"唐朝"。美丽的丽江处处透着古朴，可惜因工作忙只住了两天，但仅此两天就让我粗略地了解了丽江，享受了丽江之美。

丽江不仅是自然风光荟萃之地，也是文化积淀深厚的名城。这里不光有圣洁的雪峰、绿色的森林、湛蓝的湖泊，也有古老的文化、自由的信仰、手足般的民族情谊……

没有城墙的古城

丽江深藏在祖国滇西北高原的山水之间。据说是因为金沙江古称"丽水"而得名，也有人说是因为万里长江在这里形成第一湾而得名。

丽江古城，原名"大研镇"，海拔 2416 米，位于坝子中部。周围青山环绕，如同一块大砚，而它两面的文笔山形似一支笔。笔砚俱全，"研"与"砚"同音，所以古城也被称为"大研"。

藏于深山老林中的丽江,早在10万年前便有了人类的活动。被考古学上定为"丽江人"的头盖骨化石,有着明显的蒙古人特征,表明在10万年前老祖先们就生活在这里。而最早来这里生活的是纳西族。

丽江在重重大山的包围之中,是中国众多历史文化名城中,唯一没有城墙的古城。城池无城墙,据说是因木氏土司的姓是皇帝所赐,木字加口便成"困"字,有陷入困境之意,不吉利,古城因此破例不筑城墙。但古城拥有三座山守护,它们是:象山、狮子山、金虹山。狮子山上有一眼奇泉,终年流水不断,如同充足的奶水,因而叫做"狮子奶"。三座山像忠诚的卫士,保卫着没有城墙的古城。三座山上的巨岩遮住了冬季的寒风,森林带来夏天的凉爽,四季花开,树木常青,藏风聚气,冬暖夏凉。堪称世上最宜人居的城市。

丽江古城兼有山城之貌,水乡之容。水也是大研古城灵魂之所在。

古城的水

整个古城的泉水自然流淌,像脉络一样布满古城。据说,古城的水源于城北黑龙潭。黑龙潭的水又源自玉龙雪山的冰雪,这股天赐之水从山麓周围的古老栗树、岩石间喷涌而出,奔向大研镇。由此,再分成无数条水渠穿街过户,形成条条街巷有小桥,家家户户有清溪的美丽图画。

古城的小桥

因为有水,所以桥就成了另一道风景。城中一座座古朴灵动的石拱桥、石板桥、木板桥联结起了傍河的大街、临水的小巷、靠溪的房屋,桥也成了两岸交通的枢纽,是登高眺望古城秀色的观景台,还是人们侃古说今讲笑话的聊天桥,四乡八街进城赶集人的歇脚地。古城的桥因水的不同而千姿百态,各具风采。

古城的古道

　　古城的路俗称古道,最久远的已有几千年的历史了。只要踏进丽江,你就会发现脚下的路与众不同。据说古镇的石板路面全用当地特产的五彩青石铺成的,石料都是丽江大山里采来的。天晴时不觉有异,雨后的石头五彩缤纷、光彩夺目。新华街是丽江最早的茶马古道,自古以来为连接北出中缅方向及进藏马帮的出入之道,踏上茶马古道,会让人顿感一路陈迹、一路沧桑。

玉龙雪山

　　玉龙雪山由十三个山峰组成,从北向南纵向排列,主峰扇子陡海拔5596米,其他12座雪峰海拔均在5000米以上,宽约13公里,长约35公里。十三峰晶莹洁白,在云雾中时隐时现,宛如活灵活现正在腾飞的玉龙,故而称为玉龙雪山。相传玉龙雪山是纳西族保护神"三朵"的化身,这里的人们每年都要举办两次祭奠仪式。玉龙雪山的主峰因大部分时间都会被云雾遮住,远处很难看到,大有"神龙见尾不见首"之势。只有偶尔云开雾散的刹那,才能一睹"玉龙"真容。

　　面对玉龙雪山的神奇脱俗,无数人为之倾倒,画坛巨匠吴冠中就是其中一个。1987年初夏,他来到了丽江,不巧的是这段时间天公不作美,玉龙雪山总是躲在云层后不肯露面。痴情的吴冠中就在山下搭上工棚,下定了不见玉龙山誓不归的决心。不怪说心诚则灵,十多天后的一个午夜,玉龙山主峰终于从云层后走出,吴老欣喜若狂,竟扑地泼墨挥毫,神来之作《月下玉龙山》便这样脱笔而出。老人家在画面上还即兴题了一首七绝:

  崎岖千里访玉龙,
  不见真形誓不还。
  趁月三更悄露面,
  长缨在手缚名山。

  我和朱国立乘索道登上了海拔 4050 米的玉龙山,因为高海拔,加上天冷,刚上来我就感到喘不上气来了,朝着最高峰没走 20 米就走不动了,我败下阵来。老朱继续向上走去,我在休息室吸氧,望着雪山兴叹,好容易来一次,却没能登上顶峰,留下了终生遗憾。

  在休息室坐久了,还是缺氧,只得乘索道下山,到了另一个休息室,这回身体颇感舒适些。可我不甘心,漫步在介绍景观的长廊里,并把描述玉龙雪山的美文都一一记了下来。"雪山草甸天上人间,纳西般弄国。登上牦牛坪,玉龙雪山雄奇壮丽的群峰豁然眼前。牦牛坪纳西语就是般弄国,意为美丽神秘的天堂。这里春秋时节繁花似锦,遍地斑斓。夏天绿草如茵,牦牛闲牧。冬季银装素裹,妩媚妖娆,四季景色各异。牦牛坪深藏着迷人的高山湖泊,湖中倒映着洁白的雪峰,湖畔盛开着美丽的鲜花,远看就是人间天堂。"

  还有一段美文:"气度非凡的玉龙雪山,是丽江最壮美的自然景观。玉龙雪山是气势磅礴的伟丈夫,亦是风姿绰约的美女子,高耸入云,清新俊秀,在'天人合一'的古朴意识里,玉龙雪山理所当然成了最尊贵的山体。"山美，写的也美，谁读了这段美文都会迫不及待地想游丽江，登玉龙雪山！

厚重的文化

　　漫步在古城的街头，会发现这里如同一个天然的民俗文化博物馆，总让人有欣喜的发现，大街小巷各个酒肆、书店药房、古物市场，门前的镏或烫金边的牌匾通常由汉文、东巴文与英文三种文字并书，看上去很规范。导游、出租车司机给我们介绍纳西语言和文字，还向我们介绍了纳西族和摩梭族的婚姻，特别是摩梭人的定婚。走婚是"母系"家庭中重要组成部分。成年男子"走婚"是一个传宗接代繁衍后代的途径，只是不同于其他民族夫妇常年生活在一起。他们是日暮而聚，晨晓而归，暮来晨去。
　　这里男不娶女不嫁，没有翁婿、婆媳、妯娌、姑嫂等关系，更不会有第三者、婚外恋，家里如有男人，也都是舅舅。因为他们是以舅掌礼仪、母掌财产来进行家庭分工。
　　我漫步在古城的古道上，领略着丽江优美的山水、独特的民俗和人文景观，感悟着丽江源远流长的历史文化。
　　在我们将要离开的前一天晚上，热情的丽江人专门为我们举办了篝火晚会，很多年轻人还都穿上了民族服装，拉起我们的手，唱起民歌，跳起民族舞，我们不分主客都陶醉在了歌舞的海洋。
　　玉龙雪山，泪多多！
　　古城的古道、小桥，泪多多！
　　丽江，泪多多！泪多多！（泪多多，纳西语，再见！）

2011年3月27日

呵　护

今天是大年初二,我们兄弟姐妹五人各携全家相聚在老父老母家。近二十年了,年初二都是这样过的。每到这一天两位老人就高兴得不得了。可自从我调到通辽工作后,感觉不一样了。今年我感触更深了,老母亲72岁了,身体不好,年前又住院了,我忙得也没回来看看。老妈见到我就诉苦,其实在埋怨我。我也很内疚,看到老妈病愈后苍老了许多,我心里一阵阵酸痛。做儿子的不尽孝,养儿子又有何用啊!

我的父母其实是非常明事理的老人,他们从不给儿女找麻烦,自己能做到的事,绝不会找儿女做。老父亲今年77岁了,这老头别看扛过麻袋,身体矮小,但有精气神,豁达乐观。可我才五十出头就觉得老了,老爷子77了还不服老呢,所以我在父亲面前觉得无颜,我的精气神马上涌上来了。

席间老爷子高兴了,看着儿孙们的成长惬意着,叙说着我家闯关东的故事。今年晚辈10个,就缺我儿子儿媳,老人默祷着,思念着。老人能不高兴吗?晚辈最小的都18岁了。看着大家快乐的笑容,我说有老人在,我们才真正幸福啊!

喝了两杯小酒,迷糊得想睡觉,我就躺在老妈身边,迷迷瞪瞪地睡着了。朦胧中感觉老妈用衣服给我盖上脚、又盖上腰。躺在老妈身边美美地睡了一觉,醒来老妈还让睡,我突然感觉一股暖流。五十多岁了,在妈身边还是个孩子。我起来了,我媳妇也困了,她又躺在老妈身边打起呼噜了,老妈又是一阵盖……

我看着饱经风霜的老妈,看着赋予我生命的、用母乳把我养大的老妈,虽然她没有力量为我们做什么,但她用那伟大的母爱在呵护着我们,在保佑着我们。我默默地在心里享受着,有父母的孩子真好,真幸福!

我长期在忙工作,陪父母时间很少,想一想欠了老人很多。老人到了这个年龄太寂寞,他们需要的不是钱和物资,需要的是亲情。所以,有人问我为什么总回扎旗过年,我说我父母在,根在那里。是啊!无论你官多大、钱再多,别忘了根,别忘了为养育你的父母亲尽孝!

2010 年 2 月 16 日

童　心

　　小孙女仙玉快满两个月了,自从她降生以来,我的心里老是放不下。因为她家离我数百里,不能随时看到她,我就把她的照片摆放在办公桌上,还存在了手机屏上,办公室和家里的电脑屏幕都切换成了她的相片,使我时时处处都能见到孙女。看着孙女胖乎乎的、稚嫩的小脸蛋,就禁不住想亲她一口,她那双微笑的小眼睛,让我觉得有说不出的幸福。以前看到别人对隔代人亲近,我非常不理解。我是两个孩子的父亲,两个孩子小时候我也亲也抱,但却没有像看到小孙女这样的感觉。现在我是真真切切体会到了什么叫隔代亲了。每当打开手机、打开电脑时,就像见到了孙女真人一样,不自觉地叫到"小仙玉,小仙玉",还笑眯眯的、美滋滋的,有时候自己都觉得怪怪的。若有同事在身边总想让人家看看我家仙玉,还得逼问人家"看看孙女像谁啊"。现在想想,估计身边的人当时一定挺无奈的。哈哈,这就是人的本性。

　　有了小仙玉之后,我的生活中多了许多快乐的话题,不但和家人三句话不离孙女,就是在单位,也常会忙里偷闲说上两句小仙玉。无论什么烦心事,只要一提起仙玉就烟消云散了。你说说仙玉给我带来多大快乐啊!我夫人看到我把仙玉照片放到桌前,说我也变成小孩了。

　　自从有了小仙玉,我看到别人家的小孩也特别喜欢,仙玉让我多了一份过去没有的人间情感,也多了一份成就感,更多了份责任。如何把孙女教育成有用的人，当爷爷的自然有份。

在此祝愿所有的祖国花朵，当然包括我家仙玉，茁壮成长，平安健康！

2010 年 5 月 22 日

追　梦

　　今天 4 月 7 日,我和蔬菜研究所的几位同志到霍林郭勒市参观了设施农业。当我走进市农林局办的蔬菜服务中心、走进温室大棚看着绿油油的角瓜秧和西红柿;当我走进宽敞又颇具现代化气息的育苗中心,我按捺不住内心的激动和羡慕,我多想这些成就是属于我们农科院的。我定定神,不是,我是在跟人家学习呢,我边走边看,边做着自己的美梦……

　　今生注定,我和设施农业有缘。1995 年春天,组织上把我调到扎旗黄花山镇任党委书记,面对弹丸之地,怎样发展经济,致富百姓,我做的第一个梦就是搞设施农业。为了圆梦,我们镇党政班子成员人人带头借贷款建温室大棚,机关干部有条件的也带头建大棚。第一年就建了 30 座,这年春节我们吃上了自己温室种的绿木耳菜,把大家乐的,跟孩子老婆自吹自擂,恨不得让全世界的人们都跟着分享我们成功的喜悦。老百姓最信的是,眼见为实。一个大棚一年纯收入达到一万块。不仅如此,镇里还专门成立了蔬菜服务中心,建立了蔬菜小区等等。就在那种条件下,每年以建设百座大棚的速度,到第四年全镇大棚数量达到了 320 多座,"蔬菜"已成了黄花山镇的代名词。我们镇党委做出 10 个规划,提出建设千座温室大棚的宏伟目标。千座大棚是我的一个夙愿,也是期盼。1998 年春节过后的一天早晨,我走进了雪后的大棚,看着白色的雪、蓝色的棚膜、绿色的蔬菜、喷薄升起的红太阳,还有在棚内忙碌的菜农,我心潮澎湃,写下了散文《绿色的梦》。

　　带着《绿色的梦》，1998年初冬我调任鲁北镇任党委书记，工作重点虽然转移，但我没有放弃实现千座温室大棚的梦想。上任不到半个月，我就带领着村干部和种菜能手40人到黄花山学习，并提出全镇的农业发展思路："镇外农田标准化，镇内农田匠田化。"还制定了相关的优惠政策，全镇掀起了建温室大棚热潮。可是鲁北不是黄花山，雷声大雨点小，只建起20几座，没有形成规模。随着2000年工作的调整，建温室大棚计划宣告失败，我的第二个梦没能圆上。

　　到政府工作后，组织上让我抓科技，我绿色的梦又复燃了，和科技局的同志们东奔西跑征地260亩，想要建设全旗一流的科技园，准备建设出全旗最好的温室大棚。2001年，我和科技局的同志们天天扎在科技园里，起早贪黑地干，恨不得一夜成形。我把自己分管的土地局、矿产局、统计局等所有的干部调来义务劳动，把旗直的党员调来劳动，调动了所有的人力物力，建设心爱的科技园。还把43型温室的创始人季庆瑞老先生请来帮助筹划，把市委组织部宝丽华部长请来助威，各乡镇也都建起了科技园。第二年春天，柏油路修成了，水渠硬化好了，路旁树也栽活了，新型温室和春棚也建成了。我漫步在科技园的小路上，背着手，心里美滋滋的。当时我还规划着要把科技园建成一个生态、采摘、观光为一体的园区，让它成为小镇一条靓丽的风景线。可惜啊，这年5月份调整了工作分工，我找旗委书记强烈要求再分管科技园，没能如愿。后来把我心爱的科技园变成了工业园区，温室、春棚全拆了，松树、刺梅（从罕山挖来的）全拔了，我每每路过这里心就痛，因为这里曾经有我们的汗水，有我们的心血，有我们的梦想！

　　组织上又给了我一次机会。可基于院里在财力、物力、人力上都力不从心，使我对设施农业建设和研究失去了信心，两年来我一直在

情感写真　　217

斗争着。去年我到赤峰开会,看了赤峰的设施农业,听了赤峰院蔬菜研究所的情况,我很受打击,感到脸上无光。作为堂堂的农业研究院没进行蔬菜研究,设施农业挂不上边,觉得上对不起领导,下对不起百姓。有一天,一位老领导和我闲聊,问起蔬菜研究,我如实说了。他感慨地说,作为一个地级农科院应该统领全市的设施农业,可惜你们连一个温室都没有,悲哀啊!他还说,温室是农业的工厂,生产着农业产品,由于温室的诞生打破了四季规律。你们应是农业工厂的高级工程师。我再次受刺激,带着这个刺激我要走出去学习,来到霍市我倍受启发,思路开了,年轻的农林局王局长一席话更是说到了我的心坎上。

十几年前,我就想实现这个绿色的梦,这些年我一直追逐着这个梦,今天埋在心头多年的梦又燃起来了。我充满自信地和蔬菜研究所的同志们说,我们在蔬菜研究上虽然比其他兄弟地区落后了一些,但我们不要气馁,要脚踏实地往上赶,要以百米冲刺的速度追上去,早日实现我十多年的梦想,实现农科人六十年的梦想!

2010 年 4 月 7 日

春夜喜雨

春夜刮着微弱的寒风，不知何时唰唰的雨声把我从梦中惊醒。虽已夜半时分，我还是披上睡衣推开了窗观雨。"好雨啊，好雨知时节，当春乃发生。"我自言自语着，兴奋着。这一夜我矢眠了，这唰唰的雨滴就好像滴在我的心头，甜甜地滋润着我的心房。

通辽是干旱少雨区，由于与农业和农民结下了不解之缘，从23岁开始每年春天都盼雨，我的家乡几乎是十年十旱，如果不是身临其境，我就不会这样盼雨。

先说说我的家乡吧，200多万亩地中，水浇地只有50万亩左右，其余的都是山坡地，多数浇不上水，只能靠天吃饭，所以农民每年都得看老天的脸色。一到春天，看到农民急切盼雨的那一幕幕场景就令人揪心。

回　眸

镜头一：1989年春天，我以旗委办副主任的身份下乡调查旱情。到了某村，全村大多数人把地都种上了（农民叫干埋籽），这时已是5月28日，天还没下雨，全村人杀了一头猪，把猪头供上，全体百姓就跪在地上，边祈祷边磕头说："如若表示心诚就得把脑门磕出血。"当时他们的脑门都磕出了血，我走过去想劝劝他们，他们抓着我的手哭诉着说："地种上了，雨没下，种子化肥全搭上了。再不下雨，就是赔了夫人又折兵。"我望望老天长叹,求求你快下雨吧,农民真是太难了!

镜头二:1994年春天,已是6月13日了,老天还没开恩。这天我以宣传部副部长的身份陪同几个记者来到某村,还没到村里,在村头就听见一个老太太在哭。我们马上过去,两个老人看上去六十岁开外了,老太太边哭边骂着老头:"你这个死鬼,不让你埋干籽你就是不信,今年的日子可咋过啊?"老头强带笑脸说:"想办法,想办法。"这时我看见一辆毛驴车拉着抗旱水箱朝着这边走来,老人见后急忙小跑过去,我们也跑过去帮助推车。就这样采访变成帮老农浇地,一勺水浇一棵苗,我们恨不得把汗珠子都攒起来浇地。我望望老天长叹,求求你快下雨吧,农民真是太惨了!

镜头三:2007年的春天,已是6月24日了,滴雨未下。我作为主管农牧林业的领导,准备迎接上级领导来视察灾情,要选看地点,还要求把耕地挖开,看看耕地多深才有湿土。就为选这个检查点,我来回跑了四趟,由于天旱,地上全是干土,车走一遍,尘土飞扬,小村子就吃了一遍烟。农民本来旱得心里烦躁,再加上尘土肆虐后个个脸都灰突突的。这天车队来到小村北边的那个检查点,10几台车把小村弄得像放了烟幕弹,被笼罩在灰尘里。上级领导们看上一眼,要求农民自救。旱灾是哑巴灾,没什么好办法。车动了,灰烟又起了,车路过小村中间,两边站着满脸尘土的农民,他们眼巴巴地期待着。不知谁喊了一声:"你们当官的能带来雨吗?尽瞎折腾,办点实事。"我心一阵酸痛,我望望老天长叹,求求你快下雨吧,农民真是太苦了!

与农村和农民打交道快30年了,回眸的镜头太多太多了,记不得哪个春天了,春旱让58个村子的老百姓喝不上水;记不得哪个春天了,春旱让成群成群的牛羊饿死;记不得哪个春天了,春旱让成片成片的树林变成了枯木⋯⋯

苦和甜结伴而生,每每回眸春旱那一幕幕,我就为农民兄弟痛心,为农民兄弟祈盼,为农民兄弟牵挂。今年春天 4 月,老天爷开恩了,让我这个久违的"老农"喜上心头。我想借着唰唰的雨声举起酒杯和农民兄弟一起感谢苍天,一起祈祷 2010 年风调雨顺!春夜的雨是酒,醉倒了多少老汉;春夜的雨是蜜,甜晕了多少儿童农妇。不,春雨是油,它能滋润万物。给大地带来蓬勃生机,给农民带来丰收的希望。

　　蓦然,感到我的情结在农村,我的事业平台在农业,没有农民兄弟的抬举,就没有我的今天。忘本了吗?不能,因为我的爷爷也是农民!

2010 年 4 月 16 日

陶　醉

八个月前的一个夜晚,我做了一个意想不到的、甜甜的梦,梦境像演电影似的清清楚楚地告诉我,说我有孙女了,名字叫小仙玉。我乐得笑出了声,天亮了我还在细细地品味着,想把梦追回来!

我爬起床就和夫人大声喊,告诉你个好消息,我做了个梦,说咱们有孙女了。夫人带搭不理地说,做个梦有什么惊喜的,我回说:"不,名字都告诉我了,叫仙玉!"

"你编的吧?"夫人说。

"这事我能编吗?"我有点激动了。我又动情地把梦叙述了一遍,夫人相信了。我在叙述中,自己觉得蹊跷,有点不相信自己了,特别是名字能说出来,真令人不解。

果真没过几天,儿子向我们报喜了。我惊讶得不知所措,竟然梦境和现实不谋而合。

公元 2010 年 3 月 25 日 9 点零 9 分,孙女小仙玉诞生了,新生命的诞生给我们家带来了快乐,也带来了生机!我给父母打电话说,告诉二老当太爷太奶了。父亲听后高兴得变声了,母亲听后喜泪满面,两位七十多岁的老人就盼着有重孙子,四世同堂的这一天终于到来了,他们真的如愿了。

我在远方一直期待着,想听听孙女的哭声,期待着快把照片传过来,晚上 20 点零 6 分我终于看到了我梦中的小仙玉。仙玉的奶奶和姥姥从早晨就坐在产房等待,瞪着眼睛期待着小仙玉的诞生,两双久经风霜的手,再次用伟大的母爱托起可爱的孙女。小仙玉睁开眼睛第一个看到的是她的奶奶、姥姥;我儿子当爸爸了,乐得合不拢嘴,一会儿给我打电话告诉我,仙玉在大声哭,一会儿说睁开眼睛了,一会儿说大家在夸仙玉长得漂亮,一遍又一遍开心地把幸福传递给每位亲人和朋友;女儿从北京给我发来短信:祝贺爸爸当爷爷了!准姑爷也从甘肃敦煌给我打来电话,祝贺我当爷爷!我今天可真陶醉了,可真体会到当爷爷是那样的美滋滋、甜滋滋啊。我满脸都挂着笑容,在办公室、在酒桌上总是情不自禁地表白,我有孙女啦。在幸福的陶醉中我给儿子打电话,让他好好照顾仙玉她妈,儿媳还在疼痛中煎熬。作为母亲她是最辛苦的,也是最幸福的。

今晚,我要把这激动人心的一天记录下来,作为送给小仙玉的第一份礼物,作为留给未来最美好的回忆。

我在远方祝福儿媳和我的宝贝孙女小仙玉平安健康!争取见到爷爷就喊:"爷爷,咱们是老熟人了,在梦里就见过啊!"哈哈,看把我老夫美的。

2010 年 3 月 26 日

圆　梦

  2010年11月17日上午,我和朱国立同志参加了农业部召开的全国行业专项签订会议,我俩坐在会场里又激动又自豪,我告诉一同参加会议的马亮,拍下这历史的一刻。为之高兴的是这次会议标志着我们通辽农科院成为蓖麻行业的主持单位,成了蓖麻研究的老大,朱国立同志成了全国蓖麻行业的首席专家。值得一提的是,高粱、玉米品种也在今年相继进入国家产业体系试验站,三大作物同时进入国家研究行列,对于一个地级农科院来说真是天大的喜事,这是我们几代人渴望的、梦寐以求的,这是我们几代人为之奋斗、一心想圆的梦想,今天终于走出了第一步。

  为了实现这个梦想,农科院的研究者们成年累月地顶着烈日,洒着汗雨,默默地穿行在植物中间,细心地观察植物每一个"动作",耐心地和每一株植物"对话",精心地呵护着每一棵植物。每一棵植物从春天播种到秋天收获凝聚着科研工作者多少心血啊,他们从植物生长中寻找着进化的规律和真谛,破解着一个个谜团,用实践诠释着植物的生命质量。研究者们的苦和乐是和植物绑在一起的。他们用奉献和无私的忠诚祈祷着早一天感动追梦者们,让我们这些持着植物生命的人们走入梦想。

  为了实现这个梦想,不仅仅我们全院上下为之努力,也有各级领导和专家朋友的关心和鼎力相助。是他们一直在帮助我们筹划,为我们献计,遇到困难给我们撑腰。没有他们,我们的"金子"再灿烂光芒也破不了土。在这梦圆的时刻,我想起那张张笑脸,想起那铿锵有力的话语,是他们给了我们勇气,给了我们力量,也给了我们智慧。

在这圆梦激动人心的时刻,品味着一路的艰辛,但也回报着信念:那就是认准的事,只要不懈的努力就会成功!

在这圆梦激动人心的时刻,陶醉着成功的喜悦,但也肩负着重担,未来的路更加崎岖,进入国家研究行列,不是满足,不是歇脚,而是新的研究课题的开始,可以说"小荷才露尖尖角"。而且激烈的竞争就摆在我们面前,我们稍有松懈就会掉队,就会被淘汰。所以我们更加珍惜历史的恩赐,不辜负领导、专家和朋友的信任,把新的研究课题做好,无愧于社会各界的期待,再次展现通辽市农科院的科研风采,为再上一个新的研究台阶奠定坚实的基础。

在这圆梦激动人心的时刻,我欣赏着已圆了的梦,但我的思绪不知不觉地进入了又一个梦境,是的,一个新的梦在等待着我们……

2010 年 11 月 27 日

难忘与渴望

匆匆忙忙的 2009 年,再有几个小时就过去了,感觉时间太快了。但回过头盘点一下,觉得还算充实。首先是两件大事达到了预期目的。一是年初确定的对外合作交流年,成功地与 5 家企业合作,开创了农科院科研、院企合作的先河;二是成功地举办了 60 年院庆,把一个崭新的农科院展现在了世人面前。

2009 是难忘的一年。难忘的是我们靠改革、靠不断的探索,走出了符合我院实际的一条路子。这一年太多的艰辛、太多的酸楚。有多少次我们在如何抉择面前徘徊,又有多少个不眠之夜,最后靠胆量、靠勇气、靠真诚握起了之手。虽然我们的探索只是小荷才露尖尖角,但我们相信,只要有变不可能为可能,就一定会走向成功,一路走来,我们的确取得了不小的成绩。

2009 是难忘的一年。难忘的是今年农科院满 60 岁,我们庆祝的主题是"风雨兼程 60 年"。我们庆幸赶上了 60 年,我们自豪成为农科院人,我们骄傲地把张张笑容留在了 60 年历史的影册里。

2009 年是难忘的一年,难忘的是我和大家总是在兴奋点上。有领导无微不至的关怀,我们抓住了发展机遇,并取得了可喜的成绩。当我们穿梭在试验田中,看着绿油油的庄稼,激情满怀;当我们走在院里的林荫小路上,听着院歌,激情满怀;当我们坐在温馨的大客车上,憧憬着未来,激情满怀。正是激情让我们把一个个梦想点燃!

2009年，我和同志们共同用汗水和心血书写了农科院历史的新篇章。

2010年已向我们走来，我们将不负使命，按着我们"做强品牌、做活转化、拉动产业、惠及农民"的思路，改革创新、脚踏实地、稳中求进、戒骄戒躁；不自满、不满足，向更高更新的目标进军。我渴望在新的一年里农科院各项事业兴旺发达！我渴望农科院全体员工及其亲人们在新的一年里平安、幸福、快乐！我渴望一直关心支持我们的各级领导和社会各界朋友在新的一年里平安、幸福、健康！

难忘2009……

2009年12月31日

宽　容

周六那天,回扎旗无意间碰见了我的秘书。我见他哭丧着脸,问怎么了,他告诉我他岳父付连信去世了。我询问了情况,安慰了他的家人,为老付还不到60岁就离开人世感到惋惜。这两天脑子里总回忆起我们之间的往事……

1998年11月,我就任鲁北镇党委书记。上任后,我为了鼓励发展私营企业看中了老付。他当时小有名气,我鼓励他大干,将他推荐为旗、市两级人大代表,我们个人感情也加深了,况且还是老乡。当时我们镇上欠他工程款30多万元,他找我要钱,我开玩笑说,老弟才来,给我点时间。他说他太困难,我了解后,他的确很难,可镇里确实没钱还。到了第二年,他又找我,我还让他等等。可他急了,说你再不还钱,我就起诉你,我说你不会的。没想到过几天市法院来了一位法官说,要么还钱,要么扣镇里的两台车。从此之后,我俩闹崩了。我认为他不应该找法院,他认为我应该还钱……

好朋友就这样坐不到一块儿了。时隔四年后,他的女婿分给我当秘书。老付着急了,找到我家解释过去,求我开恩,我大笑地拍着胸脯说:"我俩的事早已过去了,如果把咱俩的账记在下一代上,那我还配做干部吗?还配做人吗?"

转眼间,又一个四年快过去了。我听说他得了肝硬化做了手术,愈后我到了他家。他握着我的手不松开,含着泪说:"你把我的女婿当成自己儿子对待了,我只有谢谢了,无话可说。"

自从我到通辽工作后,我虽然和原来的秘书分开了,但我们的感情没有分开,他有苦有乐都找我倾诉,像亲人般待我。我还把他当成我的秘书,不,是亲人了。我们两代人的故事说明:人与人之间要宽容相待,人与人之间此一时彼一时,宽容相待不是懦弱,是斗与让的纽带。世上没有趟不过去的河,学会宽容待人,不仅宽容了他人,也宽容了自己!

2019 年 12 月 28 日

道是无情却有情

2010年,这个不平凡的春天。北方冰雪,西南大旱,王家岭矿难,玉树地震……弄得国人、华人都难以平静。

春雨还淅淅沥沥地下着,我瞪大眼睛看着电视,期待着再多救出一个鲜活的生命。从王家岭生命大救援到玉树大救援,牵动着多少华人的心啊!我看到在王家岭矿难的第一时间,国务院副总理张德江赶赴现场,省委书记、安监总局局长、省长昼夜守在那里,亲自抬起被救矿工。当被困八天的矿工被救出时,领导们是何等的激动啊!和全世界华人共同分享着喜悦。为了矿工鲜活的生命,耗资过亿元啊,党和各级政府用"不放弃,不抛弃",诠释了在我们的国度里生命至上。

玉树地震当天,回良玉副总理赶到灾区指挥救灾。日理万机的温总理两次去西南灾区,脚还没歇歇,又奔赴震区,看到瘦弱的、劳累的总理一步步踏上震后的废墟上,我禁不住老泪纵横。这就是人民的总理,这就是共产党的总理啊!

我们的总书记在国外访问听到玉树地震,斩钉截铁宣布:"推迟访问,提前回国。"此举令世界震惊、敬佩。总书记不顾25个小时旅途辛苦,又踏上了玉树的土地。他握着灾民的手,温暖了玉树灾民的心。当总书记在黑板上写下"新校园会有的!新家园会有的!"他激情领诵的声音和玉树人民的声音合成一个音符,响彻灾区大地,庄严地向全世界宣布:中国人民不会被困难所吓倒,我们一定会战胜各种困难！也给灾区人民吃了定心丸。这就是共产党领导下的中国，这就是不畏艰难、勇于战胜困难的中国人。

在地震不到两天的时间里，各级领导来了，解放军来了，特种兵来了，义工来了，带来吃的、用的、穿的、盖的等等。灾情就是无声的命令，人们自发地从四面八方涌来，把玉树小镇堵得水泄不通，只好用军人来疏导。看到一个个鲜活的生命被救出来，看到义工黄福荣为救人光荣牺牲……都说男儿有泪不轻弹，只是未到动情处，我已无法控制泪水，这就是我们的国家；一方有难，八方支援，这就是我们中国和谐温暖的大家庭。

我作为一个老党员、作为一个基层干部感到很内疚，看看我们的总书记、我们的总理；再看看战斗在灾区一线的官兵们，我们太应该自觉行动了。我们不可能去做惊天动地的事情，但我们可以把分内的事做好。问责自己，不怨天尤人，从自我做起。因为道是无情却有情，老天无情人有情！

2010 年 4 月 18 日

千里游新疆

八月中旬,应朋友之约到了期盼很久的新疆。我们从通辽出发绕道长春,又乘民航班机飞了六个小时才到达了乌鲁木齐。虽然到了乌鲁木齐,但不去喀纳斯湖等于没来新疆,可是喀纳斯湖距乌鲁木齐还有一千多公里呢。难怪有人说,没去新疆不知道新疆有多远,不到新疆不知道祖国有多大了。

问新疆

我这人有个习惯,到哪里都要先了解当地的区域和地质地貌。席间朋友给我做了介绍:新疆维吾尔自治区,地处亚欧大陆腹地,位于我国的西北边陲,是全国面积最大的省级行政区。总面积166万平方公里,占国土面积的六分之一。设有14个地、州、市,88个县(市),共有人口近2000万。新疆周边与俄罗斯等8个国家接壤,是历史上古丝绸之路的重要通道,现在又成为第二座"亚欧大陆桥"的必经之地。

问到新疆地形特点,新疆人说,新疆分南疆、北疆,并"三山夹两盆"。意思是:新疆是山脉与盆地相间排列,盆地被高山怀抱。北为阿尔泰山,南为昆仑山,天山横亘中部,这样就把新疆分成了南疆和北疆,南部是塔里木盆地,北部是准噶尔盆地,所以俗喻"三山夹两盆"。新疆有世界第二大流动沙漠塔克拉玛干沙漠,还有中国海拔最低的吐鲁番盆地,最低点海拔 154 米。

游昌吉

我们到新疆的第二站是距乌鲁木齐市三十公里的昌吉回族自治州(地级市)。搞种植业的朋友方勇热情地接待了我们。在他的引领下,我们把昌吉市绕了一周。之前我们就得知昌吉市是一个缺水的城市。可是所到之处,无论大街小巷都绿树成荫;我特意参观了几条人行道,我看到,人行道两侧挺拔的大树枝叶相牵,把人行道罩成了一条条绿色隧道,老人和孩子们快乐地在树荫下乘凉、玩耍。

方勇还领我们参观了他的玉米试验田和制种田,两田长得非常好,放眼望去就像一片绿色的大海。

品石河子

我们到新疆的第三站是石河子市。中国美在新疆,新疆美在石河子。为什么这样说?当你走进石河子,你就会深切体会到这句话毫不夸张。石河子位于天山北麓中段、准噶尔盆地的南缘、独具西部风情的"丝绸之路"上;她由军人选址、军人设计、军人建造;因此,她以"军城"、"绿城"赢得了全国"园林卫生城市"之称,被联合国授予"人居环境改善良好城市",拥有"戈壁明珠"之美誉。

当你走进军垦博物馆,定会被前辈们创造的人类奇迹所震撼。而且会不由得为戈壁大漠能有今天而感动,而流泪、发奋。如果你看过电视剧《戈壁母亲》,如果你以为那只是艺术作品那么你错了,我要告诉你,那是历史的写真。

1950 年 2 月,王震将军率中国人民解放军挺进石河子,拉动了军垦第一犁,创建了石河子新城,成为新中国"屯垦戍边"的成功典范。"屯垦戍边"精神曾激励、鼓舞了新疆几代人。

观油城

我们到新疆的第四站是克拉玛依油城。克拉玛依,维吾尔语黑油的意思,得名于市区北的一座天然沥青丘——黑油山。我们先到了这里,小山不大,到处都汩汩冒油。据说这里曾是"没有草,没有水,连鸟也不飞"的戈壁荒滩。1955年起,国家对这里进行了大规模的原油勘探开发,成为全国大油田。过去只是耳闻,此刻目睹后,真感到油田名不虚传。坐在车上,整整走了100多公里,一路上所见到的都是路两侧紧张工作的油井。油田真是太大、太壮观了。从油田出来,我们走进了号称克拉玛依市最大人文景观的人工河。因为缺水,克拉玛依没有一条河流,经市政府研究决定,投巨资搞了引水工程,这才使克拉玛依这座戈壁石油城有了自己的河流。引水工程全长8.5千米,沿河建设了风格迥异、壮观美丽的公路桥、人行桥、瀑布、带状公园等景观,成为百姓娱乐、休闲的好场所。

魔鬼城

我们到新疆的第五站是魔鬼城。本来是途经,却戏剧性地驻足游览了魔鬼城。在离开魔鬼城20公里后,乘坐的中巴车出了故障,只好又返回魔鬼城修车。这一修就是7个小时,正好让我们对魔鬼城有了进一步的了解。魔鬼城又称乌尔禾风城,远眺整座城就像中世纪欧洲的一座大城堡,建筑林立,高低参差错落。千百万年来,雕琢得奇形怪状的建筑因为正处在风口,起风的夜晚,各种声音交错鸣鸣,听起来很恐怖。为了体验一下这个恐怖的场面,半夜时分,我们屏息等待着听一听魔鬼城的"鬼叫"。可是,等了大半夜,我们也没听到任何声音,大家很失望。当地人说我们来的不是季节,夏季一般没风,鬼城就不叫。

恋喀纳斯湖

我们到新疆的最后一站是喀纳斯湖。经过一天加半宿的颠簸,我们到了布尔津县城。第二天又走了半天才来到慕名已久的喀纳斯湖。喀纳斯湖位于布尔津北部,距县城 150 公里,是一个坐落在阿尔泰深山密林中的高山湖泊。"喀纳斯"原是蒙古语,意为"神秘而美丽的湖",它环抱于阿尔泰山森林带,湖面海拔 1374 米,湖水海拔 188.5 米。辗转了九曲十八弯,又徒步 880 个台阶我们才登上了骆驼峰。站在骆驼峰上,我看到喀纳斯湖一片碧蓝,周边重峦叠嶂,山林犹如青翠的画屏;远眺是白雪皑皑的奎屯山和高耸入云的友谊峰,蓝天、白云、碧海、奇峰……真不知道怎么形容它的美。下山途中,我们边走边欣赏,湖的泄水口处,一座木桥飞架东西,桥南是咆哮的喀纳斯河,桥北是一平如镜的卧龙湾。在峡谷中有一蓝色的月牙形湖湾,这就是有名的月亮湾。月亮湾会随着湖水变化而变化,是镶在喀纳斯河的一颗明珠。湖边的林间草原上散落着若干蘑菇般的蒙古包,牛羊悠闲地在草地上吃草,小羊们边吃边撒欢。自然生态的美、人文创造的美和谐地融为一体,让游人陶醉,让人流连忘返。

初次到新疆,让我认识了新疆,粗浅地了解了新疆。巧的是昨天看了一篇介绍新疆的文章,现在我就用她的一段话作为我此篇新疆游的结尾吧:每个到过新疆的人,也许都为新疆的壮美而震撼。的确,这里的美风情万种。扑面而来的就是浓烈的色彩,绵延不绝、终年不化的雪山,茫茫无边的黑色大戈壁,一望无际的黄色沙漠,神奇瑰丽的五彩湾;还有湛蓝碧青的天空,洁白无瑕的云朵,丰润的绿洲,肥茵的大草甸子。最让人惊奇的就是那一千年不死、死后一千年不倒、倒后一千年不朽的胡杨,居然在荒无人烟的大漠孤独地生长,那种沧桑落寞的美较之中原的红花绿柳是何等的壮美。

2010 年 9 月 17 日

想起女儿

今天中午,我们夫妇为好朋友白玉山女儿明日赴天津读大学饯行。席间看到人家女儿,就不由得想起自己的女儿。

女儿可是我的心头肉啊,从考大学、上大学、再考研究生、找工作、天南地北地奔波,从走出家门上学那一天开始,就没有歇脚。女儿要强,总想干就一番事业,可干一番事业布满了荆棘。我心疼女儿,可总是忍着心痛鼓励她克服困难,勇敢面对。在女儿面前我是一个无情的爸爸。

我是女儿的晴雨表,又是可以停靠的港湾,她的喜怒哀乐直接影响着我的情绪。这些年我努力地控制,但做不到,我常想为什么要孩子,有了孩子就有了牵挂。这个牵挂像一根绳永远拴着你的心。尽管她们立业了,放飞了风筝,但还牵着线。可以说哪一个父母都为儿女都操碎了心。有一天女儿在电话里喊我,爸爸,你快来吧,女儿快挺不住了。我二话没说便飞到女儿身边,女儿见到我就哭着说:爸,我很累、很累。女儿哭着靠着我的肩膀睡着了。看着熟睡的女儿我老泪纵横,揪心地心疼着孩子,默默自语,在外创业是何等艰难啊!

有一天,女儿说想回家,想和爸妈静静地待几天。我乐坏了,我多么想让儿女们在身边多团圆几天啊!女儿回来了,她高兴地搂着我和她妈的脖子,还像个小孩那样天真活泼。她吃得开心,睡得香甜。我望着女儿一阵阵心酸,想到孩子回到家,没有了城市的喧嚣,没有了快节奏的工作压力,释放了压力,调整了心态。家是温暖的港湾,又是加油站。

  我有时候想,为什么和儿女共同喜怒哀乐呢?怎么就不能解脱呢?我问了很多同龄人,他们说是因为血脉相连。看来还是有儿女好,没有了牵挂,生活就没有了奔头。没有了喜怒哀乐,就没有了多彩的人生。没有了亲情、友情,社会就没有爱,就没有了和谐,血脉又怎样相传呢?

2010 年 9 月 2 日

飘雪的春天

2010年的春天是一个特殊的春天,多少年来未遇见了,一场雪儿如约而至。雪给人们带来了洁白,带来了雨露,带来了清新的空气。当然也给部分农牧业带来了灾害,所以我称它是个飘雪的春天。

飘雪的春天是美好的,洁白的雪给人们带来了吉祥的好兆头,同样也给每个人带来了好心情。

飘雪的春天是令人向往的,人们捧着雪花,期待着风调雨顺,期待着涨工资,期待着买卖挣大钱,期待着好运,期待着平安。

飘雪的春天是催人奋进的,一年之计在于春。这个飘雪的春天给人以激情,我们农科院提出学习、提速、创新、做强的目标。我们每个人都鼓足了征帆,通过学习加快提高个体、全院的发展速度;通过学习实现创新,实现跨越,达到做强的目标。

飘雪的春天是净化心灵的。雪净化了空气,也飘进了每个人的心灵。人们因雪抒怀,由雪感慨,在抒怀中感悟人生,在感慨中反思自己。"文明、和谐、诚信"是用德、用善来书写的。渴望圣洁的雪花每天都飘进我们的心灵,来洗涤我们心灵上的污垢。

飘雪的春天是浪漫的,飘飘洒洒的雪花给了人们太多的梦幻与遐想,雪花在人们心中插上翅膀,自由自在的,大大方方的,随着轻风飘起来,伴着你的爱,伴着你的情,去追逐你的幸福,去追逐你的快乐,去追逐你美好的愿望,去追逐你的真爱。

飘雪的春天是浪漫的,你用真诚、用挚爱把自己融化在了幸福的爱河里。

　　飘雪的春天,我们谢谢你,更要赞美你!飘雪的春天预示着又一个科学的春天的到来,让我们张开双臂来拥抱飘雪的春天吧!

2010 年 3 月 19 日

农科院就是一首歌

　　来到农科院工作到昨天已经整整两年了。本来这篇日志应该在昨天完成,可是喝多了。2007年11月19日,我来到了有着60年历史的我市农业研究的摇篮——通辽市农科院。到这里当领导,当时我心里真的没有底啊。因为这里是科研单位,有很多全国有名的科研人员,我一个外行来到这个舞台,不知能不能管理好。两年过去了,想不到我竟然融入了这个舞台,跟这里的员工和弦合拍了。我们共同唱着和谐发展的歌。

　　我把农科院称赞为一首歌,因为它是一个创新的舞台,在这里不能懈怠,每个人都像在百米赛场上奔跑,要出成果啊!没有科研成果还叫科研单位吗?而且我这个主角比谁都急,不出成果我拿着国家的俸禄愧疚啊!对于我,过去的工作是完成任务,现在是要创造前人未有的奇迹。我很幸运在这个舞台上当主角,因为这里的气氛逼着我天天要学习,日日要进步,时刻要创新。人生最大的幸福是创新,创新能让人每天保持年轻态,每天都朝气蓬勃,奋发向上。

　　为什么说农科院是一首歌?它是能让人能够留下痕迹的舞台。当年钟崇昭老人的黄莫417玉米,创造了通辽农业的奇迹,给广大农民带来了福音。历史不会忘记,农民不会忘记。人活着为什么?就是简单的吃和穿?就是享受吗?显然不是,是为社会创造价值,实现自身价值。而我认为农科院是实现自身价值最好的舞台,我融入了我也想和大家一起在这里留痕,留下我们人生的闪光点。人生是一首歌，自身价值是那旋律和歌词，优美动听的歌将世代流传，百唱不厌。所以我们共同唱着这首实现人生价值优美的歌。

今年是我们农科院建院 60 周年，也创作了我们自己的院歌，这首歌就叫《农科院就是一首歌》。

2009 年 11 月 20 日

瞬　间

　　春天是瞬间的,万物复苏总给人带来新的向往。2010年春天是个多雪、多雨的春天,多年不见的雪、多年不见的春雨,像滴在了人们的心头,干渴的人们好似喝到了甘霖,这个瞬间让人们大口大口地吸吮着春天的气息。青青的小草争抢着破土露脸,大地染上了绿色,人们心头也像抹了一层绿。这个瞬间让人们陶醉在令人亢奋的春天里。

　　2010年4月23日上午9时到10时,这个瞬间给我的人生重重地画上了一笔。

　　当我佩戴上"内蒙古自治区先进工作者"绶带的瞬间,我连做梦也没想到这个荣誉会落在我身上。

　　当我走上主席台的那一瞬间,我想起30年走过的坎坷路,却从来没想到能踏上自治区的领奖台。

　　当自治区主席将奖章佩戴在我身上那一瞬间,我感到奋斗的这30多年,终于得到了组织上的认可。

　　当自治区主席和我握手的那一瞬间,一股暖流涌遍全身,30多年的苦和累都值了,但我还需再努力奋斗。

　　幸福的瞬间定格在2010年这个美丽的春天,在这幸福的时刻我有千言万语要说。可我偏偏想起了1979的春天……

　　1979年2月,刚过春节,我到吉林省长春市参加全省优秀新闻工作者表彰大会(当时通辽还未划归内蒙古),我这个刚21岁的毛头青

情感写真　　243

年,第一次参加省级会议(当时已当了 3 年多新闻编辑了)。

当踏进省宾馆的那一瞬间,我惊呆了,还没见过这么高档次的客房。

当走上主席台,面对摄像头的那一瞬间,我懵了,第一次见到、第一次听说有摄像机。

当省委书记高扬(二十世纪八十年代任中央党校常务校长)握住我的手那一瞬间,我不知所措,第一次近距离看见高官。

当高扬书记把一支钢笔(当时价值 15 元)颁发给我那一瞬间,我的手颤抖了,心中暗暗地激励自己……

1979 年春天,年纪轻轻的我当上了"吉林省优秀新闻工作者",那一瞬间改变了我的一生,也决定了我一生的前途和命运。

就是这支笔,我白天常常别在胸前,晚上则轻轻放在枕边,爱惜至极,它也时刻激励着我。

31 年前春天的瞬间给了我坚定的信念和无穷的力量,31 年后的瞬间还会再激励我 30 年。

我要用这支永不秃尖的笔,把一个个生机盎然的春天瞬间记录;我要用这支永不秃尖的笔,把最美好的瞬间记录,献给我的亲人、同事、朋友们……

2010 年 5 月 9 日

乡　音

　　今天,1986年5月21日,我们在内蒙古民族师院读书的扎鲁特旗籍各位同学,为了给明天留下一个美好的回忆,为了给校园留下我们的乡音,为了让我们的青春最闪光的时刻留下一个缩影,为了给我们的一生留下一个值得回味纪念的日子,为了增进老乡间、同学间的友谊,为了共叙明朝之大志,共展未来之宏图,我们踏着和煦的春风,迈开奋进的脚步,伴着青春的旋律,捧着一颗滚烫的心,用激情、用乡音相聚了。

　　此时此刻,我怀着十分激动的心情,代表老乡会的主持者们,亲切地问候一声:老乡好!同学好!并对大家积极支持这次同乡会表示衷心的感谢,对各位热情地参加这次同乡会表示热烈的祝贺。

　　家乡的小溪、家乡的小山、家乡的小草、童年破呓的梦,曾多少次引起你美好的回忆和惬意,引起你多少幸福的遐想,我们带着草原的馨香,家乡的尘土,父老乡亲的嘱托和希望来到民族师院,实现了我们的夙愿。我们曾有过多少激情,多少向往,多少个不眠之夜。我们兴奋,我们流泪,我们光荣,我们自豪,我们为扎鲁特增了光、添了彩。我们是家乡的骄傲,我们无愧于家乡沃土的栽培,无愧于家乡阳光雨露的滋润,家乡的亲人们你们期待吧!回声就是硕果。

　　我们是二十世纪八十年代的青年,八十年代的大学生,是继往开来、跨越世纪的一代,在我们生命的火花最明亮、最炽热的二三十年里,正是四化建设决定性的阶段。所以,我们肩负着历史的重任。

然而,在人生的考场上,我们才写上第一行字。人生有人赞美它如美丽的鲜花,有人慨叹它如短暂的朝露。它大度,把似水流年慷慨地赠予;它吝啬,给予人只能有一次。我们应怎样度过自己的人生,方志敏说:"我们活着不能与草木同腐,不能醉生梦死,枉度人生,要有所作为。"是的,年轻的朋友,我们应当有所作为,我们应有开拓进取的精神,敢于向自己挑战。我们应当到书的天空中去翱翔,到书的海洋中去畅游。风剥蚀的是沙,海冲洗的是垢,书留下的是沉思,是启迪,是奋起,要让广博的知识化为丰润的雨露,浇灌我们的大脑,滋补我们的精神,充实我们的生活。

今天,在座的有几位同学即将走向社会,面临人生新的考验,还有正在攻克学业的同学们,我们不但同是故乡人,也同是青年人,都处在大好时光。所以,既不要为脱颖而出、崭露头角而沾沾自喜,也不要为终日苦斗、无所成就而暗自伤神。事业无比光明,工作充满希望,奋斗其乐无穷。面对着气象万千的世界,不要被五彩的图画眩迷了双眼,不要怕飞溅的浪花打湿了衣衫,我们对生活的回答是目标正前方。驾起事业的飞舟,勇敢地踏上征程吧!自信人生二百年,会当击水三千里。年轻人,点燃吧!滚烫的热血,腾飞吧!让我们挽住时光,让我们的躯体给时代烙上印迹!

同是故乡人,相逢何必曾相识。为了我们美好明天,为了我们故乡的繁荣昌盛,为了我们的友谊长存。我们大家举起酒杯,勿言一樽酒,明日难重持,让酒来浇注我们的感情,点通我们心中的灵犀。

祝福老乡们春风得意。

祝福老乡们身心健康,万事如意。

祝福老乡们学习进步,更上一层楼,干杯!

送

妻子嗔怪着说:"你怎么买这么早的车票?"我赶忙回答说:"得赶回去,上下午那堂课。"

妻子把饺子端上来:"快吃吧,你看好容易杀回猪,也不在家吃两天。"我轻轻地笑了:"谁让我上大学了呢?"

五岁的小儿子眼睛还没全睁开就喊上了:"妈妈,快给我穿衣服,我也要送爸爸!"

妻子板着脸:"天太冷,不能送。"

"不,我就送!"小儿子说着眼圈红了。我使劲地跟小儿子贴贴脸:"好宝贝,听妈妈的话!"

儿子无奈地回道:"我听,我听。"

"宝贝,爸爸下次回来一定给你买个漂亮的大飞机。"我把儿子举到脖子上。儿子骑在我颈上,两只胖乎乎的小手紧紧搂住我:"我不让你走。"

"快到时间了。"妻子催着递给我外衣,又上前正了正我的衣领,掸一掸上面的尘土:"注意点,好衣服别穿瞎了。""是!"我拎起了提包。

儿子走上前说:"爸爸咱俩抬着。"我告诉儿子,提包太重,抬不动。

妻子再次用眼睛把我的全身扫了一遍,最后像命令似的盯着我说:"别发傻,动不动就熬通宵。"我愉快地回道:"嗯。"

情感写真　247

妻子抱起小宝贝:"快问爸爸什么时候回来?"儿子说:"爸爸,什么时候回来啊?"

我上前拽过儿子白净净的小手亲吻着,抚摸着:"明天……"

说完,我撩开大步走了,回过头望望呆呆站立在那里的妻子和儿子,心里酸辣辣地,眼眶不知不觉地湿润了。

放歌草原

放歌草原,把奔放的情感浓缩,把生活中的精华折叠,抒情言志,情理交融。

书记骑马过草原

书记骑马过草原,
好像踏上了碧绿的地毯,
两边的鲜花在微笑,
两旁的鸟雀在啁啾,
两条泉水潺潺地流,
两"串"珍珠两排站。
诗的画卷迷双眼,
蜜的清泉醉心田。
"昔日行车来数遍,
为何无此恋?"
追风驹四蹄生了风,
忽然飞进"白云"间。
"云中"遇见老牧人,
两人伫立细相看,
"老伙计!"
"老书记!"
两双手握得响铮铮,
两双眸子泪绵绵。
"云中"老人开了言:
"嘿,老书记真稀罕,

为何不来'现代化',
怎让马背驮你到草原?"
骑手话哽咽,
脸庞紧贴草尖,
"老伙计,不稀罕,
我要重抖缰铃建草原!"
掏出旱烟袋,
"给!旗委书记——
请再品品我的蛤蟆烟。"

我总想成为一团火

我总想成为一团火,
让光芒把世界烧个火红。
我总想成为一团火,
让火光把所有冰雪融化!
我总想成为一团火,
让所有爱我的人和不爱我的人与火光融合。
我总想成为一团火,
让千万颗冰冷的心融化成一条河!
我总想成为一团火,
这个充满爱的世界需要你和我。
我总想成为一团火,
这个充满爱的世界用温暖连起你和我!

2009 年 12 月 21 日

农科院就是一首歌

鲜花告诉我它们盛开是为了拼搏，
掌声告诉我老百姓对我们的认可，
高耸的白杨验证着文明诚信，
挺拔的松柏诉说着圣洁祥和、祥和。
做强品牌做活转化，
要开创农科院的发展先河，
我要对你说，
我要对你说，
农科院就是心中的歌，
创新变不能为可能，
从优秀走向卓越。
就是一首歌。
种子对我说他们诞生是为了收获，
使命告诉我要发展就勇于开拓，
每一粒果实都蕴藏多少故事，
每一项成果都凝聚着我们的执着、执着。
拉动产业惠及百姓，
构建和谐社会有你有我，
农科院就是心中的歌，

创新变不能为可能,
从优秀走向卓越。
就是一首歌。

让激情把梦想点燃

我们迎来了阳光灿烂,
我们撑起了希望的摇篮,
无悔的青春播种鲜花烂漫,
几代人的血汗洒遍农科院。
啦、啦——啦啦啦——啦——啦、啦、啦啦啦、啦、啦。
通辽市农科院通辽市农科院,
做强品牌做活转化,
我们敢为人先,
让激情把梦想点燃。
我们的责任感,
稳中求进在科尔沁草原,
又快又好追求科技尖端,
啦、啦——啦啦啦——啦——啦、啦、啦啦啦、啦、啦。
通辽市农科院通辽市农科院,
拉动产业惠及百姓,
我们痴心不变,
用激情把梦想点燃。
梦想点燃。
(用)激情把梦想点燃,
啊!啊!啊!

花自飘零水自流

我总想让心情放飞,
像鲜花一样随风飘落,
我总想让心情放平,
像小河流水潺潺游荡。
365 天了心疲惫了,
让她歇歇吧。
365 天了心总是被捆绑着,
让她自由吧。
你干吗总把"名"顶在心上,
让心情总是紧张,
你干吗总把"利"压在心上,
让心情总想扩张。
你为什么不学会宽容?
让别人的错误惩罚着你的心情,
你为什么不放弃嫉妒?
让自己的错误践踏着你的心情。
你怎么就不能正视自己的能力?
让你的行为折磨着他人和你的心情,
你怎么就不能同情弱者、善待他人?
让你的行为给他人和你的心情披上阴影。

365天了心疲惫了,
让她歇歇吧。
365天了心总是被捆绑着,
让她自由吧。
把心情放飞吧,
还给浩瀚的天空。
把心情放平吧,
还给轻轻流淌的小河。
花自飘零水自流,
我让心情走出愁。
花自飘零水自流,
我让心情乐悠悠!

写在饭桌上

夕阳拉过山峰挡住面额,
我无奈搭下手中的谷个。
一阵秋风送我到家中,
哟,一股香气扑进鼻窝。
定定神,瞪大眼,
小方桌,炕中落,
八盘菜,像花朵,
小酒壶滋滋响,
招呼我:"快来喝,快来喝。"
她——我的老伴,
坐在炕沿抿嘴乐,
意思是:"你有功,快来喝。"
我——
甩掉小棉袄,
"飕"地上了炕,
坐得像盘磨。
美滋滋地端起小酒盅,
就往那嘴边搁,
"啪"一巴掌落在脊梁上,
小酒盅一点没洒全进脖,

呛得我直瞪眼睛紧咳嗽。

"这,这是干什么?"

她——

一双眸子笑盈盈地望着我,

"知道吗?

为啥今个八个菜把酒喝?"

"这丰收了吗?"

她——

一摇头,

轻轻斟上一杯酒,

恭恭敬敬地递给我,

"傻瓜,今个是你的生日。"

"啊!

生日,十年前我就提出不过。"

"别傻了,那是穷话,

来,我也喝一盅,

为你祝贺。"

两个酒盅空中碰,

夫妻二人同时喝。

一盅酒热辣辣地进了肚,

乐得我皱纹全开了。

她乐得两眼泪汪汪,

一个劲地举着大拇哥,

"啥、啥意思呀?"

"多亏党的好政策。"

老师　请接受我的敬礼

当我第一次写下"一"的时候，
是您，
——老师
轻轻扶着我的手落笔。
我天真地站起来，
端重地给您行个礼！
您拍拍我的肩膀，
把希望和寄托赋予。
从此，
您的形象，
深深地烙在我的心里。

当我写成第一篇作文的时候
是您
——老师
每个字旁都留下您的笔迹。
我捧着第一次的作品
郑重地给您行个礼！
您轻轻地微笑了，
在告诉我：胜利属于进取。

从此,您的形象
时时与我为伴。

当我走出校门的时候,
是您
——老师
嘱托我不要把时光抛弃。
我含着泪
深情地给您行个礼!
您眼睛亲切地盯着我,
在警告我:奋斗不要停歇,
从此,我按您的期望,
到知识的海洋去寻觅。

当我三十岁走进大学的时候。
是您
——老师
扶着我踏过一块块"草地",
我望着您
敬重地给您行个礼!
您又拉起我的手,
在鼓舞我:勇敢会把困难踩在脚底,
从此,我扔掉了怯懦,
把攀登的高峰当作目标树起。

老师,

这一切一切都是您的启蒙和培育,
请接受,再一次接受
一个学生的敬礼!

春思(诗四首)

春　天

你"咚咚"地走来了，
走在人们的心头。

你勇敢地驱走严寒，
悄悄地给万物送来温暖。

你把沉睡唤醒，
孕育着死者的新生。

你又悄悄地走了，
给人间留下累累硕果。

不,你永远停留在人们的心上，
因为有了你就有了希望。

梅　花

万物苏醒了，

它匆匆地让开自己的宝地。
然而,积雪压断枝头的时候,
它却笑微微地站在那里。
百花争芳斗艳了,
它像喝了蜜。

雪　花

你不放过一根草叶的面积,
落到一切的身边。
你不怕高耸的山峰,
落在一切的上面。

你身躯虽小把一切都包藏在怀里,
是的,你有一颗纯洁的心灵。
要把一切黑暗变白,
要把一切深凹填平。

谁若损害你,
把你洁白的身躯弄脏了,
你就融化了,
流着眼泪走了。

道　路

世界上你最长,

谁也走不完你的脊梁。
世界上你最宽广,
每个地方都有你的市场。

世界上你最复杂,
谁也数不清你有多少盘肠。
世界上你最神通,
天涯海角任你蹚。

这一切并不惹起爱慕,
寻求你的终点——才是奋斗方向。

春　梦

我为春梦空陶醉，
春梦一去难追回，
只是陶醉梦境美，
醒来梦已碎。

我把春梦重追问，
长夜细品味，
乐开眉甜醉心，
醒来眼角挂满泪。

多少……

多少时代，
多少年月，
哪一代能离开老师您的开发，
哪一日能离开老师您的身影。

多少豪杰，
多少英雄，
哪一个不是老师您的启蒙，
哪一个不是老师您引入人生的航程。

多少暴雨，
多少疾风，
哪一次不是老师您挺身击雨，
哪一次不是老师您搏风。
多少暗礁，
多少险峰，
哪一座不是老师您领我们闯过，
哪一座不是老师您领我们攀登，

多少个日出，

多少个霞红,
哪一天老师您不是忙忙碌碌,
哪一夜老师您不是灯下苦攻。

多少个李时珍,
多少个华罗庚,
哪一位的成果不注入老师您的血液,
哪一位的行程不是老师您挑灯相送。

多少胜利,
多少光明,
哪一个不凝结老师您的汗水,
哪一个不是老师您的探索之功。

多少个明天,
多少座理想之宫,
哪一天不在等待老师您去开拓,
哪一座不在等待老师您去建成。

多少啊!
多少,多少年是老师您把人类推向文明。
哪一代能忘记您的功勋,
哪一代能不把您高歌赞颂。

春姑娘与雪小伙

我扯过一片云,
她踏着雪花飘到我身边,
瞬间、瞬间……
泪水将心线中断。

两颗紧贴着的心,
两双滚烫着的手,
瞬间、瞬间……
咫尺天涯泪绵绵。

未来得及仔细端详,
未把别时情话诉谈,
瞬间、瞬间……
别时容易见时难。

飘去了,
消逝在遥远、遥远,
瞬间、瞬间……
天各一方两难全。

我走了——她长夜地期盼，
她来了——我长夜地思恋，
瞬间、瞬间……
我去她来拥抱着一个春天。

树之歌

（一）无私的树

树——
环境的主妇，
把荒山家园绿化，
是自然美丽的装束。

树——
大自然的顶天柱，
用高大的身躯挡住猛烈的风，
用庞大的根固住流失的土。

树——
土地的神父，
涝了，把水来吞，
旱了，把水来吐。

树——
人们的养料库。
把二氧化碳吸进，

把新鲜就气呼出。

树——
生活的依柱，
把捆捆枝柴奉献，
把方方木头献出。

树——
发家的路，
不用付出巨大的代价，
却把金钱无私地付。

（二）可怜的树

树——
你虽是世上的财富，
但有人没有认识你，
妨碍你多少子孙出土。

树——
你命多苦。
干渴了不能及时给水喝，
生病了不能迅速来排除。

树——
对你多残酷。

牲畜啃去你的肉皮，
有人砍去你的头颅。

树——
对你多欺负，
老少挤在一铺炕，
成年累月阴天度。

树——
你也想长寿，
可弱小的年龄长满了胡须，
干瘪地弯着腰像上了岁数。

树——
在大声疾呼！
"谁要爱我——
我就给予无私的援助。"

九月的祝福

秋风——九月,
九月——秋风阵阵,
秋风——吹来馨香,
九月——喜庆收获的季节。

园丁伴着风儿走来,
大地为她祝福,
山河为她祝福,
九州都祝福她过好第一个教师节。

秋风——九月,
九月——硕果累累,
尝一口——甜醉了心,
秋风——吹来一个金色的世界。

承德行

古城四周山重重,
怪石奇峰引客来。

帝王将相寻花处,
百万金银建古迹。

一年四季有温泉,
避暑山庄是圣地。

古香古色古味浓,
千年足迹万年芳。

四十里山庄水秀湖清,
正丽门百年不减雄风。

大佛寺佛光笼罩,
入仙境步步登高。

积宏德福天报应,
行良善终生安顺。

棒槌山鹤立鸡群，
蛤蟆石绿叶相称。

乘索道空中行，
看美景观奇峰。

上天难人登天，
小游车上练练胆。

失 约

月明吐清光,
风暖迎来春姑娘。
村中的大柳树轻轻地摇荡,
它急了,恋人为啥这时没到他身旁。

啊,来了!
是玉翠姑娘。
"哟,八点,我来迟了。
他,他莫非失望?"
风飕飕地掠过,
吹红了少女的脸庞。
"真对不起他,
走,去请求原谅。"
玉翠撩开大步,
轻轻踏着月光,
乘一习清风,
架一股热浪。
她悄悄地打开门,
站在他的身旁……

他正在窃窃私语,
叙着对小白兔的心肠。
"小家伙,明天就好,
我已有了良方。"
玉翠笑弯了眉,
醉了他的心房。
"春生对不住……
你别生……俺帮王大娘……"
"这……这,
我只顾研究小生命,
那约会,全,全忘……
我……我用研究成果来弥补,
怎么样?"
玉翠开怀地笑了,
笑得他阵阵发慌。
"莫,春生这才是爱情,
这……才是我们共同的理想。"

月,偷偷地探进窗,
把恋人的眸子照亮,
风,从小空隙钻进,
把悄悄话送进耳庞,
大柳树,还在不停地摇荡,
叹道:我也失去了威望。

知　音

你在我心中,
时时伴我行,
抬头是你面,
低头是你影。

你在我心中,
时时念恋情,
如愿很难全,
把思托给梦。

你在我心中,
时时息相通,
遇难盼见你,
委屈给你听。

你在我心中,
时时催我行,
体贴入心底,
常常警钟鸣。

你在我心中，
时时伴我行，
得一知己足，
同行人生中。

你在我心中，
时时催我行，
悠悠长河里，
但愿永相逢。

故乡行

　　1991 年 5 月 20 日，我公出到赤峰。34 年前我出生在这块土地上，两岁随父母北上。三十年还不知道家乡什么样子，首次踏入家乡门，情感涌上心头，我真想狠狠地亲吻一下这块热土。

（一）

三十二年转眼间，
重踏故土忆当年。
肩背盲目进鲁北，
确立人生落脚点。

（二）

骨血流进先辈志，
从小吸吮家乡乳。
父亲告我勤为本，
母亲让我莫怕苦。

（三）

茫茫人海众云生，
坎坷崎路任我行。
三十立志未成业，
仍需默默去奋争。

人·雪·狗

晨雪还在飘飘洒洒
我领着宝贝小狗"非迪"开始踏雪
雪飘
"非迪"撒欢
我迎着雪花与"非迪"赛跑
厚厚的雪与洁白的"非迪"融为一体
噢,人、雪、狗
天公挥洒着雪花哈哈笑
地老捧着雪花乐滔滔
雪飘
"非迪"追着雪花奔跑
我站在雪地上计秒表
噢,人、雪、狗
雪,羞答答停了
小"非迪"静静地舔着雪花
我捧起雪花攥成雪团——朝着"非迪"抛去
噢,人、雪、狗
一个个雪人站起来了
一道道霞光射过来了
太阳来了

雪花变成了雪人
我领着小"非迪"抚摸着雪人
噢,人、雪、狗
蓦然,一排排圣诞老人站在面前
天公笑呵呵为我送来洁白
地老不示弱使我捧住了洁白
太阳红了
圣诞老人笑了
我领着小"非迪"和圣诞老人拥抱了
噢,人、雪、狗
天公笑哈哈祝你幸福
地老乐滔滔祝你快乐

生活断想

采撷生活碎片中的闪光点,形诸笔墨,把感悟渗透,让美好的思想灵魂抢占制高点。

天道酬勤

昨天,11月19日在我的人生里程中是一个值得纪念的日子,也是一个难忘的日子。转眼间这个日子翻过三个春秋了,回首这一千多个日日夜夜,苦辣酸甜涌上心头,那泥泞的路、那湍流的河、那陡峭的山……带着憧憬、带着希望、带着信念走过来了,走过来了!

翻开这一千多天的日记,记下了我每天的心路历程,他记下了我们这个群体的心路历程。回首三年,是什么力量让我们从低谷走出来的,是这个团结、勇于克难攻坚的集体,那张张带着渴望的笑脸坚定了我的信心,那一双双握紧拳头的大手给了我无形的力量,那积淀60年科技资源的研究院赋予了我厚重的责任。

回首三年,是什么力量让我们从低谷走出来的?"坚韧、执着、严谨、求实"刻在了每个人的骨子里,打造了"创新、变不可能为可能,拼搏、从优秀走向卓越"的农科院精神。这种精神使每个人都有了创新的底气,这种精神鼓起了我们打硬仗的信念。

回首三年,是什么力量让我们从低谷走出来的?"诚实做人,踏实做事"成为每个人的行动准则,"文明、和谐、诚信"是我们实现的目标。我们靠诚实、诚信树起了形象,我们靠踏实重塑了为人的品德,我们靠文明、和谐赢得了社会各界的青睐。

三年合成一句话:天道酬勤。

回首昨天,是为了更好的明天。昨天已成为过去,我们站在昨天的肩膀上,不自满,不骄傲,用百折不挠的精神,用踏踏实实那股劲一直走下去,走向更加灿烂、更加辉煌的明天!

2010 年 11 月 20 日

快乐的分享与反思

昨天(2010年1月22日)全院职工和离退休老职工欢聚一堂,用歌声、用舞姿来庆贺2009年所取得的成就,喜迎新春。我到农科院第三个春天了,这是第三台节目了,今年节目超过了前两年,使人耳目一新。整台节目充满激情、充满快乐、充满奋进、充满浓浓的青春气息,以《农科院就是一首歌》的院歌作为主旋律,把大家一年的苦和甜挥洒得淋漓尽致。

这台节目局领导拍手称赞,老职工们拍手称赞,全体职工们拍手称赞。所以,我在这里感谢全体组织者,用近半个月的时间给大家送来了有档次的精神大餐,感谢所有参加表演的职工们,用精湛的演艺给大家带来快乐!

这台节目不仅给我带来了快乐,也带来了反思,我为组织者们喝彩,也为参演的职工们骄傲。但更让我感到满足的是同志们用创新的思维办了这台节目,打破了常规,改变了风格,年轻人成了主流。

反思之一:无论做什么事,只要把创新贯彻始终,不吃别人嚼过的馍就是一个新天地。更让我欣慰的是同志们默默地、认真地、用心用激情脚踏实地地排练和表演,没有敷衍、没有应付。

反思之二:无论做什么事,只要认真去做,有激情,没有做不成、做不好的事。毛主席说得好"世界上最怕认真二字",更让我深思的是职工们能够这样去做是靠什么样的力量在支撑呢?是我们有了好的政治环境、有了好的工作环境、有了人与人之间和谐融洽的人文环境。正因为大家都有个好心情,才会发自内心地去唱去跳。

反思之三:环境能改变人的心情,心情能变成动力,动力能创造奇迹!我在品味和分享快乐中,深感担子更重了,我们赋予职工的不仅仅是物质生活上的满足,精神上的快乐更重要。为了让大家天天有个好心情,我们应该创造更好的人文环境,做到以诚相待、不嫉妒、不搞小动作、不自以为是、宽以待人、严以律己,营造和谐、公平、诚信的氛围,激发职工们干事创业的热情!

2010 年 1 月 23 日

回忆中的快乐

今天又见到了在扎旗时和我一起工作的同事们,有管工业时的部下,有管农业时的部下。饮酒话昨天,越说越激动,看着张张亲切的面孔,我在酸楚的同时,有丝丝满足和成就感。当时的年轻人,今天都成了顶梁柱。往事不堪回首,在乡镇工作的那十年,我的人生坎坷又灿烂。这十年让我懂得了老百姓的艰辛,懂得了乡镇干部的艰辛,也彻底诠释了"当官不为民做主,不如回家种红薯"。在巨日合镇时,成功调整土地、计划生育摘掉黄牌、三年税收全部结清、兴隆地村和乙旦村通电等等;在黄花山镇工作时,黄花山镇农贸市场建成、鲁黄柏油路通车、百座温室大棚建成等等;在鲁北镇工作时,鲁北镇百条小巷修通、鲁北镇周边绿化工程的实现、鲁北东河 20 里防洪大堤的建成……每每想起这些,心里就感到无比欣慰。

昨天真值得我回忆,回忆我的战友们。他们和我蹚着春天未开冰的河、迎着腊月寒风骑着摩托车爬着山路,穿着被寒风打透的棉衣给农民拉着绳子分地,顶着大雨一夜一夜地为百姓守着大坝,为让百姓治理生态挖鱼鳞坑,一个个干部和石头较劲,把手磨破了,饿了啃着凉馒头;但他们时时关心着我,总怕冻着我、雨淋着我、饿着我;不是因为我是他们的领导,是那浓浓的真情!

我们做的事不少群众还不理解,干部常常挨骂,但他们没有一句牢骚和怨言。我和我的战友们经受住了一次次的考验,我们想做的事都成功了!这就是我亲爱的战友们,是他们成就了我,给了我无穷的智慧和力量。我今天在远方以老班长的身份再次向你们致敬,再次深深地谢谢你们!对已过世的那些老战友:卜占林、宋国新、王子文、毕清林、徐春光,告慰你们的在天之灵,还有为我做饭的张琴大姐。

  实在写不下去了,想起这些好战友,泪水已止不住了,没想到回忆也有悲伤。

2009 年 11 月 22 日

自　责

昨天，元月13日(阴历十一月廿九)是我的生日，恰好昨天上午我和班子成员一起看望了院里的贫困和有病职工，我觉得这是我最好的生日礼物。

我们一共走了9户，走到84岁的老职工郑贵家看到他80岁的老伴患脑血栓躺在炕上，屋内像冰棚似的，老人家靠厚厚的被子取暖，看到他们生活如此窘迫，让我心酸，让我心灵震撼，同时内心觉得很愧疚。建国都60年了，我们的职工还这样贫困，我们作为领导又为他们做了些什么呢？两天来老人家和其他困难职工的家境始终在我脑海里萦绕着，浮现着……

应该为他们做些什么呢？首先我们要把帮贫济困列到议程上，重视他们！同情他们！温暖他们！帮助他们！这四个感叹号，第一条最重要，好说难做。现在都愿意结交富人朋友，能不能结交穷朋友？能不能始终把弱势群体放在心上？尽管我们院旦还很困难，但我们用微薄的力量，从能够做到的事开始，不需要豪言壮语，不需要轰轰烈烈，不需要作秀。从点滴做起，哪怕一年做一件事。为了那些无助的老人，无助的残疾人，无助的病人。我们从人的善良本性出发，人人都献出一份爱心，人人都伸出温暖的手。大家形成共识，把共识变成行动。从我做起，不仅是自责，还要付之于行动。实现"重视、同情、温暖、帮助"弱者的目标，这其实是我们共产党人最应该做的事。

2010年1月14日

有感于低调做人

最近大家都在议论上级新来的一位领导,他穿着老式布鞋,说话朴实,作风扎实,非常低调。这使我想起前几年在《人民日报》上读到的一篇文章《不事张扬的瑞士人》,读后感触很深。有些瑞士人走在大街上,穿着普通,挤公共汽车,但他们并不是穷人,而是身价千万或几千万的大富翁。瑞士人"行事稳健,不爱张扬,过日子非常简朴"。他们"富而不奢,富而不露""韬光养晦""善于守拙,务实低调"。透过权高位重的大领导和像平民一样不事张扬的瑞士人,再看看我们工作、生活中有些人的做法吧:

其一:官不大架子大。有点小权力的人摆不正自己的位置,忘记手中的权力是人民给的,门难进,脸难看,事难办。

其二:刚愎自用。总以为自己最聪明,听不进别人的话,不碰壁不回头。

其三:以个人为中心。无论做什么事都不能伤害自己的利益,围着他这个中心转,否则就骂娘或大发牢骚。

其四:标榜自己。本来就是个"芝麻官",本来家中没有几个钱,在众人面前摆架子,炫耀自己富贵。

为什么就不能低调点呢?不说大话,不摆架子,不摆阔,你会比别人低三分啊?低调做人才能低调做事,无论职位多高、权力多大,都不是永恒的。无论有多少钱,没有好的品德终究会失败的。

低调做人才能不断进步,无论你多聪明,多有文化知识,但是你目中无人,藐视一切,最终你会变成孤家寡人,一事无成。

低调做人才能身心康健,无论你能力有多大,任你好高骛远,不能踏实做事,将一事无成。办不成事就不会有好的心态,没有好的心态,就没有好的身体。

所以我们在日常工作、生活中,要学会尊重他人,特别要尊重弱者;还要清醒地认识到,人没有高低贵贱之分,如果有高低贵贱之分,也是此一时彼一时;当我们做每一件事的时候,要多想想他人的感受,是否公平,是否伤害了他人的尊严和利益,做到问心无愧。

2009 年 12 月 17 日

担　当

　　这几天看了电视剧《董存瑞》，看了小岗村书记沈浩的事迹。我作为一名老党员深受感触，深受教育。

　　当我们坐在温馨的家中和亲人们过着欢乐大年，当一对对青年人坐着高级轿车，尽情享受美好生活时，大概都没有想过这幸福的、快乐的每一天，都是董存瑞等无数先烈用生命和鲜血换来的。那一代人担当起建立新中国的重任，为了后人的幸福，他们无怨无悔，不提任何条件，不考虑任何回报，多少人连名字都没留下。虽然过去60年了，但是我们永远不能忘记他们为了民族解放，为了让穷人过上好日子，那种敢于担当的精神！

　　担当是一种责任，担当是一种态度，担当更是一种精神。董存瑞举起炸药包时，那种担当胜过生命。村官沈浩身居省城，却不嫌弃农村的百姓，他把百姓的事当成天大的事担当起来。民心、民意不是靠权力征服的，而是靠为百姓做好事做出来的。前几天，一位已退居二线的老同事很羡慕地对我说："工作不管多累，你还有机会去做，而我想去做已没有机会了。"是啊，工作着是美丽的，我们要学会担当，在困难面前，不唯唯诺诺，不牢骚满腹，要勇敢地去担当！在遇到挫折时，不退却，敢于担当！在工作出现失误时，不推卸，敢于担当！在党和人民需要你时，不讲条件，敢于担当！

　　话说担当，我老夫也不示弱，我要像沈浩那样，用智慧和心血努力为大家谋福祉，从一个起点向更高的起点迈进，踏踏实实地、一步一个脚印地和大家一起把我院的事情做好,让大家露出满意的笑容。

新的一年已拉开序幕了,虎年我们要有虎威,去开拓,去创新!我们大家一起来担当,把分内的事创造性地完成,把大局的事维护好,把同事间的关系协调好,把自己家庭的日子安排好。特别是男人,要顶天立地,把事业担当起来,把家庭担当起来!

担当是一种责任,担当是一种态度,担当更是一种精神。只有勇于担当,我们想成就的事业才能变不可能为可能!

2010年2月12日

变不可能为可能

2007年11月19日,我到新的工作岗位后,结合科研单位的实际,对科研人员提出了三句励志铭:"坚韧、执着、严谨、求实;创新,变不可能为可能;拼搏,从优秀走向卓越。"我想这也是对我自己的高要求。

经历半世纪的我,几经风霜,多路坎坷,在人生的舞台上没有给人们留下值得回味的好戏。所以,在新的舞台上要唱一台好戏。我和大家一起拼命地实践着这个励志铭。快两年过去了,我们没有说空话,很多事情看来是不可能做到的,但是坚持"变不可能为可能"的信念,我们成功了。两年来一件件事的成功,雄辩地说明不可能做到的事情,经过不懈的努力是能够做到的!这几天我成了空中飞人,三天到达四个目的地,本来没有希望的事情,但是没有放弃,凭着一线希望,凭着"变不可能为可能"的信念,从一线希望走向有希望。信心是成功的根本。执着是成功的纽带,有了"根本和纽带"才能做到不放弃,才能实现"变不可能为可能"!

2009年10月31日

真正淡泊名利的钱学森

中华民族的航天之父钱学森老人家走了,我作为一名中华儿女,为我们民族有他而自豪而光荣,为他用智慧创造的奇迹而骄傲。

钱老姓钱,但不爱钱,咱们把钱老的生活"晒晒",几十年就住在不超百平方米的房子,把奖金、稿费都捐了,自己始终过着简朴的生活。他把名和利置之度外,把民族利益放到了第一位。我亲眼看过美国囚禁他的监狱,中间一座孤山,四面环海,就想毁掉他。他如果为了享受,在美国他将过得何等的荣华富贵,可他没有!

我们很多人为了名和利争得死去活来,不惜采取各种卑鄙的手段来达到目的。看看钱老所为,是惭愧,是渺小,是懊悔,还是心安理得呢?有很多人常说,活得很累。为什么呢?因为名和利在作祟。钱老的品德让我们震撼,用他的品德来衡量自己,淡泊名利,从拼死拼活的挣扎中解脱出来,真淡泊了就轻松了。其实是很难做到的事,想想钱老,努力去做,别做名和利的奴隶了。

2009 年 11 月 12 日

我迟到了

哦,天已过晌,我迟到了——大学。

从我幼小的心灵烙上大学这两个字开始,多少个梦里,多少个日日夜夜,多少次在盼望,在拼命地呼喊:我要上大学,要当大学生!

啊,大学,我终于走进了你的怀抱,端端正正地戴上了校徽,真真切切地坐在了大学的课堂上,梦一般的现实,现实一般的梦。是啊,我已年近三十,却上了大学,这好像是误会,不,是真的!我流泪、我狂呼,我不知所措。

都说男儿有泪不轻弹,可我却流了三次眼泪。第一次是我接到通知书的那一刻。我们这一代人,在风华正茂的时候,十年浩劫夺去了我们大好的时光和机会,也夺去了知识和勇气。我这个1965年上小学、1976年高中毕业的高中生只是一张白纸,只会读几首语录。我们走向社会时,迎来的是瞧不起的眼光,我多少次苦恼、绝望。时间、知识、跟谁去索取?残酷的历史跟谁去算这笔账,一切一切都晚了,一切都完了。什么理想寄托,只能是虚度此生了。

然而,党和人民没有抛弃我们这一代人,给我们时间,给我们创造条件,使我在绝望中又看到了希望,看到了光辉灿烂的明天。我暗暗地高呼:"走上去,勇敢地走上去吧!重新踏上去,重新振作起来,夺回时光,夺回知识,接受时代的考验。"

啊!大学录取通知书。我捧着它几次次亲吻,泪水把它渗透,我终于成了一名大学生。

我入学那天,同学们、父母和妻子儿女为我送行,他们依恋地拉着我的手;同志们告诫我,努力读书。父母嘱托我读出名堂。妻子让我放心,两个活泼的小宝贝哭着喊着要爸爸。我的心要碎了,看着亲人们的面孔,连句再见也没有说出。车开动了,眼泪流进了我的嘴里。虽然有些苦涩,却又别有一种甘甜。

面对着静静的校园,面对着老师,我思绪万千,怎样学习才能对得起党和人民的培育?才能不辜负父老和妻子的嘱托?怎样才能做一个名副其实的大学生?究竟要向党和人民交一张什么样的答卷?思来想去,我镇静了,今天来之不易,四化需要我,人民用汗水供我们上大学,泪水变成了我奋进的力量。我在日记中写道:"虽然韶华已过,但锐气不减,决不能有损于大学生这个光荣称号。"

啊,大学,请让我代表我的父老,代表我的妻子儿女,再一次亲吻你,拥抱你吧!

啊!大学,我迟到了,请接受我的答卷。

古柏对我说

我有个习惯,一遇到不快就向门前的古柏树诉说。这棵古柏不知有多少年了,据爷爷讲,他小时候就非常喜欢它。我跟爷爷一样,非常喜欢这棵树,它挺拔、苍劲,枝丫怒向天穹,斑驳的树皮上,刻满岁月的痕迹,它不枯萎总是那样茂盛。爷爷过世了,我总觉得它像爷爷那刚直的性格。因此,对它倍加爱戴。

春天降临了,又开始了一个新的季节。岁月真是来去匆匆,可是回首反顾,我懊悔逝去的岁月,慨叹自己所成无几。

春天的雪夜很宁静,我想找古柏说一说。正走着,风中飘来一对青年人的对话:

"你给我再弄上几个毛主席像章,还有几个哥儿们没戴上呢?"

"怎么,戴上像章,物价就稳了,党风就正了!"

"你别管,反正……"

青年人从我身边擦过去,消逝在银色的夜幕中。"怎么?怀旧,今不如夕?"我大声地说着,抓起一把雪向他们抛去。雪团散了,不知怎么朝着我的脸扑打过来,又凉又痛。我镇静了一下,是啊!青年人在怀旧,你不也在发牢骚吗?还有一些老年人不也……不过各有各的方式罢了,这是为什么呢?

我走着、思索着。古柏挡住我的去路,我欣喜若狂地抚摸着它那斑驳的树皮,孩子般地发问:"岁月老人,您能回答我吗?"古柏开口了:"年轻人,愿意吃馒头,还是吃窝窝头?"

"当然是愿意吃馒头了!"

"那么?回到十年以前的岁月,你吃什么呢?"

我哑言了。

"你愿意回到十年前的岁月吗?"

"当然不愿意!"

"从窝窝头发展到馒头这个历史不能割断,你们现在是不想用劳动换来馒头,而是想让馒头从天上掉下来,达不到就骂娘。"

"是的,对改革太苛刻了,期望值太高了。"

"年轻人,当公共汽车爬坡时熄了火,是稳坐不动骂娘好,还是下车帮着推一把好呢?"

"当然,要推了!"

"好好,不要你一个人,都要来推。"

"是啊,牢骚过盛防肠断,风物长宜放眼量。"

我抬起头,依然仔细地抚摸着古柏那斑驳的树皮,悄悄地对它说:"谢谢您,岁月的见证人!"

圆圆的月儿把雪地照得通明,春夜的大地已成了一个银色的世界,千家万户的彩灯映得雪地闪闪发光,像用赤、橙、黄、绿、青、蓝、紫的鲜花,编织成五光十色的彩虹,飘落在银色的世界上。我兴奋了,我庆幸适逢这壮丽的好时光,庆幸适逢改革的好时代!

古柏理解了我,又轻轻地鼓励我说:"去吧,年轻人,在人生的旅途中要勇于探索;对智慧的果实要多多采撷和寻觅;在生活的沃土上要勇于开拓和耕耘;在改革创新的洗礼中锤炼自己,发展自己。"

我频频地点着头,眼睛湿润了。古柏老人,请您经常对我说……

铁饭碗

　　大学像座"金殿",只要登上去就捧起一个铁饭碗。是啊!人生悠悠,谁不想捞上个铁饭碗,更有甚者还要加上个钢箍。哪怕是大旱大涝,妻大老小不愁吃穿,美哉!善哉!妙哉!铁饭碗多多益善。

　　然而,现实总不似做梦那般甘甜,为了捧上这只铁碗,多少志士顶月数星,绞尽脑汁,最后把玉体弄得前胸贴了后背。天赐良机者登了上去,不幸者托着瘦体重新钻进书山,细细重温,可叹,可叹!

　　坐在金殿上的人,有甚者捧着铁碗天天美食,日日花中行走,蜜语相伴,飘飘然然。昨日一腔热血、海誓山盟抛到九霄云外。

　　叶落了,他挺着胸脯,拿着盖着钢印的红彤彤的大证书,气昂昂地走向他美好的乐园。可叹这座花香四溢的乐园,竟来了这位不会浇花的人。花终于枯萎了,主人把这位"骄子"驱赶,他举着那大红本,一边摇着,一边狂喊:"我这是铁碗,怎么会打烂?"

　　浪沙淘尽,时不再昨。别说是铁碗,就是金碗银碗也要砸个稀巴烂。想吃饭吗?需要钱!想挣钱吗?要有本领!

　　"金殿"依然雄伟壮观,向志士招手,可就是发给"铁碗"也讨不来饭。朋友,可怎么办?朋友,不要发难,现在还是早晨,正逢春天。请你重踏书山,贪婪地吸吮,充实丰富你那空荡的大脑。

　　当你领取了那大红本时,挺起胸,昂起头。你可以大声疾呼:来吧,风、雨、浪,我的翅膀经得起考验。

折　服

5月10日,我带领蔬菜所的同志们到沈阳农大、雷奥公司去学习。在晚宴上,王琳教授一席话和我院派去学习实践的王东介绍雷奥的情况,使我彻夜难眠。

王琳教授说,他的团队有一种精神是创新领先。创新领先就是每一个人天天想,天天用实际行动在做。在这个团队新技术、新思想、新做法是公开的,不是保密的。他说科技无国界,只有公开比较才能相互进步。他还说当老师的不能怕学生超过自己,不能嫉妒学生。要鼓励学生超过自己,创新只有在比学赶帮中才能实现,学者们才能进步。封锁成果,封锁技术,想独霸一方,想成为老大,是搞科研之大忌,所以他的团队始终能站在玉米研究的前沿。

王琳教授说,他的团队有一种管理叫先进。这些年雷奥在天南地北搞试验,铺了这么大摊子,靠什么搞得井井有条、成果颇丰?就是依靠先进的科学管理,先进的科学管理不仅出成果,而且节约了人力、物力,管出了效益。王东说来雷奥最大收获是人家的科学管理,高效率,高质量,做到了不浪费一个小皮套。雷奥告诉我们科学研究,光靠科学管理不行,还必须是先进的。只有这样才能跟上世界先进的育种技术,否则就会落后。所以雷奥团队始终盯住美国的玉米研究,默默地为中国民族种业争光。

王琳教授说,他的团队有一种素质叫相互亲和。团队内人人平等,员工之间相互尊重,相互关照,相互宽容,不攀比,不嫉妒,不钩心斗角,不相互猜疑,不背后讲究人……虽然是私企,但这里的老总、中层和员工一样,没有高低之分。一人有困难,大家齐上阵,企业有困难大家也齐上阵,不管大事小事员工和谐的就像一家人。王东介绍,在集体干活时,副总分配完工作后,大家都非常自觉紧张有序地去做,干完活后主动清理现场,一个纸袋、一个皮套都自觉地捡起来。处处自觉做事,亲和为人,成了这里的风气。

  王琳教授说,他的团队有一种力量叫众志成城。因为员工心中无敌,"心中无敌,才能无敌于天下"。他的话讲得好啊!员工心不顺,相互不团结,能步调一致吗?一个团队能达到步调一致,众志成城,不是说到就能做到的。这个团队的人和事,是不是让人深受感动,会不会令人折服?反正我是被折服了。

2010 年 5 月 18 日

骆驼泪

我今天看了一篇寓言《骆驼泪》,十分感慨,思绪万千。

寓言说:在戈壁滩大沙漠里有一群骆驼,靠仅有的绿洲生存着,年复一年。绿洲由于干旱越来越小,骆驼常常吃不饱,那些老骆驼为了小骆驼更是舍不得多吃。有个骆驼特讨大家喜欢,所以叫它大欢。大欢不仅勇猛,还总能找到吃的,有了它小骆驼就不会挨饿,也不会有危险。但它自己却经常挨饿,可是大欢渐渐老了,走不动了。这年绿洲已基本干枯,骆驼群只得转移。大欢由于长期吃不饱病倒了,它一步也走不动了,那些大骆驼和它曾经保护过的小骆驼看见大欢倒下了,认为没救了,都绕开大欢走了。大欢看着一个个心爱的同伴都走了,连头也不回,它十分伤感。想起自己将孤零零死在这里,被沙子埋掉,再也看不到亲人了,便老泪纵横。它拼命地喊啊,喊啊,但没有一个骆驼回头看它一眼,甚至没有一点回音。它绝望了,它想起那一幕幕……

小花骆驼是它救活的,小黑子是它从沙堆里抠出来的,大蹄子是它喂大的。还有许多骆驼都是它养大的,它们即使不抬我,也应看我一眼吧?大欢痛心,它就是想不通,问自己这是为什么,因为我老了吗?因为我无用了吗?不会的,它们能这样没良心吗?它们能这样现实吗?突然大欢眼前一亮,明白了,亲人们看见我怕我更伤心、更痛苦,就让我静静地死去吧。大欢又流泪了,嘴边还含着一丝微笑,它感恩亲人们,带着憧憬和幸福轻轻地闭上了眼睛。

也不知过了多少天，大欢醒了，它睁开双眼，看到眼前是一片绿洲，还有汩汩流淌的小河，而不是沙滩。看着小河和那嫩嫩的青草，它渴，它饿，它迫不及待了。也不知从哪来的力气，它竟站了起来，饱饱地美餐了一顿。蓦然，大欢着急了，同伴们呢？它想起来了，饿跑了，它们怎么样呢？我必须把它们找回来，大欢开始漫长的寻伴路程。

执着的大欢经过千辛万苦找到了同伴，同伴们不相信大欢说的绿洲，大欢苦口婆心、用尽了智慧才把同伴们劝回来。骆驼们踏上绿洲时惊呆了，它们问为什么，心想：大欢还是大欢吗？而大欢还像从前那样微笑着、忙碌着、呵护着小骆驼。骆驼们这次集体落泪了，第二天泪水变成了一条小河，清澈的河水汩汩流淌。嫩嫩的青草拔节似的生长，比那条小河边的青草长得还高。

看完这篇寓言《骆驼泪》，我也想变成大欢。

2010年2月7日

快乐分享

时光陪我们走过春夏秋冬,
岁月陪我们走过花开花谢。
无论时光如何流逝,
愿我们所做的一切越来越好。

风好正扬帆
（解说词）

　　草原上的风和别处不同，来自遥远的亘古，劲掠苍茫无际的原野，历数着曾经的沧桑。就在那一天的秋红尽染之季，它掠过云隙的一缕霞光，与一片花香飘逸的田野对视，那一刻，它安静了，温柔了，只因那片田野的气韵与风度。

　　让风儿倾情的田野，是通辽市农科院那片充满生机的现代农业科技园区。作为地区级农科院，她视创新如生命，不仅有玉米、蓖麻、高粱、蔬菜和荞麦五个作物研究，先后登上了国家产业技术体系这个富有影响力的平台，而且还敢为人先，2011年建成了以戴景瑞院士为首的自治区首家玉米院士专家工作站。2013年建成了自治区玉米育种技术工程实验室。2014年7月，建成了全国首家玉米博物馆。来自大连民族学院的党委书记王晓华同志曾经感叹，通辽玉米博物馆是他看过的用最小的面积展示玉米起源与发展的最好的博物馆。

　　拥有200名员工的通辽市农科院，环抱3000亩沃土良田，坐落在通辽城东24公里处。它的重要性在于，它每一次的技术突破都牵动着通辽农业发展的脉搏。

　　曾经长达120年之久的科尔沁草原放荒史，孕育了农业的萌芽。

　　因100年前最后一次的巴林爱新荒，通辽建城。

　　1949年9月，通辽市农科院在原东北王张作霖的"东大营"旧址上成立。科技之光犹如启明星,从通辽城东方冉冉升起,渐渐照亮了通辽6万平方公里的大地。

科技之光,犹如黑夜海上不灭的灯塔。通辽从传统农业向现代农业转变的步伐坚定有力。新品种新技术日新月异的改变着种田者的生活。传统农耕的日子连同时代的记忆作为历史,被精心珍藏在玉米博物馆里,不再应用的老品种和汗渍斑驳的老农具无声地表达着对前辈的怀念与敬仰。

如果说,通辽粮食生产的沧桑巨变,标注了农科院的辉煌成就。那么,在2013年通辽跃升为全国百亿斤粮食地级市之一的荣耀里,抒写着农科院与通辽城共有的语言——求变求富。

新事物犹如破土而出的幼苗,它生长于落英满地的沃土之上。进入飞速发展的21世纪,农科院决策层以前瞻的考量重新搭建起今日的科研体系框架。除了传统的玉米、蓖麻、高粱研究之外,增加了荞麦、水稻、向日葵、食用豆、谷子、糜子、蔬菜研究。十个作物试验区拼接出的五色斑斓,演绎着别样的春意盎然。

当深加工业蓬勃发展之时,通辽黄玉米实现了从传统的食用饲用到现代加工业利用的华丽转身,再一次爆发出强劲的潜能。建设世界小品种氨基酸生产基地的城市战略,又把农科院的玉米科研推向具有更广泛影响力的高度。

广泛应用于航天、医药等领域的蓖麻,被许多发达国家列为重要的战略资源。采用农科院专利技术——标雌系诱变保持法生产的杂交蓖麻,代表着中国蓖麻科研和生产的最高水平,它的杂交种纯度高达99%,全国第一。

高粱科研是东北红高粱的一面旗帜。品种从黑壳小蛇眼到内杂5,再到适宜机械收割的通杂108;利用方向上实现了从以食用为主到加工为主的转变,科研人员用他们如火的生命把美酒酿成了一首首创新之歌。

荞麦、水稻、谷子、糜子、食用豆、向日葵和植保研究所,作为新恢复和成立的研究团队,正在步入种植业结构调整的黄金发展期。

科技发展从来考量的都是人才。20世纪50年代来自北京、上海等地的高校毕业生,为通辽农科院这座科技大厦铸就了基石。登上园区广场的观光台,轻柔的风在低语,因为它记得当年科研人的身影在田间穿梭忙碌,他们的业绩与梦想一起被镌刻在匹本石书上,石书是后来者为前辈树立的丰碑。

天时、地利、人和,是中国人心中渴求的理想条件。如果说农科院在寸土寸金的今天,以坐拥3000亩沃土的资源,让界内同行艳羡的话,那么,国家级农业科技园区的科技优势犹如鲲鹏展翅,以农科院为核心,通过培训与推广,优良品种和先进技术将覆盖2000万亩的耕地并惠及200万农业人口。最终,让那句对它充满期冀的话语实至名归:通辽农科院应该成为引领通辽农业发展的地方。

幼苗破土而出,改变世界力量蕴藏在从园区培育出的各类作物新品种之中。无论是过去声名远播的老品种,还是崭露头角的新品种,携带的是农科院精神。

农科院的精神,如果用一句话来概括,那就是变不可能为可能。变不可能为可能的追求,塑造了农科院人低调做人、高调做事的品格,他们诚实守信、严谨求实、坚韧执着。被通辽人广为传颂的老一辈高粱专家李文林、玉米专家钟崇昭、熊铁生等人钻研奉献的故事,永远也不会被人遗忘,《农科院院志》的每一页都写满了他们最初的愿望……

好风凭借力,送我上青天。如今,国家科技创新大会的春风拂面而来,青云之志再一次被点燃。通辽农科院,必将带着60年的光荣与梦想,从容走进建设绿色农畜产品生产加工基地的热潮。

通辽农科院,一个花香飘逸的地方!

通辽农科院,一个变不可能为可能的地方!

犁下绘丹青

——在内蒙古民族大学农学院新生入学教育上的演讲

2017年下半年开学季,内蒙古民族大学农学院党支部书记都春霞特意邀请我给入学新生做演讲。她说每次到通辽市农科院,她被农科院华丽转身获得的荣耀而震撼,更被科学家们勇攀高峰、坦荡无畏的人生追求而折服,让我给学生们讲讲农科院的故事。一来本人作为民大客座教授是分内之事,责无旁贷;二来农科院作为农业科技工作者的家园,其深刻内涵、广泛影响力和战略引领,都值得我向青年学子们讲述。恰好前不久,全区农业科研单位联席会议在通辽市农科院举办,作为承办方,我们制作了八分钟的专题片《风好正扬帆》,大家给予很高评价,我将它作为这次演讲的框架和思路。

这是一个变不可能为可能的地方。

凡是一切美好事物,无一不是创新的结果。通辽市农科院是一家以玉米、蓖麻、高粱等农作物新品种选育推广为主要任务的地区级农业科研单位。通辽市粮食生产的沧桑巨变,标志着农科院取得的辉煌成就。下面,我向大家讲讲通辽农科院几个科研团队的故事。

钟崇昭、熊铁生团队的故事。钟崇昭、熊铁生二人是二十世纪五十年代从中国农业大学支边来到通辽市农科院的。他们这群南方的年轻人来到北方安家立业,不惧条件艰苦,奋发有为,迎难而上。在没有研发仪器、没有计算机、纸墨都缺的情况下,他们点着煤油灯,披星戴月与玉米厮守在一起。钟崇昭老先生为研发杂交玉米品种,走南闯北,求师拜友,搜集玉米的各种资源,写下了无以计数的研发材料。熊铁生作为一个女科学家,为了研发杂交玉米品种,她把幼小的女儿托付给邻居照管,和同志们一道历经二十多年漫长而坎坷的历程,终于研发出了黄莫417。黄莫417杂交品种的诞生,不仅解决了玉米亩单产不高的问题,而且让通辽及东北地区老百姓填饱了肚子,成为通辽市农科院以及内蒙古东部玉米杂交品种研发历史上的一个里程碑。随着玉米黄莫417杂交品种的诞生,通辽市实现了玉米单产的巨大突破,亩单产从500斤提高到1200斤。通辽市2000万亩玉米一年多产120亿斤。

2017年,熊铁生的女儿顾成华(现任哈佛大学终身教授)携一家四口人陪母亲重回农科院,这是她出生的地方,她跟我们介绍了她的父母如何废寝忘食搞科研的一桩桩、一幕幕震撼人心的故事。她说:"每当我在哈佛大学工作遇到挫折的时候,我面向东方而立,想起我的祖国,想起我儿时的农科院,想起我那无私忘我搞科研的父母,我就泪流满面,泪水洗涤了我的心灵,也给了我无穷的力量,我感觉到祖国时时都在我心中,农科院和我两位伟大的科学家父母时时在我心中。是祖国,是两位伟大的科学家给了我奋进拼搏的力量。"

熊铁生女儿感人肺腑的一席话,不仅让在座的科研人员潸然泪下,也使我对熊铁生这一代科学家愈加崇敬、崇拜。我们今天的农业科研如果没有这样一代奉献了青春又奉献了子孙的老科学家,就没有我们今天农业的辉煌成就。

严哲洙、包红霞科研团队。这两代科研人研发的沙漠种稻技术,更是创造了通辽市水稻种植的奇迹。

严哲洙是二十世纪八十年代初通辽市农科院为了研发水稻专门从延边农研所挖来的专业人才。老人家来到通辽后,走遍了通辽大地,寻找适合种植水稻的地方。他克服交通不便、路途遥远等实际困难,坐着小马车、老牛车,骑马、骑驴去寻找那一片片适合种植水稻的农田。在他的带领下,通辽水稻作物终于诞生了。水稻种植面积从零发展到三十万亩,通辽人吃上了自己种的水稻。老人家在了解通辽的地理、气候条件后,研究出了一套适合本地的水稻栽培技术和品种,成为通辽水稻种植的奠基人。近几年,他虽已70岁高龄,但仍然牵挂着通辽水稻事业的发展,即使在身体有恙、让老伴陪同的情况下,也要到实地听取汇报、现场察看水稻长势和遇到的难题。他对通辽水稻作物发展的一片赤诚衷心一直激励着后来人。

包红霞水稻团队2007年重新建立,在严哲洙老人家研究的基础上,他们开辟了水稻研发实业的新征程。他们首先向研发杂交水稻目标进发,发扬严哲洙老人家的拼搏精神,在水稻这个小作物不受青睐的情况下,他们持之以恒,不畏困难,通过一次次的实验、一次次的示范、一次次的失败、在屡败屡战中累积经验,终于研发出了通辽杂交水稻品种,开辟了通辽水稻作物杂交品种的先河。近几年,包红霞团队在内蒙古地区乃至东北声名鹊起。

包红霞团队做的第二件事是:向沙漠水稻进发。通辽南部沙漠面积比较大,有进行沙漠水稻开发的广阔前景。他们在库伦、奈曼与当地合作社合作,经历了无数个日日夜夜、经历了无数次失败,在沙漠种植水稻上取得成功。沙漠种植水稻的成功,不仅让沙区老百姓吃上了新鲜大米,更重要的是实现了沙区的生态恢复,成为稳风固沙的屏障,实现了个人收入、经济效益和社会效益的三丰收。为此,中央电视台专门来到通辽给包红霞水稻团队拍摄了《沙漠里飘出稻花香》专题片。此片在中央七台播出,受到了全国观众的称赞和好评。

包红霞水稻团队的第三个目标是：向旱稻和水稻直播技术进军。经过多年的反复实践、反复探索，水稻直播技术基本实现，旱稻种植技术也基本成熟。近几年，该团队研发出了哲稻3、哲稻4、哲稻5等水稻杂交品种，得到了内蒙古东部及东北种植专家、种植户的认可，他们研发的品种落户于东北各地，各大水稻种子公司也纷至沓来。

严哲洙、包红霞水稻团队两代人研发水稻的故事，让我这个经历者很受鼓舞。他们的成功实践，雄辩地证明了小作物也可做出大文章，有为才能有位。

科学家李文林研发高粱的故事。这个故事也在农科院流传了几十年。"文化大革命"期间，李文林受到影响不能搞科研，但是他坦荡无畏，仍致力于高粱品种的研究。有一天，院保卫人员向院领导报告说："夜间咱们院北边的高粱试验田有鬼火。"领导很惊讶："真有鬼火吗？你再去看看。"院保卫人员轻轻走进高粱地，发现夜幕下有微弱的火光在流动，高粱叶子被风吹得哗哗作响，保卫人员吓得惊慌失措，连滚带爬地跑了。第二天、第三天、第四天，又观察了数天，天天"鬼火"隐动。保卫人员把这一切又向领导汇报，领导最后决定，动用民兵数十人采取"武装"行动包围"鬼火"，探明真相。

这一天半夜12点左右，"武装力量"包抄了高粱地，一群胆战心惊手持武器的民兵一步一步向"鬼火"走近。一步、两步，谁也不敢再靠近，院领导仗着胆子喊："上！"包抄队伍逼近了"鬼火"，"鬼火"也发现一群人包抄过来。鬼火说："你们干什么？我是李文林。"包抄的队伍呼涌而上，一看是李文林手提马灯在观察高粱的长势。领导上前跟李文林说："你吓死我了，半夜三更在干什么？"李文林说："我夜间观作物的变化，能听见高粱'吱吱'的生长声音。我在这里，不仅是倾听声音，也是在对话。"有人说："不准你搞科研了，为什么你还来？"李文林理直气壮地说："白天我没有耽误工作，夜间属于我自己的时间来搞科研不行吗？"所有人都哑口无言。"鬼火"的故事也流传的越来越广，李文林老先生为通辽的高粱作物研发用尽了一生的精力，他研发的高粱品种在内蒙古乃至东北时至今日都赫赫有名，堪称东北红高粱的一面旗帜。老人家就是用这种百折不挠的精神，研发出了一个个适应通辽地区的高粱品种。在那个缺衣少吃的时代，高粱米填饱了通辽人的肚子，他的贡献将使通辽人永远铭记。我在农科院工作了十几年，也常常给年轻人讲起"鬼火"的故事……

朱国立蓖麻科研团队的故事。这个团队培育出了杂交蓖麻新品种。朱国立大学毕业分配到农科院后，开始从事蓖麻性状遗传、新品种选育、生理栽培及应用技术研究，至今近三十载。他主持参加国家、自治区、通辽市科技攻关项目二十项，在蓖麻花开桃落中，收获了国家科技进步奖；自治区科技进步奖、丰收计划奖、科技承包奖；还荣获通辽市科技进步奖、通辽市科教兴市特别奖、国家发明专利。在国内外发表科研论文五十余篇。凭借自主创新的丰硕成果，他被国家农业部确定为蓖麻产业技术专项首席专家。朱国立这些成就的取得，是他发扬农科院老科学家刻苦钻研精神，把蓖麻这个小作物做到了极致。他首先攻克了蓖麻的杂交品种，又实现了蓖麻的矮化。朱国立担任农科院副院长之后，政务工作再繁忙也从来没有放弃蓖麻的研究。他坚持天天到田间，天天与蓖麻对话，数十年如一日。成为国家蓖麻行业首席专家后，他组织全国研究蓖麻的专家学者共商全国蓖麻产业发展大计，由于他的组织领导，带动了全国蓖麻产业的发展。尽管蓖麻产业走入低谷，但他仍信心满满，决不放弃，带领全国蓖麻专家和学者开展蓖麻品种栽培技术的创新，也一直在研究解决蓖麻机械化的问题。由于朱国立同志对蓖麻产业研发的坚持，使蓖麻这个小作物成了通辽市农科院的一张名片,走向了全国,走向了世界。他的蓖麻研究位于世界领先地位,成为中国蓖麻产业的一面旗帜。

未来世界的竞争,归根结底是人才的竞争。我们制定了开放办院的发展战略,建设吸引和聚集人才的大平台,为科学家搭建更广阔的创新大舞台。先后建立了内蒙古首家玉米院士工作站,玉米、高粱、荞麦研究团队成为国家产业技术体系试验站,蓖麻研究成为国家行业专项首席单位。

回顾这十年来,我和科研人员拼搏奋斗的经历,我们感慨万千,有很多事当时我们认为困难太大了,是不可能的,但是凭着坚韧执着的精神,我们脚踏实地的埋头苦干,让一桩桩、一件件科研设想成了现实。所以,你们年轻人一定要有创新的精神,才能拥有未来;要有执着信念,才能变不可能为可能。"变不可能为可能"这是我们农科院精神的精髓。

这是一个花香飘逸的地方。

在制作《风好正扬帆》这个宣传片的时,我写了这样一段话:通辽农科院的田野,又到了秋红尽染之际,邀你来与花香飘逸的田野对视,与风儿倾情的田野私语,真实感受田野的气韵与风度……这些话毫无夸张,而是今日农科院的真实写照。

当你步入农科院,首先映入眼帘的是一块神似鱼跃龙门的标志石。两侧是饱经风霜六十年的松柏和黄灿灿的金娃娃花。微风吹起的三面红旗在向你致敬!黑色大理石上的通辽农业科学研究院九个大字气宇轩昂地矗立在那里。

当您走进农科院的科技园区,整整齐齐的玉米像仪仗队似的列队欢迎你,错落有致的红高粱捧着笑脸欢迎你,腼腆的谷子像礼仪小姐似的向你弯腰行礼,彩色的蓖麻像穿着盛装挥着绿蕉扇为你鼓掌。

当您走在柳荫小路上,柔情的柳叶拍打着你的脸庞,让你浪漫遐想。当您踏上盛开的菊花大道,杏黄的万寿菊簇拥着你,进入了花的海洋。当你走上曲径通幽的石板路进入城市森林,透过松柏间那一线蓝天,你会感叹通辽农科院还有一片小森林可以驻足,实实在在的感受和品味着曲径通幽处,别有洞天情;当你登上麦穗广场的平台,鸟瞰四周田野,玉米、高粱、蓖麻、向日葵、荞麦等各种作物朝你微笑而来。这是田园吗?不是。这是一幅浓妆淡抹的画卷吗?不是。这是数以万计颗小生灵在向你招手,在与你轻轻低语。在你环顾四周被满眼绿色陶醉时,尽收眼底的是一面鲜艳的党旗——镰刀斧头。党旗镶嵌在田野的中央,党在科学家的心中,党指引我们科学家前行,党给我们无穷的力量和智慧。

赤橙黄绿青蓝紫——花香、果香、米香,眼醉了,嗅觉模糊了,心潮荡漾了,这就是花香飘逸的通辽农科院,想去吗?

通辽市农科院和共和国同龄,艰难坎坷都曾有过。如何让这个在通辽城东占地 3000 亩的农科院焕发青春与魅力,成为我们农业科技工作者创新与生活的乐园,我们进行了这样的总体布局:人与文化是风景的魂,没有人和文化的风景是没有灵魂的。因此,两园两馆应该成为农科院景观的核心支柱,用文化与艺术来提升农科院的品位。

两园是现代农业科技园区和生态园。农科院玉米、蓖麻等十个作物研究成果是几代科研人潜心创新的结果,现代农业科技园区涵盖了十个作物试验区。农科院东侧有一片通辽的母树林,为保护这片母树林建设了生态园。两馆是中国首家玉米博物馆和东大营抗日纪念馆(待建)。围绕两园两馆,以农作物试验为主体,林木、花草做陪衬,形成林、草、花、作物一体化景观,各显纷呈。按总体布局对科技园区、生态园进行重新设计规划,路、树、渠、广场重新进行了建设。

催人上进的励志语一直伴随着我们的工作。如农科院精神：创新，变不可能为可能；拼搏，从优秀走向卓越。农科院核心价值观：坚韧、执着、严谨、求实；让激情和活力点燃科技创新的梦想；让我们的心灵与农科院一起变美等等。励志语不仅走进了每个员工的心中，也变成了每个员工的实际行动。科技园区有两块树志石，一块神似三个鱼头叫鱼跃龙门，另一块石头形似骆驼，象征我们科研人有骆驼精神。在园区的东南面，我们建设了麦穗广场，共十七步台阶，门口是"科技创新"四个大字，广场两侧是四本石书。石书上书写着我们美丽的农科院。

在生态园风景的打造上，我们以果树林为中心，种植了几十个品种的果树和风景树，起到了很好的保护作用。松树林里又铺建了石板路和小亭子，还种植了各类蔬菜，使瓜、果、梨、桃都进入生态园的大家庭，使自然之美和艺术之美融为一体。通辽市农科院现址曾是张作霖的东大营。我们还在筹划东大营抗日纪念馆，将东大营抗日英雄谱在这里展现。

通辽玉米博物馆按照以科技为主体，历史和文化为两翼的思路进行了建设。四个展厅1555平方米，用科技、历史和文化告诉了世人玉米的前世今生，也在我们国家首次全面系统的介绍了玉米的起源、传播、演变、品种培育、种植技术、产业发展和未来走向。玉米博物馆从门外小广场到每一个展厅都用文化和艺术的理念进行了设计，每个楼梯都挂上农家玉米风采的画面，既体现了玉米的特殊性，又展现了玉米文化的鲜活。

坐落在科研楼五层的学术报告厅是科研人员学习交流的场所，讲台上经常有来自全国各地农业科研单位、高校和企业的大咖们交流研讨。报告厅中的三个支柱上写着：一粒种子改变世界。报告厅的棚顶是蓝天白云，四周墙壁24个孔用24种作物标本展示。

这是一个书香飘溢的地方。

农科院这个农业科技工作者的家园不能没有书香。植物是我们的研究对象,科学家研究的过程就是走近植物,与植物对话。科学研究过程艰辛、漫长,需要付出心血,更需要耐得住寂寞。在长期的研究工作中,科研人养成了苦中作乐、坦荡无畏的人生观,他们把与植物的对话写成了一本本研究文集,把对人生的理解写成了一篇篇文章。

我们有农科院的动态,农科院学习苑,农科院网站等等。2009年我们全体员工每人都写了一篇文学作品,我们编书成册叫《不负春光》,达三十余万字。又相继出版发行了《茶余饭后》《人生可如虹》《微心语》《走进通辽玉米博物馆》《通辽市农业科学研究院——农业实用技术》《通辽市农业科学研究院院志》《蓖麻研究文集》等画册。大型画册有《通辽市农科院现代农业科技示范园区》《犁下丹青》《员工风采》。我们建立了学习型平台:《电子杂志·聆听》。我们还制作了专题片:《不负春光》《风好正扬帆》《风雨兼程六十年》《让历史告诉未来》《通辽市农科院老专家风采》《通辽市农科院360全景展示》《科研团队VCR》《通辽市农科院院士工作站》《农田餐桌——通辽金秋之旅走进玉米博物馆》《沙漠里飘出稻花香》,其中两个专题片由中央电视台亲自来摄制制作。《走进通辽玉米博物馆》《沙漠里飘出稻花香》两部专题片,分别在中央台七套播出。

我们还创作了农科院院歌:《农科院就是一首歌》《丰收的摇篮》《农科赞》《让激情把梦想点燃》。

花香飘逸的地方伴着书香流溢,使花更鲜艳美丽。工作在田园风光中的科学家们让美丽一次次注入精气神,研发的幻想和梦想一次次变成现实。书香飘溢的地方不仅仅是书香,他给了我们信仰,给了我们理想,给了我们力量,也给了我们诗和远方。走进通辽农科院让你感觉是犁下写出的诗,是犁下绘出的丹青。你也会感觉一个变不可能为可能汇成了这首歌,那就是农科院之歌。农科院就是一首科技创新之歌。

　　这里就借用我们成果汇编上的一句话作为今天演讲的结束语吧！天空没有翅膀的痕迹,可我已飞过……

通辽玉米博物馆
解说词

序厅

　　通辽玉米博物馆是在通辽市农科院原实验楼的基础上改建而成,是目前我国第一家比较全面系统反映玉米历史发展的专业博物馆。2013 年 7 月筹建,2014 年 7 月末基本建成。博物馆布展面积 1500 平方米,除了我们现在所在的序厅之外,还有四个厅,分布在一楼、二楼和三楼的东半部分,基本陈列包括玉米品种演变、耕作制度沿革、综合利用和战略引领通辽四个部分。

　　玉米传入中国已经有 500 年的历史。这 500 年来,王朝兴替,社会进步,人口增长,玉米扮演着越来越重要的角色。现在,玉米是世界也是中国第一大作物,正在通过现代食品和能源工业对人类产生复杂影响。玉米传入通辽已经有 100 年的历史,从最初的零星种植发展到成为国家 23 个百亿斤粮食地级市之一,玉米和通辽人在科尔沁草原上演绎了一段难以忘怀的故事。昨天已经成为历史,未来的玉米故事要靠我们和子孙后代去演绎。站在过去与未来的节点上,今天我们把这段历史珍藏,为我们的过去,也为我们的将来。百年求索路,犁下绘丹青,这是本馆陈列展的标题,也是几代通辽人辛勤耕耘的真实写照。

　　大家请看正面墙上的通辽玉米海巨幅摄影作品。这幅作品表现的是,我市正在建设的800万亩高产高效节水粮食功能区的一个侧影。通辽地处环渤海经济圈、中国东北经济区和东北亚三角经济区,与哈尔滨、长春、沈阳一起被国务院规划为区域性物流节点城市,把通辽市摆在与东北三省省会城市同等重要的战略位置,区位优势明显。周边800公里范围内有15个百万人口以上城市,优越的区位使通辽生产要素集聚能力强、资源配置半径小、市场空间大。320万蒙汉各族人民在6万平方公里的土地上,仿效竞争,共建家园。

我们面前的这座雕塑作品,是本馆的标志性雕塑。雕塑造型寓意深远,构图严谨,线条流畅,充满强烈的动感。包含的玉米、草原、蒙古包、羊群、蒙古族姑娘、绸带、日月云霞、飞鸟等众多元素所表达的和谐包容、团结奋进和追求幸福的精神寓意,也彰显了通辽市委、市政府和人民发展玉米产业,富民强市的神圣使命感。

前言与雕塑相映成趣,高度概括了通辽玉米的历史发展与建馆目的。

博物馆前言:"源起美洲,越七千年不衰,适佳境而旺发。通衢沃野,辽阔平畴。通辽黄玉米,根脉所系。内蒙古粮仓,声弥遐迩。蒙汉民族,仿效竞争。耕沃土,实仓廪,启征程,腾巨浪。筑梦时代,继往开来。通辽人扬科技之神威,施现代农业之法,辟科技高产、生态节水、循环发展之新路。转变跨越,聚焦小品种氨基酸,穷玉米之潜能,彰显鲲鹏激浪之豪情。求索百年,犁下丹青。建馆存护,责任荣光。"

大家请看我右手边这面图版。国家重要商品粮生产基地、内蒙古粮仓和通辽黄玉米原产地标记注册认证,是我们通辽玉米三块闪光的招牌。它们代表了过去,通辽玉米的明天将是国家重要的玉米生物产业基地和世界最大的小氨基酸生产基地。这些内容将会在接下来的参观中详细介绍。

这一组照片,是六十多年来,国家、自治区、通辽市各级领导莅临我院指导工作的部分照片。

第一厅

玉米起源装饰画介绍

这是一幅体现玉米起源的装饰画。玉米的起源地是在以墨西哥为中心的中南美洲。在哥伦布发现新大陆以前,欧洲和亚洲还全然不知道有玉米的存在。人类栽培玉米至少有 7000 年历史。古代印第安人把玉米作为主要食品,玉米的丰歉直接影响到他们的生存。因此,玉米被尊为丰收之神或太阳神的化身。每年都要举行传统盛大的仪式,感谢玉米神带给他们丰收和拯救万物之灵。仪式上,在祭坛前杀牲后,印第安人便蜂拥着跑过去,用经过认真挑选的玉米果穗蘸上鲜血,精心保存,留作来年播种之用。今天,这种祭祀仪式在美洲边远地区仍然保留着。玉米这一古老的作物,它是怎样传播与演变的?现在,我们进入厅内参观。

玉米的起源、进化与传播介绍

公元 1492 年 11 月,当哥伦布和他的航海伙伴们踏上美洲西印度群岛时,立即被当地印第安人种植的一望无际、高大挺拔、别具一格的庄稼吸引住了。这就是后来传遍全世界的玉米。

这幅图版向我们展示了玉米的起源与在世界的传播路线。图上标成绿色的是玉米的起源地,位于中南美洲的墨西哥和秘鲁沿安第斯山脉一条狭长地带。我们用箭头表示传播路线,就在发现美洲大陆的第二年,哥伦布把玉米带到了欧洲;随着十六世纪世界性航线的辟建,玉米传播到世界各地。

如今,玉米已经成为全球分布最广的作物。这幅图版展示的是

快乐分享　327

玉米在世界的分布。美国中北部,南美洲的墨西哥、秘鲁一带,欧洲的多瑙河流域,亚洲的中国华北平原和东北平原是最适宜种植玉米的区域。

玉米是何时、沿着怎样的路线传播到中国的?请看图板。公认的说法是,玉米通过东南海路为主,西南、西北陆路为辅的三条入境路径,完成了在中国国内的传播进程。

玉米传入中国最早的文献记载是1511年安徽《颍州志》(明朝正德年间),距哥伦布发现美洲新大陆只有19年。所以,玉米最早从水路传入中国东南沿海的可能性最大。2011年,玉米传入中国整整500年,耐人寻味的是,2012年玉米跃居我国谷物之王。

十六世纪初期到中期,玉米已经先后出现在许多地方的县志记载中。到十八世纪中叶,南方各省已经广泛种植玉米,当时玉米主要种植在不宜种水稻的丘陵和山区,玉米很快就传到北方。道光年间,玉米已发展到与五谷并列,跃升为"六谷"的地位。玉米的广泛适应性和良好的食用价值,以及缓解人口急剧增长对粮食的需求,使得玉米迅速传播和发展。

从明代中后期至清末,通过各路传播,玉米基本形成以明长城一线以南、青藏高原以东为界的主要分布区。民国初年至二十世纪六十年代后期,玉米种植空间突破原来的北界,不断向长城以北及黑龙江北部扩展,并继川、陕、鄂三省交界处之后,玉米种植比例大的地区逐渐向华北、东北移动。在空间上形成连接东北、河北、山西东南部、川陕鄂三省交界、四川、云南、贵州等地,呈东北—西南向玉米带。

现在,我国玉米主产区包括北方春播玉米区、黄淮海平原夏播玉米区、西南山地玉米区、东南丘陵玉米区、西北灌溉玉米区和青藏高原玉米区六大区。其中,北方春播玉米区、黄淮海平原夏播玉米区和西南山地玉米区,播种面积约占玉米总播种面积的90%。

关于玉米传入通辽的时间,我们所掌握的最早的资料记载是《调查科尔沁左翼后旗报告书》。清宣统二年,也就是 1910 年的时候,朝廷派叶大匡和春德两位大臣来通辽考察之后,写了《调查科尔沁左翼后旗报告书》呈送朝廷,这个报告书就相当于我们现在的调研报告。上面这样记载:"该旗自嘉庆年间即招民垦地为朝于蒙古借地养民之第二期迄今已百有余年。该旗较他旗开垦地土为先,较郭尔罗斯前旗长春地方开垦为后。其境东南两部无不田畴相望,禾稼云连。凡高粱秋麦元豆谷子糜子荞麦玉黍粳子稗子麻子瓜子芝麻棉花地豆菜蔬无不随宜种植,收获极丰,膏腴上地,每晌价值二三百金,每亩秋成能收一石五六之粮。于此可见,地气之厚,物产之饶,农业之兴。"

据此我们推断,玉米传入通辽最少也有 100 年的历史。这和民国初年到解放前,玉米的种植空间突破原来的北界,不断向长城以北以及黑龙江北部扩展的说法是相一致的。如果将来有可靠资料证实 1910 年之前在通辽也有玉米种植,那么玉米传入通辽的历史还可以向前推进。因为我们通辽市邻近的吉林省、辽宁省都是农业大省,在早期时候,从这些农业大省可能有玉米品种传入我们通辽。

大家请看,这是一组关于玉米起源的考古证据。这是根据国家玉米产业技术体系首席科学家张世煌先生,从墨西哥和美国拍回来的玉米考古和相关文物照片制作的复制件。原件现在存放在墨西哥和美国,它们都是出土文物,是研究玉米起源和演变的珍贵资料。这是三种不同的玉米神,这种多神崇拜现象在许多地区都曾存在。这是金字塔出土的玉米穗轴,这是金字塔旁神庙中的壁画残部,这是出土的碳化玉米籽粒。

这是一组在我们通辽市出土的农具。这件石耜,形状很像现在的铲子,距今已有 5000 年的历史。耜是一种农作翻土工具,有木耜、骨耜和石耜。耜是伴随着农业的产生而产生的。木质器物非常容易腐朽,很难保存下来。因此,在考古中发现极少,这往往也给人们一种错觉:如在新石器时代的展示中,我们看到的工具一般是斧、锛、凿之类的石器,实际上在农业生产中大量而广泛使用的是骨器和木器。正如有的学者指出的那样,在青铜时代,青铜农具并未在农业生产中广泛应用,木质农具仍是农业生产的重要工具,只有到了铁器时代,铁制农具才真正取代了木质农具成为农业生产的主要工具。我们据此推测,通辽地区早期也可能有农业的产生,不一定只有畜牧业,只是人们对此还缺乏研究。

这个带玉米果穗吊坠的皮质烟荷包,据收藏家鉴定至少有100年的历史。烟荷包是蒙古族男子的配饰之一,也是体现妇女,尤其是姑娘手艺高超的代表物。在不少地方风俗中,烟荷包是姑娘赠送给恋人的信物。这个雕刻精美玉米果穗吊坠的用途是把烟荷包固定在腰间,同时也有装饰作用,它从一个侧面为我们反映了玉米与当时人们生活的关系。这是玉米在中国种植的文献记载。这是《调查科尔沁左翼后旗报告书》的节选两页。

通辽玉米演变历程介绍

100多年来,通辽玉米完成了从农家种、双交种到单交种的演变。我们用电影胶片的形式再现了玉米品种在通辽的百年演变历程,我们把它划分为八个阶段,每一阶段都有各自的特点。这里陈列的玉米果穗是每个阶段生产上曾经应用的代表性品种,还有当年的研发档案,您可以慢慢观看。

看过这些记录历史的照片,您不禁会问:通辽玉米播种面积、单产和总产是怎么变化的?据通辽市统计局提供的数据分析,从1947年到2013年的六十多年间,通辽地区玉米的播种面积、单产和总产呈现出稳定的上升趋势。播种面积从最初1947年的120万亩增加到今天的 1770 万亩。播种面积占粮食播种面积的比重由 1947 年的 15% 增加到今天的 80% 以上。平均单产从最初的不足百斤上升到今天的千斤，最高纪录突破吨粮，总产从 1947 年的 1 亿斤上升到今天的 180 亿斤。

二十世纪八十年代初，通辽地区玉米生产出现了一次飞跃。单产大幅度提高，最高单产纪录突破了 1000 斤。总产相应提高，其主要原因是由于黄莫 417 的选育成功和配套模式化栽培技术的推广，黄莫 417 比当时推广的农家品种增产 30%—40%。黄莫 417 在生产上应用长达 20 年之久，成为通辽地区玉米生产上的著名品种。继黄莫 417 之后，通辽市农科院又相继选育并推广了哲单 7、哲单 35、36、37、哲单 14、20、21、通科 1、4、5、6、8 等优良玉米品种，极大地促进了通辽玉米生产的发展。

玉米进化与分类展柜介绍

达尔文指出：世界上一切生物都是少数几种生物的直系后代。玉米是哪一种野生植物的后代？它的祖先是什么样子？这个饶有兴趣的问题长期以来一直受到科学家的关注。

两个世纪以来，科学家从遗传学、考古学、语言学等方面追踪玉米的祖先及其进化路径。玉米是由大刍草演化而来的假说已被大多数人认可。人类在对大刍草进行无意到有意的选择过程中，积累了对关键性状变异进行选择的能力，使玉米产量不断翻番。同时，也使玉米获得了对其本身有害的突变，成为只有在人类的种植管理下才能生存的作物。

如果把大刍草和现代玉米种在一起，除了雄穗相似以外，人们很难把二者联系在一起。考古学发掘和现代遗传学研究证实了大刍草是玉米的祖先。这两种植物的细胞核中都有 10 对染色体，而且玉米和大刍草的染色体有许多共同之处，两种植物杂交没有生殖障碍，细胞分裂时同源染色体可以正常联会,后代能够生长发育。尽管在二者之间没有发现中间型植物,但科学家已经在实验室里模拟了从大刍草到玉米的进化过程。关于玉米起源与进化的研究仍然还有一些待解决的疑点,研究者继续探索,将进一步弄清玉米的祖先及其演化之路。科学家都认为,查明这一问题对玉米杂交育种和挖掘玉米增产潜力都具有深远意义。

这里上面一组展示的是玉米果穗的进化,这就是大刍草。

野生玉米果穗的穗轴长只有2.4厘米,人类开始种植以后,在不太长的时间里,玉米穗轴就增加到5.5厘米;到十六世纪初期,玉米穗轴已经增加到13厘米。大约六千多年的时间里,印第安人把那些细微的、几乎是肉眼所觉察不到的有利于人类的变异逐渐选择和积累下来,形成现在的栽培型玉米果穗。

大家看下面一组,这一组玉米果穗颜色、形态各异,有人不禁会问:玉米为什么会有不同的颜色?它有哪些类型?答案是这样的:玉米的籽粒分为果皮、胚乳和胚三个部分。胚乳约占籽粒重量的85%,其内涵物主要是淀粉和蛋白质,种子萌发以后向幼胚提供营养物质。胚乳的最外层是糊粉层,根据糊粉层和胚乳内色素的有无,籽粒表现为黄色、白色、红色、紫色和蓝色等。

根据籽粒和胚乳的性质,食用玉米分为七个类型。包括适合作饲料用的马齿型玉米,适宜食用的硬粒型玉米,适合鲜食的甜玉米和糯玉米,适合淀粉加工业用的粉质玉米,还有爆裂玉米和有稃玉米。

通辽玉米种质资源介绍

在玉米生产发展中,种质资源是最重要的物质基础。这面墙上展示的是通辽市农科院用于育种研究的种质资源。其中包含有农家种、兰卡斯特、瑞德、塘四平头、旅大红骨四大血缘,还有糯玉米、甜玉米等特用玉米资源。

初传景箱介绍

这个景箱,我们命名为《初传》,是根据当年叶大匡和春德两位大臣 1910 年的记载还原的场景。当时,玉米与其他作物一起随宜种植,还只是一个搭配品种,种植面积很小。

通辽黄玉米介绍

通辽黄玉米是我们一块闪光的招牌。独特的温光水,造就了品质优良的通辽黄玉米。通辽黄玉米以西辽河冲积平原为主产区,位于我国黄金玉米带上。通辽黄玉米籽粒饱满,色泽纯正,角质率高,玉米淀粉含量高,倍受国内外客商的欢迎。通辽市农科院培育推广的哲单 14、哲单 20 是通辽黄玉米代表性品种。2003 年,通辽黄玉米,获得国家质检总局颁发的原产地标记注册证。

2000—2005 年,通辽黄玉米年平均销售量在 40 亿斤以上,出口到日本、韩国、俄罗斯、东南亚、西亚等国家和地区,在国际市场具有良好的声誉和竞争力,成为当时通辽市出口创汇的主要产品之一。2005 年 2—11 月,出口韩国、日本的玉米供不应求。

在通辽市实现从大玉米经济向新兴产业和从大农区向工业化的跨越中,通辽黄玉米实现了华丽转身,已经由原字号农业的出口创汇产品转变为新兴工业产业原料。这个内容将在接下来的参观中介绍。

通辽玉米科研成果介绍

建国以来,通辽玉米科研取得了丰硕成果。2012 年,国家玉米产业技术体系试验站在通辽市农科院建站。2013 年,以戴景瑞院士及团队为首的自治区玉米院士专家工作站在通辽市农科院成立,标志着我市玉米科研进入了更高层次。这几个是我们通辽地区具有代表性的品种。继黄莫 417 之后,蒙单 5 又是一个著名品种。淀粉含量高达 74.02%,种植面积曾经占到了当时玉米播种面积的 80%。通科1是通辽市玉米的划时代品种,它是自治区第一个获得国家审定的玉米品种。

玉米人物介绍

达尔文创立生物进化论,孟德尔确立了遗传学说,为近代生物科学发展奠定了理论基础。这些理论在农业上应用最早、受益最大的,就要算是杂交玉米了。杂交玉米的培育和推广,使全世界玉米产量成倍增长,两个世纪以来,许多遗传学家和育种家为培育杂交玉米做出了贡献。在这里,我们介绍了24位为杂交玉米做出贡献的人,包括为中国和通辽玉米做出贡献的专家。

玉米籽粒画传介绍

7000年来,玉米基因绵延不断传递到今天,玉米科技的进步来自对历史的传承。不论科技如何进步,只要人类依然要依靠农业来获取食物,那么,种子当中深藏的秘密就永远值得我们去发现和传承。这是玉米籽粒画《传》,愿它带给我们更多的启示。请大家上楼去参观第二厅耕作制度的沿革。

第二厅

第二厅展示的是通辽玉米耕作制度的沿革。在这里,我们把通辽地区早期的农业生产工具和生产方式展示给大家。

犁是一种耕地的农具。中国的犁是由耒耜发展演变而成。耒耜,我们在第一厅有介绍,是一种翻土的农具。用牛牵拉耒耜以后,才渐渐使犁与耒耜分开,有了"犁"的专名。犁耕的发明是农业史上的一件大事,它使个体经营农业终于成为现实,从而为封建农业最后取代奴隶制农业奠定了坚实的物质技术基础。

早期的犁,形制简陋。西汉时出现了直辕犁,到了隋唐时代,犁的构造有较大的改进，出现了曲辕犁。曲辕犁的发明，标志着中国耕犁的发展进入了成熟的阶段。我国的传统步犁发展至此，在结构上便基本定型。此后，曲辕犁就成为中国耕犁的主流犁型。现在大家看到的是一个早期的木犁，它已经有50年的历史。

第一个景箱叫《春播》，还原了上世纪五十年代通辽地区4月下旬一个常见的播种场景。这是大犁开沟、人工播种、拉拉子覆土、石滚子镇压等几项播种环节的一个集成。现在这样的播种场面已经很难见到了。这是后期播种用的播种箱，是农民手工制作的，可以认为是早期的半自动化播种农具。我们很多早期农具都是老百姓根据自己生产实践琢磨出来的。这也从一个侧面反映了当时自给自足的生产方式。今天到了一定年龄的人，可能还曾经干过农活，或者在学生时代也回家帮着家里人干过农活。当他们看到曾经使用过的这些农具的时候，也许能回想出那个时候牛拉人扶的生产场景，甚至会联想起与此相关的种种往事。

第二个景箱叫《夏管》。表现的是二十世纪七十年代通辽地区玉米苗期管理的一个场景。当时的苗期管理，就是中耕除草、浇水和施肥几种作业，那时农药开始应用于生产。这里陈列的是当时使用的农具。各种各样的镰刀、锄头、叉子、耙子，还有挑东西用的扁担。这两个是斗和升，是一种粮食计量工具。这是手摇脱粒机，是当时手工脱粒的一种工具。这叫耘锄，用于中耕松土，增加土壤通透性，提高地温。这些农具随着生产的发展，有的已经不常见了，有的在偏远的地区依然可以看到。

第三个景箱叫《秋收》。还原了二十世纪八十年代通辽地区一个农家秋收的场景。秋天是金色的季节，彩云、大地、田野都是金色的。到了秋天，玉米开始籽粒饱满，颜色转为金黄，更像金子一样。这个时候农民要到地里把玉米扒皮，再把玉米拿回家。秋收，是最让人憧

快乐分享　335

憬的季节,虽然辛苦但依然挡不住收获的喜悦。大家看这里,全家老少都已经开始行动起来了。有人赶着车把玉米从田间运回院子里,因为一次运回来的多,不可能马上就加工,所以大部分玉米还要放在玉米栈子里边,集中保管。玉米栈子的优点是脱水快、减少霉变、占地少。有个男子正在扛着麻袋把玉米运回仓房。老人和妇女,用手摇脱粒机或者苞米川子给玉米脱粒。这是玉米向商品转化的前期的一个工作。玉米是粮食,同时它也是商品,农民要用卖掉玉米换来的钱购置家庭必需用品。到了这个季节以后,很多人该给孩子预备婚事了,也全靠卖了玉米以后买一些家庭用品,才能给儿子娶媳妇。

这一组是玉米文化的一些器物。为什么叫玉米呢,金黄色像玉一样晶莹剔透,让人感觉到很金贵,所以人们给它起了这个名字:玉米。玉米,同样也是很有情趣的东西。这是不同玉米造型的酒壶,这是用铜做的囤子和斗,就连爱偷吃玉米的老鼠,在这里也富有一种人情味了。只有丰收了,老鼠才能到你们家来吃玉米,因此老鼠也就有了发财鼠的别称。玉米在那个时代,还有一个很重要的功能。玉米能够烧酒,有的人家甚至用自己家的玉米烧酒。因为玉米是那个时代相对比较多一些的粮食,于是做一些跟玉米形状一样的酒壶,一家人或者是亲朋好友来了以后呢,烫上一壶酒,端着玉米酒壶,看着窗前成堆的玉米,喝着玉米酿的酒,心里是美滋滋的,喝的是小脸通红。

这一组展示的是二十世纪八十年代的《哲里木报》对农村实行家庭联产承包责任制的多篇报道。以《传经》命名的这张老照片,真实地表达了人们摆脱贫穷后的喜悦和对美好生活的向往。这一组是和玉米有关的文件和票证。这个离我们渐行渐远的粮票,在这里无声地记录了当时那个物质匮乏的时代。刚刚参观完的是传统耕作,现在我们来参观现代耕作。

现代耕作介绍

这里展示的是我们通辽地区最先进的玉米生产技术。这套技术现在正在玉米种植区推广。我们农科院根据科支高产、生态节水、循环利用的方针，提出了一套集八个统一、七步流程、六项关键增产措施为一体的集成技术。我们简称"876"。本厅重点展示了病虫害综合防治、现代节水灌溉技术、土壤深松深翻技术、机械化生产技术。

病虫害综合防治介绍

玉米在整个生育期会遭遇三十多种病虫危害，这是在我们通辽地区常见的玉米病虫害。在我们通辽地区，玉米病虫害在一般年份会导致产量减少15%—30%。玉米螟与粘虫近年来对通辽地区玉米生产危害较大，玉米螟大发生年份，会减产15%左右，粘虫大发生会使整块田地绝收。因此说，植保研究对农业生产意义重大。

喷灌背景介绍

这是一组现代化灌溉模型。包括大型喷灌和滴灌。比起传统的开渠大范围灌溉，喷灌和滴灌节水效果显著。大家看，这种像飞机一样的大型喷灌，在节水的同时，还能通过水的雾化，降低叶子表面过高的温度，还可以冲掉病虫害。2013年，通辽市农科院从中国农机科学研究院引进了当前国内最大的智能化平移喷灌机，安装了远程监控与智能管理系统。实现了水、肥、药一体化，土壤耕层温度、含水量、地下水位实时监测，用水量的精准控制和数据的全程无线传输。

滴灌模型介绍

这是滴灌的一个实物机械。什么叫滴灌呢？就是在庄稼地里，预埋滴水的管子，这个管子中需要灌溉的时候，加有一定的压力，直接把水灌到作物的根部，节水效果明显。

土壤改良介绍

这是通辽市玉米主产区几种土壤类型。灰色草甸土是以西辽河为骨干的近代泛滥作用下发育起来的冲积土,广泛分布于开鲁县、科左中旗、科尔沁区、科左后旗、奈曼旗、扎鲁特旗及库伦旗境内的冲击河漫滩地和阶地,以及坨沼间低平洼地。栗钙土在我市境内分布比较广泛,从扎鲁特旗北部大兴安岭向东南的低山丘陵逐渐深入到中部平原区,以及延伸至西南到奈曼旗与栗褐土接壤。栗褐土分布在库伦旗和奈曼旗的中南部。风沙土主要分布在通辽市的中南部教来河、西辽河、新开河流域两侧的高阶地上,养畜牧河以北与西辽河以南的库伦旗、奈曼旗、科左后旗也有分布。

其实,有时候土壤这个农业生产的自然资源也会影响到社会管理。在第二轮土地改革的时候遇到了很大的阻力,很多农民不愿意参与第二次土地分配,其中重要的原因,就是因为有些农民经过多年施有机肥等措施把中低产田改良为一等地。

现代机械介绍

这是一组现代玉米田间作业机械,这些机械包括了从整地、播种、中耕管理到收获和秸秆还田整个作业过程,极大地解放了人力并提高了生产效率。

第三厅

这个厅展示的是玉米的综合利用。我们研究玉米、种玉米,归根到底是要让玉米为我们所用。这是我们早期拍摄的一幅农家妇女蒸玉米窝头的情景。虽然我们对玉米有很深的感情,说玉米养育了通辽,但说实话玉米本身的口感远不及大米、白面,经常吃会感觉"烧心",不舒服。但在那个年代,除了玉米其他细粮很少,那怎么办呢?

家里的老人为了让孩子和家人能够吃得饱吃得好,把粗粮细做,发明了好多新方法和制作工具,比如饸饹床子、饹馇板子。这就是较早期的爆米花机,可能现在 50 岁的人或者年轻一点的都知道那种吃嘣爆米花的喜悦,嘣爆米花的人来嘣爆米花,听到蹦蹦响的那种声音,就联想起美味的爆米花来。

虽然现在嘣爆米花的方式不一样了,但是爆米花这种美食,也是玉米给我们通辽人最值得记忆最温馨的一种食物吧。

农家景箱介绍

这就是当时秋收之后一个普通人家的生活场景。体现了玉米籽粒和秸秆最原始的转化方式,即玉米籽粒用于食用和饲喂家禽,玉米秸秆做燃柴和饲喂家畜。这是房子的剖面,上面正在晾晒着葵花,农村妇女正在屋里用秸秆烧火蒸窝头。牛在牛圈里吃秸秆饲料,小鸡正在啄食地上的玉米。近几年,通过项目带动和政府引导,又增加了秸秆还田这种转化方式。现在,在通辽地区这三种秸秆转化转化方式各占三分之一。

玉米食品展柜介绍

这组是现代的玉米食品。大家看,现代食品工业为我们生产了丰富的玉米食品。这里展出的玉米胚芽油是我们通辽企业生产的。用高油玉米生产的食用油,在国际市场上属于高档食用油。食用玉米胚芽油有哪些好处呢?玉米油中含有较多的不饱和脂肪酸,其中亚油酸含量约占 62%,在人体内与胆固醇结合呈流动性正常代谢,防止胆固醇与饱和脂肪酸结合而沉淀,起到防止动脉硬化等心血管疾病的作用。建议大家今后多吃玉米胚芽油,它相当于吃深海鱼油,它的品质超过橄榄油,也超过大豆油。

这组呢,是一些老盘子老碗,上面印有玉米的图案。尽管天天吃,天天烦,还是挺喜欢看它,这就是我们对玉米的感情。上了年纪的人都还记得,从解放前直到二十世纪八十年代初,从城市到乡村,北方人的一日三餐多一半是玉米。现在人们直接食用的玉米已经微乎其微,但我国玉米生产能力却比五十年前增长了近 10 倍。这么多玉米都做了什么用途呢?

现代综合利用介绍

请看玉米的现代综合利用。原来,随着经济发展和人民生活水平的提高,我国的玉米已经从食用为主转向以饲料消费为主。现在,每年有近 78% 的玉米是用作畜禽饲料,也就是说,现在我国一年消耗的饲料玉米相当于 1949 年时 8 年的总产量。这些玉米转化成肉、蛋、奶和水产品,成为今天人们餐桌上一日三餐少不了的食品来源。

工业产品展柜介绍

丰富的籽粒特征决定了玉米具有广泛的食用价值和特殊的加工用途,由此而形成了一系列以玉米为原料的食品工业和加工工业。玉米加工业具有加工空间大、产业链长、产品丰富的特点,产品包括淀粉、淀粉糖、变性淀粉、酒精、酶制剂、调味品、药用、化工等八大系列。淀粉及酒精是主要产品,其他产品多是这两个产品更深层次的加工品或生产的副产品,这些深层次的加工品或副产品其价值相当高即具有较高的附加值,玉米深加工被广泛应用于食品工业、医药工业和化学工业,利润空间极大。

普通玉米淀粉经过变性成为支链淀粉,它的用途很广,食品、纺织、造纸、化工、铸造、建筑和石油钻井等工业部门都离不了。在国际市场上,支链淀粉的价格远远超过普通淀粉。在食品工业中,罐头制品常常需要增稠剂、含果肉的天然果汁需要加悬浮剂、造纸工业需要纸张增强剂、纺织工业需要上浆剂、制药工业需要赋型剂、铸造工业造砂型需要黏结剂、石油钻井作业在停钻时要使碎石屑悬浮,保护井壁避免塌陷,这些都需要大量的支链淀粉。以前,美国需要的支链淀粉都是从印度尼西亚运去的。二次大战期间海运中断,美国便开发利用糯玉米做淀粉原料,使美国的纺织和造纸工业在战争环境中得以稳定发展。玉米在现代经济生活中的地位越来越重要。这一组展品,是我们通辽玉米加工企业生产的产品。产品主要有淀粉、味精、小品种氨基酸、复合肥、变性淀粉、玉米胚芽油、酒精和DDGS饲料。

秸秆转化模型介绍

有句话说,玉米全身都是宝,这句话毫不为过。为什么呢?除了刚才介绍过的玉米籽粒,玉米秸秆和玉米芯都有很高的利用价值。

我们过去的秸秆只有简单的两个利用价值,一个是老百姓家把它当柴薪烧火做饭;好一点的呢,拿它饲喂牲畜,但是也只是利用叶部,其余部分还是烧掉。但是现在,随着科技进步,通辽市玉米秸秆转化率达到了75%。这是通辽市玉米秸秆转化利用模型。

玉米茎叶富含维生素,是多汁的青饲料。发展肉牛或乳牛养殖业,离不了青贮饲料。青贮玉米经过贮藏发酵后,使粗老的茎秆软化,富含蛋白质和多种维生素,容易消化,营养价值很高。经过微生物发酵作用,碳水化合物转化成乳酸、醋酸、琥珀酸和醇类,具有酒的芳香气味,柔软多汁,适口性好,容易被动物消化吸收;喂养的肉牛肉质鲜嫩,明显提高了肉的质量等级;奶牛吃了青贮玉米会增加泌乳量。因此,生产青贮玉米有利于发展现代畜牧业,秸秆还可以用于造纸和生物质发电。

玉米芯是玉米穗脱去粒后的果轴,一般玉米芯占玉米果穗干重的20%—30%。目前,在我国农村,玉米芯主要作为燃料和饲料。而在工业方面,玉米芯主要作为生产糠醛和木糖醇的原料,也可用来生产食用菌(如平菇、金针菇等)。玉米芯中含有半纤维素(多缩戊糖)、纤维素、木质素。半纤维素经水解氢化可制成木糖醇。木糖醇具有与蔗糖相同的甜度和热量,由于它不能被口腔中的细菌所利用,具有防龋齿的作用,所以木糖醇可以作为甜味剂应用于防龋食品;另外,食用木糖醇后人体的血糖值不会增加,并可减轻糖尿病症状,可作为糖尿病的辅助治疗剂;木糖醇还具有保湿性,可以代替甘油广泛应用于日化工业中。

除了上述用途,还可以用玉米果穗的苞叶编织手工艺品,如各种坐垫、门帘、拖鞋、花篮、手袋和包装材料等,既美观又实用。有些出口商品甚至选用这类工艺品作包装材料。还可以用秸秆制作秸秆画,本馆就收藏了两幅通辽人创作的秸秆画。玉米成熟后残留在果穗上的花丝收集起来可以入药,对高血压、胆囊炎、胆结石、肝炎等疾病有疗效,还有利尿、止血的功能。现代技术又开发了花粉的营养保健功能。总之,玉米的品种类型特别丰富,而且全身都是宝,只要合理开发利用,玉米就能够继续为人类做出越来越多的贡献。这是通辽玉米秸秆加工企业生产的产品。

第四厅

一百多年来,玉米养育了通辽人。如今,一个新的战略构想在通辽大地从容铺展——实施"8511521113"十项惠民工程和打造世界最大的小氨基酸生产基地。

这个战略目标,强调科技的力量,在农牧业实现五个转变,在加工业实现两个跨越,最终解决在不增加耕地面积的情况下,增加粮食产量和百亿斤玉米增值增效的两个命题。"8511521113"不是简单的数字堆砌,也不是把一个非常复杂的农牧业系统工程简单化、抽象化,里面涉及了种养加等农村牧区主导产业,涉及城乡统筹、新农村新牧区建设、生态保护、集约化发展等等，内涵非常丰富，具有关联性、互动性。

这是通辽玉米产业沙盘。深绿色表示玉米主要种植区，浅绿色表示玉米零星种植区，蓝色表示没有玉米种植。沙盘向我们直观地展现了通辽玉米种植分布和玉米加工企业的分布。玉米生产主要分布在中部的科尔沁区、开鲁和科左中旗，北部的霍林河没有玉米种植。以梅花集团为首的 26 家企业主要分布在科尔沁工业园区和开鲁工业园区。目前，通辽市玉米播种面积达到 1700 万亩，占全市 2400 万亩总耕地面积的 80% 以上，玉米总产达 180 亿斤，占全市粮食总产的 80%。

这是通辽市玉米深加工产业重点发展领域模型。这个模型是模拟葡萄糖的分子空间排列制作的，葡萄糖是淀粉水解的基本单位。模型的每一个圆球代表了重点培育和引进的项目。通辽市将以科尔沁区玉米深加工工业园和开鲁玉米深加工工业园为依托，在氨基酸、变性淀粉、淀粉糖，生物医药、聚乳酸、酒精下游产品六大领域，重点培育和引进 18 个项目。计划用 10 年时间使全市玉米转化能力达到 100 亿斤，玉米生物产值达到 1000 亿元。目前，这些项目处于建设或洽谈阶段。

实施"8511521113"十项惠民工程和打造世界最大的小氨基酸生产基地这一战略目标的提出与实施，顺应历史发展，承载着通辽人发展繁荣的梦想，赋予了玉米这一古老的作物以崭新的时代内涵。

通辽玉米产业的发展牵动着各级领导的目光。这组照片我们命名为珍贵瞬间。胡耀邦总书记在通辽丰田公社视察；胡锦涛总书记在科尔沁牛业视察；温家宝总理在奈曼旗视察；原政治局常委宋平；刘延东副总理在视察玉米生产，还有很多领导也多次来通辽视察指导玉米产业。

百年匆匆过往,梦想召唤未来。未来的玉米是一个什么样子?我们的生活还会发生什么样的改变?恐怕谁也不能回答。但是我们知道,我们与玉米的关系,本身就是一个意犹未了的故事,玉米一定会带给我们更多惊喜。参观到这里就要结束了,希望我的介绍能对您有所帮助。如果您有兴趣,欢迎再来我们通辽玉米博物馆。

难忘与渴望

又是一年芳草绿。这一年不同往常,是新世纪的开端,人的一生能跨世纪、遇千年实属难得。

时间对每一个人都是平等的,而在这平等的时间里,每个人所创造的价值是不同的。回首1998年,我和桑树芳等同志走进鲁北镇政府办公大楼,转眼两年多了。时间流逝,岁月悠悠,虽然时间非常短暂,但非常难忘,为什么难忘呢?因为这两年我们没有虚度,捧着沉甸甸的果实,迎接了新世纪的到来。

在回首难忘岁月的同时,我们和全镇广大群众天天都望着鲁北镇的天更蓝,水更清,街道更洁净,人们生活更美好。我们为之奋斗的两年,其目的就是在实现人们这种渴望。因此,我和桑树芳同志就把这本书的名字定为难忘与渴望。

鲁北镇是扎鲁特旗的政治、经济、文化中心,鲁北镇的形象好坏直接影响着扎鲁特30万人民的形象。基于此,1998年我和新到任的同志们深感重任在肩,使命光荣。我们在反复调查研究的基础上,结合鲁北镇实际,提出了"服务四万居民,致富一万农民"的总的指导思想。围绕这个指导思想,重点实施了"三大工程":即城镇建设管理工程、生态治理建设工程、大地园田化示范工程。

回首这两年,我们今天可以自豪地说:"三大工程建设初具规模,基本达到预期目的。"

以"还我鲁北绿色,再造秀美山川"为目标的生态治理这第一仗打得很漂亮。打出了鲁东、鲁西、镇北"5820"三个项目区;鲁北北山28个大小山头规划有序,水平坑如群星散落,埋下绿色的伏笔。"5820"四位数刻在了广大干部和人民群众的心坎上。

以"我靠鲁北生存发展,鲁北靠我管理建设"的主人翁意识,使中小巷整治、垃圾清理和主街两侧12万平方米硬化这第二仗打得也很漂亮。打出了一个镇容整洁的鲁北,打出了一个宽敞平坦的鲁北。237条中小巷刻在了广大干部和人民群众的心坎上。

以"镇内农田园田化,镇外农田标准化"为目标的农田基本建设这第三仗打得更漂亮。16华里长堤、东山形象工程、中兴村万亩低产田改造、永兴万米排涝渠、永兴老菜园改造、小黑山千亩果园、包冷鱼塘、两万亩坡地等高改垄等等……

改了路,改了田,治了山,治了水,打出了一片新天地。昨天的山,昨天的田,昨天的河,在人民心中逝去。用我们勤劳的双手规划建设的新天地,刻在全镇广大干部和人民群众的心坎上。

伴随着三大工程,全镇各项工作捷报频传,计划生育、综合治理、民政等各项工作都得到了上级的好评。值得提出的是几项公益福利事业也大见成效。改建了敬老院,建设了站前停车场。小黑山村建设了电话村、新校舍,鲁北职工建起了住宅楼等等。

难忘的世纪末,回首这两年,鲁北镇党委、政府带领着全镇干部群众无愧于旗委、政府的信任,无愧于五万人民的期望,我们用实践的大笔把论文写在了鲁北镇的大地上,写在了五万人民的心坎上。

鲁北镇党委、政府在全旗30万人民心中重塑了新的形象,广大干部实践了自身的价值,提高了知名度,人生的价值也得到了升华。这些成果的取得,是全镇人民团结一致、攻克难关的结果,是自加压力、奋力拼搏的结果。所以说,我们这支队伍是铁、是钢、是金。

往事不堪回首,但这七百多天艰苦奋战的一幕幕情景怎能让我的战友们难忘！我们用心血、汗水筑成了昨天难忘的事业。

新世纪的春天已经到来，我们为之奋斗的昨天已经过去。我们渴望着鲁北镇的明天，山更秀，天更蓝，水更清，地更绿，花更艳，人民群众的生活更加美好！

（作者系扎鲁特旗人民政府旗长助理、中共鲁北镇委员会书记）

圆了绿色的梦

盼了一冬春,好容易盼来一场大雪。雪大了又喜又忧,天刚放亮,主抓温室大棚的杨国旭同志就火急火燎地催促我说:"快到种植小区看看,雪大别把棚膜压坏了"(种植小区是黄花山镇新建设的温室大棚示范区)。我们顶着纷飞的雪花快速地来到了小区。

小区好不热闹。勤劳的菜农早已把一夜的积雪扫得干干净净,上百个大棚安然无恙,菜农们一串串的笑声,随着雪花老远就向我们飘来。"走,看看雪后的大棚。"老杨边说边拉着我登上了小区的制高点。雪后的小区好美啊!蔚蓝色的一座座大棚镶嵌在白色的"云朵"里,晨风抖动着的棚膜,像大海碧波荡漾,洁白的"云"和蔚蓝的"水"融绘成了一幅美丽画。我们陶醉了,踩着云朵步入了蓝色的海洋……

"外面太冷,快进棚里来。"我们愣了一下,我看看他,他看看我,只见他像被"云朵"包上了一样,雪水在脸上流淌着,我也是一样。我们俩哈哈大笑,相互拍打着身上飘落的雪花。

走出蓝色的海洋,步入了绿色世界。迎面扑来春的气息,使我们接受不了这瞬间的变化。外面白雪皑皑,寒气逼人;棚内春意盎然,勃勃生机。我们似乎在做梦,似乎在梦中,不!这是现实,齐刷刷的芹菜,像一支威武英俊的仪仗兵在向我们敬礼;一株株向上挺拔的黄瓜秧,在向我们招手,争相绽开的黄瓜花在向我们微笑。晨风依然抖动着棚膜,像蓝色的海洋拥抱着绿色的世界,蔚蓝的水和碧绿的菜融绘成了一幅画。我们陶醉了,踩着绿浪步入了科学的春天。

"棚内太热,快到屋里来。"我们俩面觑一下,只见他像泡在了绿色的水波里,汗珠在脸上流淌着,我也是一样。雪水和汗水把我们的衣服全浸透了,我俩抹一下汗珠,一扬手"快上屋"。

走出了绿色的世界,步入了仙境般的梦幻中。扑鼻而来的是清香的"鲁特"酒,桌上摆满了丰盛的佳肴。"快坐下,多喝上几杯,平时请都请不到。"主人热情洋溢,那劲头像要喝个一醉方休。

我俩不约而同地把眼光集中到了这位赤红脸膛的男子汉身上。这个三年前的特困户,由于摆脱不了贫困,只好迁往他乡投亲靠友,寻找生存之路。镇里建大棚后,他又杀回马枪,愣是在这小小的绿色世界里一年淘了一万块(现金)。"我今年准备建第三个大棚。""好!"我俩几乎同时竖起大拇指。就是他领着孩子到政府借粮,就是政府给他送去棚模时,他五尺男儿竟感激涕零,哭得像个泪人。

我端起酒杯,眼睛模糊了,我在怀疑,我在质问自己,是他,他变了,他过上好日子啦!晨风依然抖动着棚膜,蓝色的海洋里倒映着他的身影,他那双布满血丝的眼睛折射着希望之光,他那双布满老茧的双手正在把绿色的世界擎起。我们陶醉了,踩着金色的路,走向了康庄……

"走吧,再喝就醉了。"老杨边说边拉起我。外面雪停了,天晴了,太阳钻出来直射在洁白的雪地上,弄得我不敢睁大眼睛,我们似乎看到了蓝色的海洋一望无际……"国旭,我是不是真醉了,怎么眼前都是大棚啊?""我也是!""哈哈。"真是心有灵犀一点通。黄花山镇的千座大棚就在眼前,不是梦,不是梦,而是一幅画。

"别走,别走,再坐一会儿。"菜农们来了,他们都来了,拿着

"大画笔"来了,他们要把这个绿色的世界绘制得更加美好,更加灿烂。

我们真的陶醉了。蓦然,洁白的雪、蓝色的棚、绿色的菜、红色的太阳融为了一体。

"大山"铸就了我的事业

"大跃进"的年代,我降生在敖汉旗南部一个叫山咀的自然村。山咀自然离不开山,小村坐落在半山坡上,村南是气势巍峨的大青山。几代父辈人在大山里生存,铸就了我大山般的品格。虽然我在年幼懵懂时就走出了大山,但大山的品格始终在我的血脉里赓续传承。

每当我听到"山是高昂的头"这句歌词,就感觉"亚洲雄风"在唱给我听。"大山"不仅铸就了我的品格,也赋予我高大壮实的体魄,天生走路总喜欢仰着头。所以,第一次与人接触时,留给人的第一印象就是这人太傲。我千百次地去纠正,但无济于事。后来我明白了,有傲骨并不等于有傲气,大山赋予我的傲骨,我理应感到自豪。但父老乡亲和时代赋予我的事业,我不敢有半点的傲气。

大山的品格,使我从小吃苦耐劳。三岁那年,父母用胳膊从敖汉把我夹到扎旗,落脚在鲁北镇。路上赶上连雨天,我得了重病,险些丢了性命。多亏我的三爷救了我,他说这小子命硬。

家境贫寒,兄妹又多,作为长子,我想尽一切办法为父母分忧。九岁那年,我就跟着邻居上山刨药材,结果不小心将大母脚趾刨坏了。妈妈心疼地怪罪我,我没有哭,将刨药材挣的五角钱双手捧着递给妈妈。我很自豪,觉得自己也能挣钱了。

父亲是个硬汉子,有骨气,是我幼小心灵的偶像。父亲念过私塾,是个高才生,聪明过人。但因爷爷早逝,就失去了学习的机会(这是父亲最为遗憾的)。那年代满腹经纶无处施展,但父亲没想那么多。为了生计,他开始了超强体力的劳动,瘦小的身躯每天扛起上百袋粮食。父亲常常教诲我,一定要多读书,一定要写文章,只有这样,才会有出息。父亲为了让我读书学习,不让我干家务活。我深深地理解父亲,一边读书,一边为父母分忧。冬天到山上搂毛柴、捡牛粪,夏季到野外刨药材,一个十二三岁的孩子干上了当时大人们所干的活,回想起来,想写部小说;十五岁开始利用周日和放学时间打短工挣钱,十六岁那年让我终生难忘,暑期我和几位同学一起给食品公司往通辽赶送毛驴。炎热的夏天,骑着毛驴整整走了五天才到通辽。当时,作为工人家庭,家境比很多家庭还好一些。但受父辈的影响,我养成了勇于吃苦耐劳的精神,磨炼了我的意志,也为我的成长奠定了基础,童年使我骄傲,更使我回味无穷。

大山赋予了我拼搏向上的勇气。十六岁开始,我着了魔似的写诗、写报道、写小说。那个时代,没有人重视学习、写作,同学们都在玩耍,而我却躲在教室或家里写新闻、写诗、写小说,在校刊上发表了小说《一对铁》。1976年7月,高中毕业的我同其他青年一样上山下乡,被分配到义和背乡义和碑村插队。我和三位知青住在老乡家,艰苦的环境没有使我气馁。我依然是读书、写作,白天在山坡上(当时让我看青)读书,晚上找几块小砖头当凳子(老乡家就一个小凳,不好意思坐),趴在自己的书箱上写。卧室里没有电,在家让父亲做了一个小煤油灯。熬夜时间长了,熏得两个鼻孔都是黑的。这年9月9日毛泽东主席突然逝世,我们这些知青像失去亲人一样,站在老人家画像前失声痛哭。老乡们也哭得死去活来,我把这些生动的场面写成通讯,发往报社和旗广播站,没想到这篇稿子改变了我的人生,宣传部和广播站的同志正准备选一位长期通讯员,我被选中了。这样我被选调旗广播站工作,过了一段时间,编辑缺位,我就理所当然地

"充当"了编辑,一干就是两年。广播局哈斯局长给我的帮助是我成长的奠基石,他冲破各种阻力,把我留下转成固定工人。我人生的一块石头落地了,不再是临时工,不再是农民了,是真正的小编辑了。一干就是三年,这期间我没有虚度,别人都下班了,我还一个人在写,当时给自己规定,每天必须写完一篇稿子,以多取胜。所以,发往各级报社的稿件像雪片一样,五年间共起草文稿一千两百多篇,在各级报刊、电台发表了五百七十多篇。我的名字一次次变成铅字,也由无名到有名,多次被哲盟报社、哲盟电台评为优秀通讯员。1979 年我被吉林省委评为优秀新闻工作者。值得庆幸的是我的稿子《百岁老人》在福建前线台对台湾同胞进行了广播,使我彻夜难眠。这时是我文学创作的初期,还先后发表了小说《新调来的旗委书记》《一石粮》等十几篇文学作品。

但对这些我并没有满足,1981 年春天,作为工人身份、不是党员的我,被旗委破格调到旗委办公室当秘书。还是写,但不是写新闻,从头做起一干又是三年。这三年是我人生的又一个转折点,我跟随旗领导不仅学到了写文章的真经,而且学到了做人为官的品行。他们那些高尚的品行注入了我的灵魂,刻进了我的骨子里,使我终身受益。当秘书不像当记者,没有白天黑夜,但我没有放弃文学,那几年也是我文学创作的高峰,我相继发表了《初春的冰雪》《书记骑马过草原》等十几篇文学作品,真是工作创作双丰收啊!

上世纪八十年代初,大地回春,人们都渴望知识,更渴望进入高等学府深造。1984 年 9 月,我顺利考入了梦寐以求的内蒙古民族师范学院中文系。大学是一座殿堂,我在文学路上跋涉了十几年,进入这个殿堂之后,深感还是一张白纸。写作老师的教诲"读万卷书,行万里路",促使我拼命读书,拼命写作。我常常坐在图书馆里打发时间,古今中外名著使我饱"餐"。殿堂的熏陶,我觉得充实多了,浑身都是力量,这期间我发表了散文《黄叶飘飘》《雪花,你等等我》等二十多篇作品,这是我文学创作的又一个高峰。这些作品让我个人感到在艺术的殿堂里升华了。

"生活是美丽的。"大山铸就的我更热爱生活,带着憧憬,带着希冀回到家了。组织上非常器重我,让我担任了旗委调研室、旗委办公室副主任,分管文秘、调研,对于沸腾的生活,我不仅要用政论书写,还要用文学的摄像机拍摄下来,我创作并编导了专题片《绿色的扎鲁特》。此片在盟、自治区、中央电视台播放,并在日本最大电视台NHK电视台播放,我和同事们受到了极大的鼓舞。相继我又负责编导了许多电视专题片,在盟、自治区电视台播放,并荣获哲里木盟1989年电视专题片优秀创作奖。

虽然那时党务、政务、事务繁忙,但我的创作激情依然高涨,又先后创作了报告文学《路,应该这样走》《在激流中》《五年坎坷路》等作品,讴歌了我旗的企业家们。生活对我总是偏爱的,1990年,春节刚过,组织上决定调任我到巨日合镇党委主持全面工作。作为在大山里生、小镇里长大的我,对农村非常陌生,当时小麦和韭菜还分不清,但功夫不负有心人,刚到而立之年的我没有被困难吓倒,靠"大山"的韧性和对事业的执着,我大胆地调整了土地,摘掉计划生育黄牌,封了山,育了林,办了企业等等。火热的生活气息,农民朴实、勤劳的品质感染着我,创作激情不时涌动着我的血液,相继创作了散文《边陲小镇巨日合》《情系孤山子》等作品。1992年,我整理出版了文学集《草儿青青》。

四年的乡镇党委书记磨炼了我的意志,磨炼了我的性格,丰富了我的人生阅历,也让我真真切切地读懂了农民,读懂了人生。我更恋"大山"、更恋热土、更恋农民了。

1993年年底,我被调任旗委宣传部副部长。不久组织上又派我到黄花山镇任党委书记,第二次下派使我想不通,我对自己说,可能我这个人与农村有缘。黄花山是个无农无牧的商贸镇,为了发展地方经济,我和同事们费尽心思,提出了"抓小寻大"的工作思路。经过三年的努力,三百多个日光温室落成见效益。广大拜众的创举又感染了我,我望着座座蓝色大棚,映着绿色的菜,我感慨万分,创作了作品《绿色的梦》。

绿色是生命的底色。从小父亲说老家的大山光秃秃的,总梦想着有朝一日把它变绿。1993年,我带父亲回老家,家乡的大山真的绿了,生机盎然。父亲说,他的梦终于实现了,是人创造了绿。我到巨日合镇工作,一进镇门矗立着孤山子,老乡们说,山像"心",我从到任那天就想让心变"绿"。因此,我在孤山子顶端用砖制作了"绿化巨日合,造福子孙"九个醒目大字。我亲自把全镇的村干部、镇干部带到山前一遍又一遍地讲植树绿化的重要性。山封了,树茂盛了,为了圆上这个绿色的梦,我半夜坐起来写下了《寻回来的绿色》这篇散文。

我的事业离不开山,从孤山子到黄花山,可惜的是黄花山镇的区域面积太小了,但也有个绿色的梦。上任后我先登上黄花山,把老林业局长请来让他帮我来绿化这座山。我想文人不能光靠笔来书写绿色,应用行动去书写。黄花山镇的四年,又是四年"芳草绿",我绿色的梦又圆上了,山绿了,地也绿了(指日光温室)。

我的事业离不开绿色。去年,组织上调任我到鲁北镇任党委书记,又回到了我成长的家园。家园周边的山不经意间已全部沙化了,我心情沮丧,我大声疾呼"还我绿色,美化鲁北",并将其付诸实际行动,全镇上下打响了"绿色"攻坚战。

大山的气韵和风度,让我对山情有独钟,但没有了绿色,就没有了情感。以往文人笔下常常是理想中的高山、蓝天、草原和碧水,我想用我的"大山"之躯、爱民之情、赤诚之心,去书写现实生活中的高山、蓝天、草原、碧水。只有这样,才能无愧于生我的大山,养我的草原……

发展无止境,"赶考"无穷期。始终保持"赶考"心态,不忘为民初心,是党和人民对人民公仆的基本要求。我坚信即使我的人生答卷不尽完美,但可以自豪地说:天空没有翅膀的痕迹,可我已飞过……

后　记

　　时移物换,岁月沧桑。在各界人士的大力支持与协助之下,我的作品集《雪花,你等等我》得以顺利出版,它从不同的侧面、用不同的表现手法,记录了那个特殊年代带给人们的喜怒哀乐、期盼与向往;凸显了现代幸福生活中的安逸恬静、追求与愿景。

　　我是"大山"的儿子,几代父辈人在大山里生存,铸就了我大山般的品格。为了让大山的品格始终在我的血脉里赓续传承,我用我的"大山"之躯、爱民之情、赤诚之心,去书写现实生活中的高山、蓝天、草原、碧水,于是编辑出版了《雪花,你等等我》这本作品集。

　　文以载道。《雪花,你等等我》作品集岁月留痕,人生故事里每个人的生活经历、人生故事和对现实的思考,都闪耀着灼灼光华。虽然他们身份不同、经历迥异,但他们的执着追求、奉献精神以及坚忍不拔的意志,无不感动着每个人。他们用自己的奋斗,推动着社会的进步,诠释着对所生活的那片故土的挚爱;他们以自己拼搏奉献的经历及其优秀品德,带给了人们感人至深的心灵撞击。

　　饮其流时思其源。在《雪花,你等等我》作品集情感写真里,我把家乡的绿草和鲜花、高山和沟壑,父老兄弟默默耕耘的情怀、拼搏进取的精神风貌,注入笔端,写进字里行间。从心底里呼唤:我要歌颂家乡,我要歌颂父老兄弟,我要赞美日新月异的幸福生活。

生活是美丽的。《雪花,你等等我》作品集里放歌草原、生活断想和快乐分享,我把奔放的情感进行了浓缩,把生活中的精华进行了折叠。无论时光如何流逝,愿我们所做的一切越来越好,所愿皆所得。

在本书的组稿、编辑过程中,好朋友王海林、贾立群先生辛苦劳作,鼎力相助,在此深表谢意!谨对所有给予本书编辑、出版工作以及关心和帮助的朋友们致以万分的谢忱!

本书存在的不足与疏漏在所难免,敬请广大读者批评指正。我将认真接受,心存感激,在今后的工作中更加努力学习,拼搏进取。在此引用苏东坡诗句以自白:"人生如逆旅,我亦是行人。"以后的路,还需砥砺前行。

张守乾
2023 年 11 月 6 日

图书在版编目（CIP）数据

雪花，你等等我 / 张守乾著. -- 上海：上海文艺出版社, 2024.5
ISBN 978-7-5321-8989-2

Ⅰ.①雪… Ⅱ.①张… Ⅲ.①散文集－中国－当代
Ⅳ.①I267

中国国家版本馆CIP数据核字(2024)第078040号

发 行 人：毕　胜
责任编辑：毛静彦

书　　名：雪花，你等等我
作　　者：张守乾
出　　版：上海世纪出版集团　上海文艺出版社
地　　址：上海市闵行区号景路159弄A座2楼　201101
发　　行：上海文艺出版社发行中心
　　　　　上海市闵行区号景路159弄A座2楼206室　201101　www.ewen.co
印　　刷：上海安枫印务有限公司
开　　本：890×1240　1/32
印　　张：11.625
字　　数：321,000
印　　次：2024年5月第1版　2024年5月第1次印刷
Ｉ Ｓ Ｂ Ｎ：978-7-5321-8989-2/I · 7080
定　　价：85.00元
告 读 者：如发现本书有质量问题请与印刷厂质量科联系　T:021-64348005